DETALHE FINAL

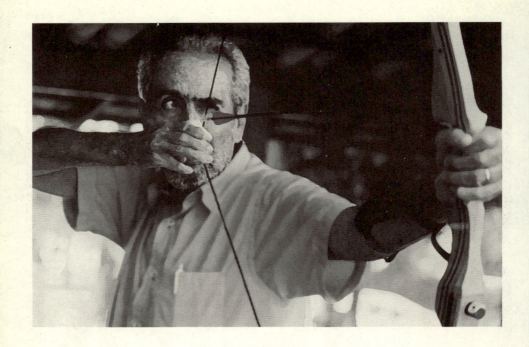

O ARQUEIRO

GERALDO JORDÃO PEREIRA (1938-2008) começou sua carreira aos 17 anos, quando foi trabalhar com seu pai, o célebre editor José Olympio, publicando obras marcantes como *O menino do dedo verde*, de Maurice Druon, e *Minha vida*, de Charles Chaplin.

Em 1976, fundou a Editora Salamandra com o propósito de formar uma nova geração de leitores e acabou criando um dos catálogos infantis mais premiados do Brasil. Em 1992, fugindo de sua linha editorial, lançou *Muitas vidas, muitos mestres*, de Brian Weiss, livro que deu origem à Editora Sextante.

Fã de histórias de suspense, Geraldo descobriu *O Código Da Vinci* antes mesmo de ele ser lançado nos Estados Unidos. A aposta em ficção, que não era o foco da Sextante, foi certeira: o título se transformou em um dos maiores fenômenos editoriais de todos os tempos.

Mas não foi só aos livros que se dedicou. Com seu desejo de ajudar o próximo, Geraldo desenvolveu diversos projetos sociais que se tornaram sua grande paixão.

Com a missão de publicar histórias empolgantes, tornar os livros cada vez mais acessíveis e despertar o amor pela leitura, a Editora Arqueiro é uma homenagem a esta figura extraordinária, capaz de enxergar mais além, mirar nas coisas verdadeiramente importantes e não perder o idealismo e a esperança diante dos desafios e contratempos da vida.

HARLAN COBEN

DETALHE FINAL

ARQUEIRO

Título original: *The Final Detail*

Copyright © 1999 por Harlan Coben
Copyright da tradução © 2015 por Editora Arqueiro Ltda.

Todos os direitos reservados. Nenhuma parte deste livro pode ser utilizada ou reproduzida sob quaisquer meios existentes sem autorização por escrito dos editores.

tradução: Ricardo Quintana
preparo de originais: Lucas Bandeira
revisão: Rafaella Lemos e Sheila Til
projeto gráfico e diagramação: Valéria Teixeira
capa: Elmo Rosa
impressão e acabamento: Cromosete Gráfica e Editora Ltda.

CIP-BRASIL. CATALOGAÇÃO NA PUBLICAÇÃO
SINDICATO NACIONAL DOS EDITORES DE LIVROS, RJ

C586d

Coben, Harlan, 1962-
  Detalhe final / Harlan Coben ; [tradução Ricardo Quintana]. - [2. ed]. - São Paulo : Arqueiro, 2021.
  304 p. ; 23 cm.   (Myron Bolitar ; 6)

  Tradução de: The final detail
  ISBN 978-65-5565-237-6

  1. Ficção americana. I. Quintana, Ricardo. II. Título. III. Série.

21-72427

CDD: 813
CDU: 82-3(73)

Leandra Felix da Cruz Candido - Bibliotecária - CRB-7/6135

Todos os direitos reservados, no Brasil, por
Editora Arqueiro Ltda.
Rua Funchal, 538 – conjuntos 52 e 54 – Vila Olímpia
04551-060 – São Paulo – SP
Tel.: (11) 3868-4492 – Fax: (11) 3862-5818
E-mail: atendimento@editoraarqueiro.com.br
www.editoraarqueiro.com.br

Para tia Evelyn, de Revere,
Com muito, muito amor

E em memória de Larry Gerson
1962-1998
Feche os olhos e poderá ainda ver seu sorriso

1

Myron estava estirado ao sol ao lado de uma morena deslumbrante que usava um biquíni infernal. Tinha na mão um drinque tropical enfeitado com um pequeno guarda-chuva e seus pés eram refrescados pela água transparente do Caribe. A areia era um pó branco ofuscante, o céu estava de um azul tão puro que só podia ter sido pintado por Deus, os raios de sol suaves como uma massagem após um gole de conhaque. Apesar disso, sentia-se absolutamente infeliz.

Ele e Terese estavam naquele lugar paradisíaco fazia umas três semanas, calculava Myron. Não se dera o trabalho de contar os dias. Nem Terese, imaginava ele. A ilha parecia tão remota quanto aquela do seriado dos *Birutas*: sem telefone, pouca iluminação, nenhum carro e muito luxo – não tinha muito a ver com a ilha de Robinson Crusoé; na verdade nem era tão primitiva. Myron balançou a cabeça. Você pode até tirar o garoto da frente da televisão, mas não dá para tirar a televisão da cabeça do garoto.

No meio da linha do horizonte, vindo em sua direção com um rastro branco na água azul, surgiu um iate. Myron sentiu um aperto no coração.

Não sabia onde estavam exatamente, embora o lugar tivesse um nome: Saint Bacchanals. Sem brincadeira. Tratava-se de um microcosmo pertencente a uma dessas megaempresas de cruzeiros, que reservava uma parte da ilha para que seus passageiros nadassem, fizessem churrasco e desfrutassem um dia num "recanto paradisíaco particular". Privativo. Só eles e mais outras duas mil pessoas, espremidas numa pequena faixa de areia. Sim, muito particular. Feito uma bacanal.

Porém o lado da ilha onde estavam era muito diferente. Havia apenas uma casa, um misto de cabana com telhado de palha e sede de fazenda rica, que pertencia ao presidente da empresa de cruzeiros. A única pessoa no raio de mais de 1 quilômetro era um empregado. População total: talvez trinta pessoas, todas a serviço da empresa.

O iate desligou o motor e chegou mais perto.

Terese Collins baixou os óculos escuros e franziu o cenho. Fazia três semanas que nenhuma embarcação (exceto transatlânticos gigantescos, que possuíam nomes sutis como *Sensation*, *Ecstasy* ou *Orgasm*) passava por aquela praia.

– Você contou para alguém que estamos aqui? – perguntou ela.

– Não.

– Talvez seja John.

John era o já mencionado presidente da empresa de cruzeiros, amigo de Terese.

– Não creio – disse Myron.

Terese e Myron haviam se conhecido fazia pouco mais de três semanas. Terese, que era âncora de um programa do horário nobre na CNN, estava "de férias". Os dois tinham se encontrado ao acaso em um evento beneficente a que foram apenas porque amigos os obrigaram. Como se a tristeza e o sofrimento mútuos fossem magnéticos, sentiram-se imediatamente atraídos um pelo outro. O caso começou como pouco mais que um desafio: abandonar tudo e fugir. Desaparecer com alguém que você acha atraente e mal conhece. Nenhum dos dois descartou a ideia e, doze horas depois, chegaram a St. Maarten. Mais 24 horas e ali estavam eles.

Para Myron, um homem que havia dormido com um total de quatro mulheres em toda a sua vida, que nunca tivera uma noite de sexo casual (nem na época em que isso era moda e não representava risco iminente à saúde) e que jamais tinha transado só pela sensação física, sem os entraves do amor e do compromisso, a decisão de fugir se mostrara surpreendentemente fácil.

Não dissera a ninguém aonde ia nem por quanto tempo – sobretudo porque ele próprio não fazia a menor ideia. Tinha ligado para os pais e lhes dito que não se preocupassem – o equivalente a pedir que criassem guelras e aprendessem a respirar debaixo d'água. Enviara um fax a Esperanza passando-lhe uma procuração para gerir a MB Representações Esportivas, a agência em que eram sócios. Não havia nem telefonado para Win.

Terese o observava:

– Você sabe quem é.

Myron não disse nada. Seus batimentos cardíacos se aceleraram.

O iate se aproximou. A porta da cabine da frente se abriu e, como ele temia, Win apareceu no convés. O pânico o deixou sem fôlego. O amigo não era o tipo de pessoa que fazia visitas casuais. Se estava ali, era porque algo não ia bem.

Myron se pôs de pé. Estava ainda longe demais para gritar, então optou por um aceno. Em resposta, Win balançou ligeiramente a cabeça.

– Espere um instante – disse Terese. – Aquele ali não é o herdeiro da Lock-Horne Seguros?

– É.

– Eu o entrevistei uma vez quando o mercado entrou em crise. Tem um nome comprido e pomposo.

– Windsor Horne Lockwood III – falou Myron.

– Isso. Um cara bem peculiar.

Ela nem imaginava quanto.

– Lindo como um deus – continuou Terese. – Naquele estilo família rica e tradicional, country clube, nascido com um taco de golfe de prata nas mãos.

Como se estivesse ouvindo, Win passou a mão pelas madeixas louras e sorriu.

– Vocês têm algo em comum – observou Myron.

– O quê?

– Os dois acham que ele é lindo como um deus.

Terese estudou o rosto de Myron:

– Você vai voltar – falou ela, com um toque de apreensão na voz.

Myron concordou com a cabeça:

– Win não viria até aqui à toa.

Ela pegou a mão de Myron. Foi o primeiro momento de ternura entre eles em três semanas, desde o evento beneficente. Podia soar estranho – amantes sozinhos numa ilha, fazendo sexo dia e noite, mas sem nunca ter dado um beijo suave, ter feito um carinho ou trocado palavras de afeto –, porém aquele relacionamento era do tipo esquecer e sobreviver: duas almas desesperadas caídas sobre escombros, sem nenhum interesse em tentar reconstruir o que quer que fosse.

Terese passava a maior parte dos dias fazendo longas caminhadas sozinha; ele, sentado na praia, exercitando-se e, às vezes, lendo. Encontravam-se para comer, dormir e fazer sexo. Tirando isso, deixavam-se a sós para – se não exatamente se recuperarem – evitar que os problemas viessem à cabeça. Myron percebia que ela também estava destroçada, que alguma tragédia recente a atingira com força. Porém nunca perguntara o que havia acontecido. Nem ela.

Era como uma regra tácita daquela pequena loucura.

O iate parou e lançou âncora. Win desceu num bote motorizado. Myron esperou. Ficou inquieto, trocando o pé de apoio, preparando-se. Quando o bote já estava perto o bastante da praia, Win desligou o motor.

– Meus pais? – perguntou Myron.

Win balançou a cabeça:

– Estão bem.
– Esperanza?
Ligeira hesitação:
– Está precisando da sua ajuda.

Win pisou com cautela na água, quase como se esperasse que ela suportasse seu peso. Vestia uma camisa branca de botões e short estampado, de uma cor berrante o suficiente para espantar um tubarão. O yuppie dono de iate. Tinha um porte mais para esbelto, porém os braços eram fortes como se cobras de aço se enrolassem sob a pele.

Terese se pôs de pé para receber Win, que a admirou sem dar mostras. Myron conhecia poucos homens que conseguiam aquilo. Educação. Ele pegou a mão de Terese e sorriu. Os dois trocaram amabilidades. Sorrisos falsos e comentários inúteis se sucederam. Myron permaneceu imóvel, sem escutar. Terese pediu licença e se dirigiu à casa.

Win a observou com atenção enquanto se afastava. Depois disse:

– Um *derrière* de primeira linha.

– Está se referindo a mim? – perguntou Myron.

Win manteve os olhos intensamente concentrados no, digamos, alvo:

– Na televisão ela está sempre atrás daquela bancada – observou ele. – Ninguém imaginaria que tem esse *derrière* fenomenal. – Ele balançou a cabeça. – Um desperdício, realmente.

– É mesmo! – retrucou Myron. – Talvez ela devesse se levantar de vez em quando durante o programa. Dar umas voltinhas, se abaixar, alguma coisa assim.

– Você está certo – falou Win, arriscando uma olhada rápida para o amigo. – Aproveite e faça umas fotos durante o sexo, talvez um vídeo.

– Não, isso é para você ou algum astro do rock pervertido.

– Otário.

– Otário, entendi. – *Derrière* de primeira linha? – Então, qual é o problema com Esperanza?

Terese havia desaparecido pela porta de casa. Win suspirou ligeiramente e se voltou para Myron:

– O iate vai levar uma hora para reabastecer, depois vamos. Posso me sentar?

– O que aconteceu, Win?

Ele não respondeu. Apenas se sentou numa espreguiçadeira, recostando-se. Pôs as mãos atrás da cabeça e pousou um tornozelo sobre o outro.

– Vou dizer uma coisa. Quando você resolve perder a linha, sabe fazer isso com estilo.

– Não perdi a linha. Só precisava dar um tempo.

– Hu-hum – fez Win, olhando para o outro lado.

De repente Myron percebeu tudo: devia ter magoado o amigo. Parecia estranho, mas provavelmente era isso. Win podia ser um sociopata aristocrático de sangue azul, mas, ainda assim, era mais ou menos humano. Os dois eram inseparáveis desde a faculdade, e Myron desaparecera sem dar sequer um telefonema. De certa forma, Win não tinha ninguém além dele.

– Eu ia ligar para você – disse Myron, numa voz débil.

Win permaneceu imóvel.

– Mas sabia que, se houvesse algum problema, você conseguiria me encontrar.

Era verdade. O amigo era capaz de encontrar uma agulha num palheiro. Win fez um gesto com a mão:

– Deixe pra lá.

– Então, qual é o problema com Esperanza?

– Clu Haid.

O primeiro cliente de Myron, um arremessador de beisebol, agora na reserva, em fim de carreira.

– Que tem ele?

– Está morto – respondeu Win.

Myron sentiu as pernas tremerem ligeiramente. Deixou-se cair na espreguiçadeira.

– Levou três tiros, dentro da própria casa.

Myron baixou a cabeça:

– Achei que ele ia se endireitar.

Win não disse nada.

– Mas o que Esperanza tem a ver com isso?

O amigo olhou para o relógio:

– Exatamente agora – respondeu – ela deve estar sendo presa pelo assassinato dele.

– O quê?

Mais uma vez Win não disse nada. Odiava repetir.

– Estão achando que Esperanza o matou?

– Bom saber que essas férias não prejudicaram seus poderes de dedução – respondeu Win, virando o rosto para o sol.

– Que prova eles têm?
– A arma do crime, por exemplo. Manchas de sangue. Fibras. Você tem protetor solar?
– Mas como...? – Myron estudava o rosto do amigo, que, como sempre, não revelava nada. – Ela fez isso?
– Não faço ideia.
– Você perguntou a ela?
– Esperanza não quer falar comigo.
– O quê?
– Também não quer falar com você.
– Não entendo – disse Myron. – Esperanza não mataria ninguém.
– Você tem certeza absoluta disso?

Myron engoliu em seco. Havia pensado que os acontecimentos recentes o ajudariam a entender melhor Win, que também já matara alguém. Diversas vezes. Agora que Myron também passara por isso, chegara a pensar que se estabeleceria um novo elo, mas não. Pelo contrário. A experiência compartilhada estava cavando um verdadeiro abismo entre os dois.

Win olhou de novo para o relógio:
– Por que você não vai arrumar suas coisas?
– Não há nada que eu precise levar.

Win fez um sinal em direção à casa. Terese os observava em silêncio.
– Então dê adeus à Sra. Derrière e vamos embora.

2

Terese tinha vestido um roupão. Inclinou-se contra a porta e esperou.
Myron não sabia exatamente o que dizer. Optou por:
– Obrigado.
Ela balançou a cabeça.
– Quer ir junto? – perguntou ele.
– Não.
– Não pode ficar aqui a vida inteira.
– Por que não?
Myron pensou naquilo um instante:
– Você entende alguma coisa de boxe?
Terese farejou o ar:
– Estou reconhecendo o cheiro característico de uma metáfora esportiva?
– Acho que sim – respondeu ele.
– Vá em frente.
– Isto tudo é como uma luta de boxe – começou Myron. – Damos pulinhos, blefamos, nos abaixamos e tentamos manter o adversário longe. Mas só se pode fazer isso durante um tempo. No final, temos que dar um soco.
Ela fez uma careta:
– Meu Deus, essa foi péssima!
– É o calor do momento.
– E incorreta – acrescentou Terese. – Que tal assim: testamos a força do adversário e ela nos levou à lona. De alguma forma, conseguimos ficar de pé outra vez. Mas nossas pernas ainda estão bambas, a visão continua turva. Outro soco bem dado e a luta acaba. Melhor ficar driblando, evitar sermos atingidos e rezar para chegarmos até o final.
Difícil de contestar.
Os dois ficaram em silêncio. Myron foi o primeiro a tentar quebrá-lo:
– Se você for a Nova York, me ligue e...
– Certo.
Silêncio.
– Sabemos o que vai acontecer – disse Terese. – Vamos nos encontrar para um drinque, talvez ir para a cama de novo, mas não será a mesma coisa. Vamos nos sentir desconfortáveis demais, fingir que estamos outra vez

juntos, sem nunca termos trocado sequer uma mensagem. Não somos amantes, Myron. Nem sequer amigos. Não sei que diabo somos, mas obrigada.

Um pássaro piou. As pequenas ondas produziram um som suave. Win estava de pé na praia, braços cruzados, o corpo demonstrando uma paciência assustadora.

– Seja feliz, Myron.

– Você também.

Ele e Win tomaram o bote até o iate. Um membro da tripulação ofereceu a mão a Myron, que a agarrou e subiu a bordo. A embarcação partiu. Myron ficou no convés, observando a praia diminuir. Apoiava-se contra a amurada de madeira nobre. Tudo naquele iate era nobre, escuro e caro.

– Pegue – ofereceu Win.

Myron se virou. O amigo lhe passou um achocolatado, sua bebida preferida. Myron sorriu:

– Faz três semanas que não tomo um desses.

– As dores da abstinência – falou Win. – Deve ter sido uma agonia.

– Sem TV e sem achocolatado. É um milagre que eu tenha sobrevivido.

– Sim, você viveu praticamente como um monge – disse Win. Depois, olhando outra vez para a ilha, acrescentou: – Bem, como um monge que fez muito sexo.

Os dois estavam fugindo do assunto realmente importante.

– Quanto tempo até chegar? – perguntou Myron.

– Oito horas de barco – respondeu Win. – Um jato fretado está à nossa espera em Saint-Barth. O voo deve durar umas quatro horas.

Myron balançou a cabeça, sacudiu o achocolatado, tomou um gole longo e virou na direção do mar.

– Me desculpe.

Win ignorou a frase. Ou talvez ela fosse suficiente para ele. O iate tomou velocidade. Myron fechou os olhos, deixando o borrifo suave da água acariciar seu rosto. Pensou um instante em Clu Haid. Não confiava em agentes – "todos estão a um passo da pedofilia", era como os descrevia. Então pedira que Myron negociasse seus contratos. Na época, Myron ainda estava no primeiro ano de direito em Harvard, mas aceitara a proposta. Gostava daquilo. E a MB Representações Esportivas surgira logo em seguida.

Clu era irresponsável, mas uma pessoa cativante. Sem nenhum constrangimento, vivia atrás de vinho, mulheres e música – sem mencionar qualquer droga em que pudesse pôr as mãos, o nariz ou as veias. Nunca conhecia alguém de que não gostasse. Era um cara grande, ruivo, com uma beleza infantil e jeito amigável, quase um canalha à moda antiga, além de tremendamente carismático. Todo mundo o adorava. Até Bonnie, a esposa sofredora. O casamento era um bumerangue. Ela mandava o marido embora, ele girava um tempo pelo mundo, depois Bonnie o agarrava de volta.

Clu parecia estar pegando mais leve. Depois de tudo o que Myron fizera para livrá-lo de várias confusões – suspensões por uso de drogas, acusações de dirigir embriagado e por aí afora –, ele começara a engordar e chegara ao fim de seu reino encantado. Os Yankees compraram seu passe, porém o colocaram num rigoroso período de experiência, dando-lhe uma última chance de redenção. Pela primeira vez Clu havia aceitado fazer reabilitação e vinha participando de reuniões dos Alcoólicos Anônimos. Sua bola rápida voltara a superar a incrível barreira dos 140 quilômetros por hora.

Win interrompeu seus pensamentos:

– Quer saber o que aconteceu?

– Não tenho certeza – respondeu Myron.

– Sério?

– Da última vez, estraguei tudo. Você me avisou, mas não quis escutar. Já morreu tanta gente por minha causa. – Sentiu lágrimas nos olhos e limpou-as. – Você não faz ideia de como terminou mal.

– Myron?

Ele se virou para o amigo. Seus olhares se encontraram.

– Componha-se – disse Win.

Myron fez um barulho – metade soluço e metade risada:

– Detesto quando você me mima.

– Talvez prefira que eu acrescente alguma banalidade inútil – replicou Win, mexendo o drinque e tomando um pouco. – Escolha uma das alternativas, depois podemos continuar: a vida é dura; a vida é cruel; a vida é puro acaso; às vezes pessoas boas são forçadas a fazer coisas más; às vezes pessoas inocentes morrem; sim, Myron, você estragou tudo, mas da próxima vez vai se sair melhor; não, Myron, você não estragou tudo, não foi culpa sua; todo mundo tem um limite e agora você sabe o seu. Posso parar?

– Por favor.

– Então vamos passar para Clu Haid.

Myron concordou e deu o gole final no achocolatado.

– Tudo parecia ir bem para nosso velho amigo – falou Win. – Vinha fazendo bons lançamentos. A paz reinava no lar. Estava passando nos exames antidoping. Ficava em casa nas horas vagas. Tudo isso mudou duas semanas atrás, quando um antidoping surpresa deu resultado positivo.

– Para quê?

– Heroína.

Myron balançou a cabeça.

– Clu não se pronunciou para a mídia – continuou Win. – Mas em particular declarou que o teste foi manipulado. Que alguém tinha posto alguma coisa na sua comida ou algo assim.

– Como você sabe disso?

– Esperanza me contou.

– Ele a procurou?

– Sim, Myron. Quando não passou no antidoping, é claro que ele foi pedir ajuda ao agente.

Silêncio.

– Ah – fez Myron.

– Não quero falar sobre o fiasco que é a MB Representações Esportivas no momento. Basta dizer que Esperanza e Big Cyndi fizeram o melhor que conseguiram. Mas a agência é sua. Os clientes contratam você. Muitos ficaram bastante insatisfeitos com o seu súbito desaparecimento.

Myron deu de ombros. Um dia iria se preocupar.

– Então pegaram Clu no exame.

– E ele foi imediatamente suspenso. A mídia ajudou a acabar com ele. Perdeu todos os contratos de publicidade. Bonnie o botou para fora. Os Yankees o renegaram. Sem ter para onde ir, Clu fez várias visitas ao seu escritório, e toda vez Esperanza lhe dizia que você não estava disponível. O mau humor dele foi aumentando a cada visita.

Myron fechou os olhos.

– Quatro dias atrás, Clu abordou Esperanza fora do escritório. No estacionamento Kinney, para ser mais exato. Trocaram algumas palavras. Duras e em voz alta. Segundo testemunhas, Clu lhe deu um soco na boca.

– O quê?

– Vi Esperanza no dia seguinte. Estava com o rosto inchado. Mal podia falar, embora tenha conseguido me dizer que não me metesse na vida dela. Acredito que teria sido ainda pior se Mario e outros funcionários do estacionamento não os tivessem separado. Parece que ela fez ameaças do tipo "você vai pagar, seu brocha filho da puta" enquanto os apartavam.

Myron balançou a cabeça. Aquilo não fazia sentido.

– No outro dia, de tarde, Clu foi encontrado morto no apartamento que alugava em Fort Lee – continuou Win. – A polícia ficou sabendo do que tinha havido entre os dois. Emitiram não sei quantos mandados de busca e a arma do crime foi encontrada, uma 9 milímetros, no seu escritório.

– No meu escritório?

– Sim, no escritório da MB.

Myron balançou de novo a cabeça:

– Isso foi plantado.

– Sim, talvez. Encontraram também fibras compatíveis com o carpete do apartamento de Clu.

– Essas fibras não querem dizer nada. Ele esteve no escritório antes. Provavelmente elas foram nos sapatos dele.

– Sim, talvez – repetiu Win. – Mas os vestígios de sangue na mala do carro da empresa são mais difíceis de explicar.

Myron quase desabou:

– Sangue no Taurus?

– Sim.

– E a polícia confirmou que o sangue era de Clu?

– Mesmo tipo sanguíneo. O exame de DNA vai levar umas semanas.

Myron não conseguia acreditar no que estava ouvindo.

– Esperanza usou o carro?

– Nesse mesmo dia. Segundo os registros do pedágio, o carro atravessou a ponte Washington de volta a Nova York menos de uma hora depois do assassinato. E, como eu disse, ele foi morto em Fort Lee. O apartamento fica a cerca de 3 quilômetros da ponte.

– Isso é loucura.

Win não disse nada.

– Que motivo ela teria? – perguntou Myron.

– A polícia ainda não encontrou um que seja sólido o bastante. Mas trabalham com várias hipóteses.

– Tais como?

– Esperanza tinha se tornado sócia da MB Representações Esportivas fazia pouco tempo. Estava sozinha à frente dela. O cliente mais antigo da empresa estava prestes a ir embora.

Myron franziu o cenho:

– Muito fraco esse motivo.

– E também tinha a briga no estacionamento. Talvez Clu a culpasse por todas as coisas ruins que estavam acontecendo com ele. Talvez ela quisesse se vingar. Quem sabe?

– Você disse que ela não queria falar com você.

– Sim.

– Mas você perguntou a ela sobre as acusações?

– Perguntei.

– E?

– Ela me disse que tinha a situação sob controle – respondeu Win. – E que não entrasse em contato com você. Ela não queria falar com você.

Myron pareceu intrigado:

– Por que não?

– Não tenho a menor ideia.

Lembrou-se de Esperanza, aquela beleza hispânica que havia conhecido quando ela lutava profissionalmente sob o nome de Pequena Pocahontas. Fazia séculos. Ela estava na MB Representações Esportivas desde o começo – primeiro como secretária e, depois de se formar em direito, como sócia.

– Mas sou o melhor amigo dela – disse Myron.

– Sei muito bem disso.

– Então por que pediria uma coisa dessas?

Win achou que a pergunta era retórica. Permaneceu em silêncio.

A ilha já desaparecera de vista. Em todas as direções, via-se apenas a agitação das águas tépidas e azuis do Atlântico.

– Se eu não tivesse sumido... – começou Myron.

– Myron?

– O quê?

– Você está choramingando outra vez. Não aguento chorões.

Myron balançou a cabeça e se encostou na amurada de madeira.

– Alguma ideia? – perguntou Win.

– Ela vai falar comigo – respondeu Myron. – Pode ter certeza.

– Tentei ligar para ela.

– E?

– Ninguém atendeu.

– Você tentou Big Cyndi?

– Ela está fazendo exatamente o que Esperanza pediu.

Não o surpreendia.

– Que dia é hoje? – perguntou Myron.

– Terça.

– Big Cyndi ainda trabalha como segurança no Couro e Luxúria. Pode ser que esteja lá.
– Durante o dia?
Myron encolheu os ombros:
– Perversão sexual não tem hora certa.
– Graças a Deus – disse Win.
Os dois ficaram em silêncio, o barco balançando-os suavemente. Win olhou para o sol:
– Lindo, não?
Myron assentiu.
– Você já deve estar enjoado disso depois de tanto tempo.
– Muito – concordou Myron.
– Vamos lá para baixo. Acho que vai gostar.

3

WIN HAVIA FEITO UM ESTOQUE de vídeos no iate. Eles assistiram a episódios antigos de *Batman* (com Julie Newmar como Mulher-Gato e Lesley Gore como uma de suas assistentes – um miau duplo!), *Odd Couple* (quando Oscar e Félix participam de uma gincana na TV), *Além da imaginação* e, para ter algo mais atual, *Seinfield* (Jerry e Elaine visitam os pais dele na Flórida). Nada de comida saudável. Comida de verdade. Se não fosse substancial o bastante, havia Doritos, Cheetos, além de mais achocolatados e até uma pizza requentada da Calabria, uma pizzaria da Livingstone Avenue.

Win podia ser um sociopata, mas que cara!

O efeito de tudo aquilo era mais que terapêutico. O tempo passado no mar e, depois, em frente à TV, funcionou como uma câmara de descompressão emocional, uma oportunidade para a alma de Myron ajustar-se à vida, ao súbito ressurgimento no mundo real.

Os dois amigos mal falavam, só suspiravam olhando para Julie Newmar (toda vez que ela aparecia na tela, com sua roupa preta justa, Win imitava um gato ronronando). Eles deviam ter 5 ou 6 anos quando a série foi ao ar, mas algo em Julie Newmar como Mulher-Gato varria para longe qualquer noção freudiana de que o desenvolvimento sexual fazia uma pausa naquela fase. Por quê, nenhum dos dois sabia. Sua maldade talvez. Ou algo mais profundo. Esperanza teria alguma opinião interessante sobre isso. Myron tentou não pensar nela – era inútil e exaustivo, já que não podia fazer nada a respeito –, mas a última vez que vivera algo parecido tinha sido na Filadélfia, justamente com Win e Esperanza. Sentia falta da sócia. Assistir TV não era a mesma coisa sem seus comentários incessantes.

O barco atracou e eles se dirigiram ao jato particular.

– Vamos salvá-la – disse Win. – Afinal, somos os mocinhos.

– Questionável.

– Tenha confiança, amigo.

– Não, estava me referindo a sermos os mocinhos.

– Você devia saber a diferença.

– Não sei mais – retrucou Myron.

Win jogou o queixo para a frente, a mesma careta de fundador da América que os antepassados dele devem ter feito quando chegaram no *Mayflower*.

– Essa sua crise moral é *très* inapropriada.

Uma loura vistosa, de voz sussurrante, como que saída de um velho cabaré francês, saudou-os na cabine do jato, pertencente à companhia Lock-Horne. Trouxe-lhes drinques em meio a risos e rebolados. Win sorriu para ela, que retribuiu.

– Interessante – disse Myron.
– O quê?
– Você sempre contrata aeromoças curvilíneas.
Win franziu o cenho:
– Por favor! Ela prefere ser chamada de comissária de bordo.
– Desculpe a minha estúpida falta de sensibilidade.
– Tente ser mais tolerante – disse Win. – Adivinhe o nome dela.
– Tawny?
– Quase. Candi. Com *i*. Mas sem pingo. Ela desenha um coração no lugar.

Win podia ser mais canalha, mas era difícil imaginar como.

Myron se recostou. Ouviu-se a voz do piloto pelo alto-falante. Cumprimentou-os pelo nome, depois decolaram. Jato particular. Iate. Às vezes era bom ter amigos ricos.

Quando alcançaram altitude de cruzeiro, Win abriu o que parecia ser uma caixa de charutos e tirou um telefone.

– Ligue para os seus pais – disse ele.

Myron ficou parado um instante. Uma nova onda de culpa o atravessou e ele enrubesceu. Concordou, pegou o telefone e ligou. Segurava o aparelho com um pouco de força excessiva. A mãe atendeu.

– Mãe...

Ela começou a gritar, até conseguir chamar o marido. O pai de Myron pegou a extensão no andar de baixo.

– Pai...

O pai começou também a berrar. Uma gritaria em estéreo. Myron afastou o telefone do ouvido um instante.

– Eu estava no Caribe – falou ele –, não em Beirute.

Uma explosão de gargalhadas dos dois. Depois, mais gritos. Myron olhou para Win, que permaneceu impassível, e revirou os olhos, mas no fundo estava satisfeito. Por mais que alguém se queixe, quem não gosta de ser amado assim?

Os pais encetaram uma conversa sem sentido – intencionalmente sem sentido, supôs Myron. Ao mesmo tempo que podiam ser inoportunos, os dois possuíam o dom maravilhoso de saber a hora de recuar. Conseguiu explicar onde estivera. Eles escutaram em silêncio. Depois a mãe perguntou:

– E de onde você está nos ligando?

– Do avião de Win.

Ouviu os dois arfarem em conjunto:

– O quê?

– A empresa de Win tem um jato particular. Acabei de dizer a vocês que ele me pegou...

– E você está falando do telefone dele?

– Sim.

– Você faz ideia de quanto isso custa?

– Mãe...

A conversa sem sentido, no entanto, acabou logo. Myron desligou e, segundos depois, relaxou na poltrona. A culpa veio novamente, banhando-o em algo gelado. Os pais já não eram jovens. Ele não tinha pensado naquilo antes de sumir. Não tinha pensado em várias coisas.

– Eu não devia ter feito isso com eles – falou Myron. – Nem com você.

Win se mexeu na cadeira – para ele, uma linguagem corporal expressiva. Candi reapareceu rebolando. Abaixou uma tela, apertou um botão, e um filme do Woody Allen começou a passar. *A última noite de Boris Grushenko*. Um néctar dos deuses para a mente. Eles assistiram sem falar nada. Quando acabou, Candi perguntou a Myron se ele queria tomar uma chuveirada antes de aterrissarem.

– Perdão? – disse ele.

Candi deu uma risadinha, chamou-o de "bobinho" e saiu rebolando.

– Uma chuveirada?

– Tem um chuveiro nos fundos – falou Win. – Tomei também a liberdade de trazer uma muda de roupa para você.

– Você é um bom amigo.

– Sou mesmo, bobinho.

Myron tomou banho, trocou-se, e depois todos colocaram os cintos de segurança para a chegada. O avião desceu sem atraso, numa aterrissagem tão perfeita que parecia coreografada pelo Temptations. Uma limusine comprida estava esperando por eles na pista de asfalto escuro. Do lado de fora do avião, o ar parecia estranho e desconhecido, como se estivessem vindo de outro planeta, não de outro país. Chovia forte. Desceram os degraus e entram na limusine, que os esperava de portas abertas.

Secaram-se um pouco.

– Imagino que você vá ficar comigo – disse Win.

Myron estivera morando num loft na Spring Street, com Jessica, mas isso fora antes.

– Se não tiver nenhum problema.

– Não tem.

– Posso voltar a morar com os meus pais...

– Eu disse que não tem problema nenhum.

– Vou encontrar um lugar para mim.

– Sem pressa – falou Win.

A limusine deu partida. Win juntou as pontas dos dedos. Sempre fazia isso. Ficava bem nele. Levou as mãos unidas aos lábios:

– Não sou a melhor pessoa para falar desses assuntos – começou ele –, mas, se você quiser falar sobre Jessica ou Brenda, ou quem quer que seja...

Ele separou os dedos e fez um gesto vago com a mão direita. Win estava tentando. As questões do coração não eram seu forte. Seus sentimentos sobre envolvimentos românticos podiam ser objetivamente rotulados de "apavorantes".

– Não se preocupe com isso – disse Myron.

– Tudo bem, então.

– Mesmo assim, obrigado.

Apenas um aceno rápido com a cabeça.

Após mais de uma década de idas e vindas com Jessica – anos que passou apaixonado pela mesma mulher, em que tiveram uma separação séria, encontraram-se de novo, fizeram tentativas, amadureceram e foram por fim morar juntos outra vez –, estava tudo acabado.

– Sinto falta de Jessica – falou Myron.

– Pensei que não íamos falar nisso.

– Desculpe.

Win se mexeu outra vez no banco:

– Não, continue – disse, como se preferisse fazer um exame de toque anal a falar daquilo.

– É só que... Acho que uma parte de mim vai ficar para sempre com ela.

Win balançou a cabeça:

– Como um acidente de trabalho.

Myron sorriu.

– É, isso.

– Então corte o membro e deixe para lá.

Myron olhou para o amigo.

Win deu de ombros:

– Tenho visto muitos talk shows nas horas vagas.

– Dá para notar.

– Um episódio chamado "Mamãe arrancou o piercing do meu mamilo" – disse Win. – Confesso que me fez chorar.

– É bom saber que você está aprendendo a lidar com seu lado sensível. – Como se Win tivesse um, pensou. – Então, o que vamos fazer?

Win olhou para o relógio:

– Tenho um contato na casa de detenção do Condado de Bergen. Deve estar lá agora.

Pegou o telefone, pôs no viva-voz e digitou um número. Após dois toques, ouviram alguém atender:

– Schwartz.

– Brian, aqui é Win Lockwood.

Depois do costumeiro silêncio reverente comum a toda vez que alguém escutava aquele nome, Schwartz respondeu:

– Oi, Win.

– Preciso de um favor.

– Diga.

– Esperanza Diaz. Ela está aí?

Breve pausa.

– Você não soube disso por mim – falou Schwartz.

– Soube do quê?

– Ótimo. Tudo bem, já que nos entendemos – disse ele. – Sim, ela está aqui. Trouxeram a garota pra cá algemada faz umas duas horas. Tudo na encolha.

– Por que na encolha?

– Não sei.

– Quando ela vai ser levada a juízo?

– Amanhã de manhã, acho.

Win olhou para Myron, que balançou a cabeça. Esperanza passaria a noite detida. Isso não era nada bom.

– Por que a prenderam tão tarde?

– Não sei.

– E você viu que ela estava algemada?

– Vi.

– Não a deixaram se entregar por vontade própria?

– Não.

Novamente, os dois amigos se entreolharam. Presa tarde. Algemada. Noite na prisão. Alguém da promotoria estava irritado e tentando passar um recado – não muito agradável.

– O que mais você tem para me contar? – perguntou Win.

– Não muito. Como disse, estão agindo com muita discrição nesse caso. O promotor nem soltou isso para a mídia ainda. Mas vai. Provavelmente antes do jornal das onze. Declaração rápida, sem tempo para perguntas, esse tipo de coisa. Não teria ficado sabendo disso se não fosse um grande fã.

– Grande fã?

– De luta livre. Olha, eu logo a reconheci da época em que era lutadora. Você sabia que Esperanza Diaz era a Pequena Pocahontas, a princesa índia?

Win olhou para Myron.

– Sim, Brian, sabia.

– Mesmo? – O contato ficou animado de verdade. – Pequena Pocahontas era a minha favorita, não tinha para nenhuma. Uma lutadora incrível. Top de linha. Quer dizer, ela entrava no ringue com aquele biquíni mínimo, de camurça, e começava a se agarrar com as outras garotas, maiores que ela, se contorcendo pelo chão e coisa e tal. Juro por Deus, ela era muito gostosa.

– Obrigado pela imagem – retrucou Win. – Mais alguma coisa, Brian?

– Não.

– Você sabe quem é o advogado dela?

– Não. – Depois de um instante: – Ah, só mais uma coisa. Tem alguém com ela. Bem, é como se estivesse com ela...

– Como se estivesse com ela?

– Lá fora. Nos degraus em frente ao fórum.

– Não sei se estou entendendo – replicou Win.

– Lá fora, na chuva. Sentada lá. Se não estou enganado, é a ex-parceira de equipe da Pequena Pocahontas, a Grande Chefe-mãe. Você sabia que as duas foram campeãs intercontinentais por três anos seguidos?

Win suspirou.

– Não diga!

– Seja lá o que intercontinental for. Quer dizer, o que isso significa, você sabe? Mas isso já faz tempo. Cinco, oito anos atrás, no mínimo. Cara, elas eram incríveis. Grandes lutadoras. Hoje em dia, a liga perdeu totalmente a classe.

– Mulheres de biquíni se agarrando – falou Win. – Já não se fazem mais lutadoras como aquelas.

– Isso, exatamente. É tudo falso, peito de silicone. Eu, pelo menos, penso assim. Quando uma cai de barriga no chão, parece que o peito vai estourar como um pneu velho. É por isso que quase não assisto mais. Às vezes, se estou zapeando pelos canais e alguma coisa me chama atenção, paro e dou uma olhada...

– Você estava falando sobre uma mulher na chuva?

– Certo, Win, certo, desculpe. Ela está lá fora, seja quem for. Sentadinha. Os policiais já passaram por ela e perguntaram o que estava fazendo. Ela respondeu que ia esperar pela amiga.

– Então ela está aí agora?

– Está.

– Como ela é, Brian?

– Parece o Incrível Hulk. Só que mais feia. E talvez mais verde.

Win e Myron se entreolharam mais uma vez. Não havia dúvidas. A Grande Chefe-mãe, também conhecida como Big Cyndi.

– Mais alguma coisa, Brian?

– Não, mais nada. – E depois: – Então você conhece Esperanza Diaz?

– Sim.

– Pessoalmente?

– Sim.

Um silêncio de admiração:

– Meu Deus, que vida essa sua, Win!

– É mesmo.

– Dá para me conseguir um autógrafo dela?

– Vou fazer o possível, Brian.

– Um retrato autografado, talvez? Da Pequena Pocahontas com seu traje de luta? Sou um grande fã, de verdade.

– Dá para ver, Brian. Tchau.

Win desligou e se recostou no assento. Olhou para Myron, que balançou a cabeça. Pegou o interfone e ordenou ao motorista que os levasse ao fórum.

4

Quando chegaram ao fórum de Hackensack, já eram quase dez da noite. Big Cyndi estava sentada na chuva, de ombros caídos. Ao menos Myron achou que fosse ela. De longe, parecia um fusca estacionado em frente aos degraus da entrada.

Myron saltou do carro e se aproximou:

– Big Cyndi?

A silhueta na escuridão rosnou baixo, como uma leoa alertando um animal mais fraco que tivesse se perdido.

– Sou eu: Myron – disse ele.

O rosnado se intensificou. A chuva emplastara o cabelo geralmente espetado de Big Cyndi, e parecia que ela estava usando um corte militar irregular. A cor, naquele dia, estava difícil de decifrar – ela gostava de variar as tinturas –, mas não lembrava nenhum tom encontrado na natureza. Big Cyndi às vezes combinava as cores ao acaso para ver o que acontecia. Insistia também em ser chamada de Big Cyndi, e não Cyndi. Chegara a trocar legalmente de nome. Seus documentos oficiais diziam: Cyndi, Big.

– Você não pode ficar aqui a noite toda – tentou Myron.

Ela por fim falou:

– Vai embora.

– O que aconteceu?

– O senhor fugiu – disse ela, numa voz infantil, perdida.

– Sim.

– Nos deixou sozinhas.

– Lamento muito. Mas estou de volta agora.

Ele arriscou mais um passo. Se ao menos tivesse algo para acalmá-la. Como um pote de 2 litros de Häagen-Dazs. Ou um cordeiro para sacrificar.

Big Cyndi começou a chorar. Myron se aproximou devagar, com a mão direita estendida, caso ela quisesse cheirá-la. Os rosnados, todavia, haviam acabado, substituídos por soluços. Ele pôs a palma da mão num ombro que parecia uma bola de boliche.

– O que aconteceu? – perguntou de novo.

Cindy fungou. Alto. O som quase amassou o para-lama da limusine:

– Não posso falar.

– Por que não?

– Ela pediu.

– Esperanza?

Big Cyndi assentiu.

– Ela vai precisar de ajuda – argumentou Myron.

– Ela não quer a ajuda do senhor.

As palavras doeram. A chuva continuava a cair. Myron sentou no degrau ao lado da mulher:

– Ela está chateada porque sumi?

– Não posso falar, Sr. Bolitar. Sinto muito.

– Por que não?

– Ela pediu.

– Esperanza não vai aguentar esse peso sozinha – disse Myron. – Vai precisar de um advogado.

– Já tem.

– Quem?

– Hester Crimstein.

Big Cyndi engoliu em seco, como se tivesse percebido que falara demais, mas Myron se perguntou se o deslize não teria sido intencional.

– Como ela conseguiu Hester Crimstein? – perguntou ele.

– Não posso dizer mais nada, Sr. Bolitar. Por favor, não fique bravo comigo.

– Não estou bravo, Big Cyndi. Só estou preocupado.

Ela sorriu então para ele. Myron sufocou um grito.

– É bom tê-lo de volta – disse ela.

– Obrigado.

Big Cyndi colocou a cabeça em seu ombro. O peso o fez oscilar, mas ele conseguiu permanecer relativamente ereto.

– Você sabe como gosto de Esperanza – falou Myron.

– Sim – replicou Big Cyndi. – O senhor a adora. E ela adora o senhor.

– Então me deixe ajudar.

Big Cyndi levantou a cabeça do ombro dele. O sangue voltou a circular.

– Acho que é hora de o senhor ir para casa.

Myron ficou de pé:

– Venha. Deixamos você em casa.

– Não, vou ficar.

– Está chovendo e é tarde. Alguém pode tentar atacar você. Aqui não é seguro.

– Sei me cuidar – falou Big Cyndi.

Na verdade, ele queria dizer que não era seguro para quem tentasse atacá-la, mas deixou passar.

– Você não pode ficar aqui a noite toda.

– Não vou deixar Esperanza sozinha.

– Mas ela nem sabe que você está aqui.

Big Cyndi limpou a chuva do rosto com a mão do tamanho do pneu de um carro:

– Sabe, sim.

Myron olhou para trás, na direção da limusine. Win estava encostado contra a porta, braços cruzados, guarda-chuva apoiado no ombro. Uma pose de Gene Kelly. Ele acenou para Myron com a cabeça.

– Tem certeza? – perguntou Myron.

– Sim, Sr Bolitar. Ah, vou chegar atrasada ao trabalho amanhã. Espero que entenda.

Myron balançou a cabeça. Os dois se olharam, a chuva lavando seus rostos. Uma sonora gargalhada os fez virar para a direita e olhar na direção da minifortaleza em que ficavam as celas dos presos. Esperanza, a pessoa mais próxima aos dois, estava encarcerada ali. Myron caminhou até a limusine e depois se voltou.

– Esperanza não mataria ninguém – disse ele.

Esperou por um momento que Big Cyndi concordasse ou pelo menos fizesse um sinal, mas ela ficou parada. Enfiou outra vez a cabeça entre os ombros e desapareceu dentro de si.

Myron entrou no carro. Win o seguiu, entregando-lhe uma toalha. O motorista deu partida.

– Hester Crimstein é a advogado dela – disse Myron.

– A Sra. TruTV?

– A própria.

– Ah – falou Win. – E como é o nome do programa dela agora?

– *Crimstein contra o crime* – respondeu Myron.

O amigo franziu a testa:

– Que fofo.

– Ela escreveu um livro com o mesmo título – acrescentou Myron, balançando a cabeça. – Estranho. Hester Crimstein quase não pega mais casos. Como Esperanza conseguiu?

Win bateu no queixo com o indicador:

– Não tenho certeza, mas acho que Esperanza andou tendo um caso com ela há uns dois meses.

– Você está brincando.

– Sim, sou um cara muito brincalhão. Não foi uma tirada engraçada?

Engraçadinho. Porém fazia sentido. Esperanza era a bissexual perfeita – porque qualquer um, independentemente do gênero, achava-a muito atraente. Quando se joga em todas as posições, é necessário ter atrativos para todos, não é?

Myron ficou pensando naquilo por um instante:

– Você sabe onde Hester Crimstein mora?

– Dois quarteirões depois do meu prédio, na Central Park Oeste.

– Vamos então fazer uma visita.

Win arqueou as sobrancelhas:

– Por quê?

– Talvez ela possa nos dar informações.

– Não vai nos receber.

– Talvez sim.

– O que o faz pensar isso?

– Em primeiro lugar – disse Myron –, hoje estou confiando no meu charme.

– Meu Deus – retrucou Win, inclinando-se para a frente. – Motorista, pé na tábua.

5

W**IN MORAVA NO DAKOTA**, um dos prédios mais chiques de Manhattan. Hester Crimstein morava dois quarteirões para o norte, no San Remo, endereço igualmente sofisticado. Entre os moradores do condomínio dela estavam Diane Keaton e Dustin Hoffman, mas o lugar talvez fosse mais conhecido por ter rejeitado o pedido de Madonna para morar lá.

Havia duas entradas, ambas com porteiros vestidos como um estadista russo caminhando pela praça Vermelha. Brezhnev I anunciou em voz baixa que a Srta. Crimstein "não estava presente". Usou de fato a palavra *presente*. As pessoas não dizem isso com frequência na vida real. Sorriu para Win e olhou Myron de alto a baixo. Não era uma tarefa fácil – Myron era no mínimo 15 centímetros mais alto –, e Brezhnev precisou inclinar a cabeça bem para trás, o que fez seu nariz parecer a entrada do túnel Lincoln. Por que, perguntou-se Myron, os empregados dos ricos e famosos agem com mais arrogância que os patrões? Seria apenas ressentimento? Ou porque são tratados com desprezo todo dia e, assim, aproveitam qualquer ocasião para fazer o mesmo com outras pessoas? Ou – mais simplesmente – porque as pessoas que se sentem atraídas por esse tipo de emprego são babacas?

Os pequenos mistérios da vida.

– Você acha que a Srta. Crimstein ainda volta esta noite? – perguntou Win.

Brezhnev abriu a boca, conteve-se e lançou um olhar desconfiado, como se temesse que Myron pudesse defecar no tapete persa. Win compreendeu. Puxou-o para o lado, para longe da plebe desprezível.

– Ela não deve demorar, Sr. Lockwood. – Ah, então Brezhnev reconhecera Win. Não era de admirar. – A aula de aeróbica da Srta. Crimstein termina às onze.

Exercitando-se às onze da noite. Bem-vindo aos tempos em que as horas de lazer são sugadas como se fossem lipoaspiradas.

Não havia área de espera ou lugar para se sentar no San Remo – a maioria dos prédios mais finos não encoraja nem aprova que visitantes demorem –, de forma que Myron e Win se dirigiram para fora, para a rua. O Central Park ficava do outro lado da calçada. Myron podia ver árvores, um muro de pedra e era só. Muitos táxis iam para o norte. A limusine de Win havia sido dispensada – tinham concluído que podiam caminhar dois quarteirões até o Dakota –, mas havia quatro outras estacionadas em local proibido. Uma quinta chegou. Uma Mercedes prateada estendida. Brezhnev correu até a porta do carro como se precisasse urinar e tivesse um banheiro lá dentro.

Um senhor de idade, calvo a não ser por um tufo de cabelo no alto da cabeça, desceu, a boca retorcida de quem sofreu um derrame. Uma mulher parecendo uma ameixa o seguiu. Ambos estavam com roupas caras e teriam talvez 100 anos. Alguma coisa neles perturbou Myron. Pareciam murchos, sim. Velhos, certamente. Porém havia algo mais, ele sentia. As pessoas falam de velhinhos adoráveis, mas aqueles dois eram obviamente o contrário: os olhos eram intensos, os movimentos ardilosos, coléricos e medrosos. A vida os esgotara, tinha-lhes sugado toda a bondade, a esperança e a juventude, deixando-os com uma vitalidade baseada em algo feio e odioso. Só sobrara a amargura. Se era dirigida contra Deus ou contra a humanidade, Myron não sabia dizer.

Win o cutucou. Ele olhou para a direita e viu uma figura, que reconheceu como Hester Crimstein, vindo em direção a eles. Era corpulenta, pelo menos segundo o padrão "Kate Moss" de hoje em dia, e tinha o rosto cheio, infantil. Usava tênis Reebok brancos, meias da mesma cor, uma calça de ginástica verde que provavelmente faria Kate Moss dar risada, casaco de moletom e uma touca que deixava escapar atrás mechas de cabelos louros. Quando viu a advogada, o velho parou, agarrou a mão de sua esposa-ameixa e entrou apressado.

– Cadela! – disse ele, fazendo uso do lado bom do rosto.

– Vá tomar naquele lugar, Lou – gritou Hester.

O velho parou como se quisesse dizer algo mais, depois se afastou com dificuldade.

Myron e Win trocaram um olhar e se aproximaram.

– Um velho inimigo – disse ela, a título de explicação. – Já ouviram aquele antigo ditado de que só os bons morrem jovens?

– Ah, claro.

Hester Crimstein fez um gesto com as mãos em direção ao casal de velhos, como se fosse uma vendedora exibindo o melhor carro da loja.

– Aí está a prova. Alguns anos atrás ajudei os filhos a processarem o safado. Nunca se viu nada igual. – Ela inclinou a cabeça. – Já notaram como algumas pessoas parecem chacais?

– Perdão?

– Comem os filhos. É o caso de Lou. Para não falar daquela bruxa enrugada com quem ele vive. Prostituta de 5 dólares que se deu bem. Difícil acreditar olhando para ela agora.

– Entendo – falou Myron, embora fosse mentira.

Ele tentou avançar:

– Srta. Crimstein, meu nome é...

– Myron Bolitar – interrompeu ela. – A propósito, é um nome horrendo. Myron. Em que seus pais estavam pensando?

Uma ótima pergunta.

– Se sabe quem sou, sabe por que estou aqui.

– Sim e não – disse Hester.

– Sim e não?

– Bem, sei quem é porque sou fã de esportes. Costumava ver você jogar. Aquele jogo do campeonato universitário contra o Indiana foi um clássico e tanto. Lembro que o Celtics contratou você na primeira rodada há, o quê? Onze, doze anos?

– Por aí.

– Mas francamente, sem nenhuma ofensa, acho que você não tinha velocidade para ser um grande profissional, Myron. Pontaria, sim. Sempre acertava. Tinha força. Mas mede quanto, 1,95 metro?

– Mais ou menos.

– Iria ter problemas na NBA. Opinião de mulher. Mas é claro que os deuses livraram você disso acabando com seu joelho. Só o universo alternativo sabe a verdade. – Ela sorriu. – Bom conversar com você. – Olhou então para Win. – Com você também, seu tagarela. Boa noite.

– Espere um segundo – disse Myron. – Estou aqui por causa de Esperanza Diaz.

Ela fingiu um olhar de surpresa:

– Mesmo? E eu achando que você só queria recordar sua carreira esportiva.

Ele se virou para o amigo:

– O charme – sussurrou Win.

Myron se voltou para Hester:

– Esperanza é minha amiga.

– E?

– E quero ajudar.

– Ótimo. Vou começar a mandar a conta para você. Esse caso vai custar uma fortuna. Sou muito cara, sabe? Não ia acreditar no valor do condomínio aqui, neste prédio. E agora os porteiros querem uniformes novos. Num tom de malva, eu acho.

– Não me referia a isso.

– Não?

– Queria saber em que pé está o caso.

Ela coçou o rosto:

– Onde esteve nessas últimas semanas?

– Fora.

– Fora onde?

– No Caribe.

Ela balançou a cabeça:

– Belo bronzeado.

– Obrigado.

– Mas pode ser bronzeamento artificial. Você parece o tipo de cara que faz bronzeamento artificial.

Myron olhou de novo para Win:

– O charme, Luke – cochichou o amigo, fazendo sua melhor imitação de Alec Guinness como Obi-Wan Kenobi em *Guerra nas estrelas*. – Lembre-se do charme.

– Srta. Crimstein...

– Tem alguém que possa confirmar sua estadia no Caribe, Myron?

– Como?

– Está com problemas de audição? Perguntei se existe alguém que possa confirmar seu paradeiro na hora do suposto assassinato.

Suposto assassinato. O cara é morto com três tiros dentro de casa, mas o crime é apenas uma "suposição". Advogados.

– Por que você quer saber isso?

Hester Crimstein deu de ombros:

– A arma do suposto assassinato foi supostamente encontrada no escritório de uma tal MB Representações Esportivas. 'A empresa é sua, não?

– É.

– E você usa o carro da empresa onde o suposto sangue e as supostas fibras foram supostamente encontrados.

Win interferiu:

– A palavra-chave aqui é *suposto*.

Hester Crimstein olhou para Win:

– Ele fala.

Win sorriu.

– Você acha que sou suspeito? – perguntou Myron.

– Claro, por que não? Isso se chama dúvida razoável, docinhos de coco. Sou uma advogada de defesa. Damos muita importância à dúvida razoável.

– Quero ajudar e tenho uma testemunha do meu paradeiro.

– Quem?

– Não se preocupe.

Ela deu de ombros outra vez:

– Foi você quem disse que queria ajudar. Boa noite. – Ela olhou para Win. – A propósito, você é o homem perfeito: bonito e praticamente mudo.

– Cuidado – retrucou ele.

– Por quê?

Win apontou com o polegar para Myron:

– A qualquer momento ele pode ligar o charme e reduzir sua confiança a pó.

Ela olhou para Myron e caiu na gargalhada. Myron tentou de novo:

– O que aconteceu, então? – perguntou.

– Perdão?

– Sou amigo dela.

– Sim, acho que você já disse isso.

– Sou o melhor amigo dela. Eu me preocupo com ela.

– Ótimo. Amanhã quando encontrá-la vou passar um bilhete e descobrir se ela também gosta de você. Depois os dois podem marcar um encontro na cantina e tomar um refrigerante.

– Não é isso que... – Myron parou, deu-lhe um meio sorriso do tipo "só estou querendo ajudar". Sorriso número 18: ao estilo Michael Landon, mas ele não conseguia contrair a sobrancelha. – Só queria saber o que aconteceu. Pode acreditar.

O rosto dela relaxou e ela balançou a cabeça:

– Você fez faculdade de direito, certo?

– Sim.

– Em Harvard, nada menos.

– Sim.

– Então talvez tenha faltado à aula em que se explicou uma pequena coisinha que chamamos de sigilo profissional. Posso recomendar uns livros maravilhosos sobre o assunto se você quiser. Ou talvez prefira assistir a um episódio qualquer de *Law & Order*. Eles geralmente falam nisso, antes de o velho promotor se queixar para Sam Waterston que não tem nenhuma base para a acusação e deve tentar um acordo.

Chega de charme:

– Você está é tirando o seu da reta – disse Myron.

Ela olhou para o próprio traseiro. Depois franziu o cenho:

– Não é uma tarefa fácil, garanto a você.

– Pensei que fosse uma advogada de primeira.

Ela suspirou e cruzou os braços:

– Ok, Myron, vamos tentar entender isso. Por que estou tirando o meu da reta? Por que não sou a advogada de primeira que você pensava que eu era?

– Porque eles não deixaram Esperanza se entregar. Porque a prenderam algemada. Porque vão deixá-la presa à noite em vez de levá-la no mesmo dia da audiência inicial. Por quê?

Ela deixou as mãos caírem:

– Boa pergunta, Myron. O que você acha?

– Porque tem alguém lá dentro que não gosta da advogada famosa dela. Porque alguém da promotoria está louco com você e descontou na sua cliente.

Ela balançou a cabeça:

– É uma boa possibilidade. Mas tenho outra.

– Qual?

– Talvez não gostem do patrão dela.

– Eu?

Ela fez menção de ir embora e disse:

– Faça um favor a todos, Myron. Fique fora disso. Fique longe, mais nada. E talvez procure um advogado.

Hester Crimstein deu meia-volta e desapareceu no interior do prédio. Myron se virou para Win, que estava curvado, olhando para o meio das pernas do amigo.

– Que diabos está fazendo?

Ainda olhando, Win respondeu:

– Só vendo se ela não arrancou ao menos um pedaço do seu testículo.

– Muito engraçado. O que você acha que ela quis dizer com isso de não gostarem do patrão?

– Não faço ideia. Não se sinta culpado.

– Pelo quê?

– Pelo desempenho aparentemente medíocre do seu charme. Você esqueceu um componente crucial nisso tudo.

– O quê?
– A Srta. Crimstein teve um caso com Esperanza.
Myron percebeu aonde o amigo queria chegar:
– Claro. Ela deve ser lésbica.
– Precisamente. É a única explicação racional para ela ter resistido a você.
– Isso ou algum acontecimento paranormal bizarro.
Win concordou. Os dois começaram a caminhar pela Central Park Oeste.
– Mais um indício a favor de uma hipótese popular e muito assustadora – disse Win.
– Qual?
– A maioria das mulheres é lésbica.
Myron balançou a cabeça:
– Quase todas.

6

Eles caminharam os dois quarteirões até o Dakota, viram um pouco de TV e foram para a cama. Myron apagou a luz, exausto, mas o sono não vinha. Pensou em Jessica. Depois tentou pensar em Brenda, mas o mecanismo automático de defesa rechaçou. Ainda não havia digerido a história. E pensou em Terese. Estava sozinha naquela ilha pela primeira vez. Durante o dia, a solidão do lugar era pacífica, tranquila e bem-vinda. À noite, aquele isolamento adquiria tons sombrios, as rochas negras se acercavam, silenciosas e pesadas como um caixão sepulto. Ele e Terese tinham dormido todos aqueles dias um nos braços do outro. Imaginava-a agora deitada naquela escuridão profunda, sozinha. E se preocupava.

Na manhã seguinte, despertou às sete. Win já havia saído e deixado um bilhete, dizendo que o encontraria no fórum às nove. Pegou uma caixa de cereais, mergulhou a mão esquerda dentro e percebeu que Win já retirara o brinde. Tomou banho, vestiu-se e consultou o relógio. Oito horas. Tempo de sobra para chegar ao fórum com calma.

Desceu pelo elevador e atravessou o famoso pátio do Dakota. Acabava de chegar à esquina da Rua 72 com a Central Park Oeste quando viu três figuras familiares. Sentiu o pulso acelerar. FJ, abreviatura de Frank Junior, estava cercado por dois caras grandes, que pareciam experimentos de laboratório malsucedidos, como se alguém tivesse misturado algum excesso glandular genético a esteroides anabolizantes. Vestiam camisetas regata e calças de cordão de halterofilistas, que pareciam a parte de baixo de um pijama feio.

O jovem FJ sorriu silenciosamente para Myron com seus lábios finos. Usava um terno violeta tão brilhante que parecia ter sido impermeabilizado. Não se mexeu, não disse nada, apenas sorriu para Myron com olhos fixos e aqueles lábios finos.

A palavra do momento, garotos e garotas, era *reptiliano*.

FJ deu por fim um passo adiante:

– Fiquei sabendo que você estava de volta à cidade, Myron.

Myron soltou uma réplica – não muito cortante, alguma coisa sobre uma festa de boas-vindas – e ficou de boca fechada.

– Lembra-se da nossa última conversa? – continuou FJ.

– Vagamente.
– Falei alguma coisa sobre matar você, não?
– Pode ser – replicou Myron. – Não lembro. Tantos caras maus, tantas ameaças.

A escolta esboçou um sorriso, mas seus rostos eram tão musculosos que o movimento demandava um esforço excessivo. Preferiram voltar a franzir o cenho e baixar um pouco as sobrancelhas.

– Na verdade, eu pretendia cumprir a promessa – continuou FJ. – Um mês atrás. Segui você até um cemitério em Nova Jersey. Cheguei a ficar atrás de você com a arma na mão. Engraçado, não?

Myron balançou a cabeça e disse:
– Como um bom piadista.

FJ inclinou de lado a cabeça.
– Não quer saber por que não matei você?
– Por causa de Win.

O som daquele nome foi como um copo de água fria na cara dos dois brutamontes. Eles chegaram a dar um passo atrás, mas se recuperaram rápido com algumas contrações musculares. FJ permaneceu imperturbável.

– Win não me assusta.
– Mesmo o animal mais burro tem um mecanismo de sobrevivência inato – retrucou Myron.

Os olhos de FJ encontraram os de Myron, que tentou manter o contato, mas foi difícil. Não havia nada por trás dos olhos do garoto, apenas podridão e decadência. Era como olhar pelas janelas quebradas de um prédio abandonado.

– Pode falar o que quiser, Myron. Não matei você porque, bem, já parecia tão infeliz. Como dizer? Seria um ato de caridade. Como eu disse antes, engraçado, não?

– Você devia considerar virar comediante – concordou Myron.

FJ soltou uma risadinha e apontou para nada em particular com seus dedos manicurados.

– Coisas do passado. Meu pai e meu tio gostam de você e, claro, não vemos razão para hostilizar Win sem necessidade. Eles não querem ver você morto, e eu também não.

O pai e o tio eram Frank e Herman Ache, dois dos mais lendários mafiosos de Nova York. Herman tinha crescido na rua, matado mais gente que o outro e subido na vida. Ele era o irmão mais velho e mais rico, estava na casa dos 60 e gostava de fingir que não era escória, cercando-se das melhores coisas da vida: clubes exclusivos que não o queriam, exposições de arte para novos-ricos, instituições de caridade esnobes e *maîtres* franceses que tratavam qualquer um que desse menos de 20 dólares de gorjeta como merda agarrada na sola do sapato. Em outras palavras, ralé de alta renda. O irmão mais novo, Frank, o psicopata que havia gerado o filho igualmente psicopata que se encontrava naquele momento em frente a Myron, permanecia o que havia sempre sido: um pau-mandado feio, que considerava alta-costura moletons de lojas de departamento. Acalmara-se um pouco nos últimos anos, mas as coisas nunca permaneciam calmas com ele. Parecia que a vida não fazia muito sentido para ele se não tivesse alguém para torturar e mutilar.

– O que você quer, FJ?
– Tenho uma proposta de negócio para você.
– Ah, que interessante!
– Quero comprar a sua empresa.

Os Aches dirigiam a TruPro, uma firma de representação esportiva bastante grande. A TruPro sempre fora completamente desprovida de qualquer coisa que se assemelhasse a escrúpulos, recrutando atletas jovens com o mesmo comedimento moral de um político ao arrecadar recursos de campanha. Depois, o dono começara a acumular dívidas. Grandes. Do tipo que atrai a espécie errada de fungos. Os irmãos Aches, que eram os fungos em questão, entraram em cena e, como entidades parasitárias que eram, corroeram todos os sinais vitais da empresa e agora se dedicavam a consumir a carcaça.

Ainda assim, ser agente esportivo era uma forma legal de ganhar a vida, ou algo que o valha, e assim que Frank acabou a faculdade de administração, o pai dele, querendo para o filho o que todos os pais desejam, lhe passou as rédeas do negócio. Na teoria, era para ele gerir a TruPro com o máximo de legalidade. O pai tinha matado e torturado para que o filho não precisasse fazer isso – sim, o clássico sonho americano com um toque de demência. FJ, entretanto, parecia incapaz de se libertar dos antigos grilhões familiares. *Por que* era uma pergunta que fascinava Myron. Teria FJ um mal genético, transmitido pelo pai, como um nariz proeminente, ou estaria ele, como tantos outros filhos, tentando apenas ganhar a aceitação do pai ao provar que o peixinho podia ser tão ferozmente psicótico quanto o peixão?

Característica inata ou adquirida, a dúvida permanecia.

– A MB Representações Esportivas não está à venda – disse Myron.
– Acho que você está sendo tolo.
Myron balançou a cabeça.
– Vou guardar isso na pasta "Um Dia Pensarei no Assunto".
A escolta pareceu rosnar, deu um passo à frente e estalou o pescoço em uníssono.
Myron apontou para um deles e depois para o outro:
– Quem cria a coreografia?
Queriam se sentir insultados – dava para ver –, mas nenhum dos dois sabia o significado da palavra *coreografia*.
– Você sabe quantos clientes a MB Representações Esportivas perdeu nas últimas semanas? – perguntou FJ.
– Muitos?
– Eu diria que um quarto da lista. Dois vieram para nós.
Myron assoviou, assumiu um ar de indiferença, mas não gostou de ouvir aquilo.
– Vou recuperá-los.
– Você acha? – duvidou FJ, com seu sorriso reptiliano.
Myron quase esperou que uma língua bipartida escapasse por entre seus lábios.
– Sabe quantos mais vão sair quando souberem da prisão de Esperanza?
– Muitos?
– Você vai ter sorte se sobrar um.
– Ei, então vou ficar como Jerry Maguire. Você viu esse filme? Me mostre o dinheiro? Adoro negros? – Myron fez sua melhor imitação de Tom Cruise. – Você. Me. Completa.
FJ permaneceu frio:
– Pretendo ser generoso, Myron.
– Tenho certeza, FJ, mas a resposta ainda é não.
– Não me importa se o seu negócio era limpo. Ninguém consegue sobreviver ao tipo de escândalo financeiro pelo qual você vai passar.
Não era um escândalo financeiro, mas Myron não estava com vontade de corrigi-lo:
– Isso é tudo, FJ?
– Claro – respondeu ele, dando-lhe um último sorriso escamoso, que pareceu saltar-lhe do rosto, rastejar até Myron e depois serpentear por suas costas. – Mas por que não marcamos um almoço?

– Uma hora dessas – respondeu Myron. – Você tem celular?
– É claro.
– Liga para a minha sócia agora e marca com ela.
– Ela não está presa?
Myron estalou os dedos.
– Droga.
FJ achou graça e continuou:
– Contei para você que alguns dos seus antigos clientes estão usando meus serviços agora.
– Já sei.
– Se você entrar em contato com qualquer um deles – ele hesitou por um instante –, vou me sentir obrigado a retaliar. Estou sendo claro?

FJ devia ter uns 25 anos, saíra havia menos de um ano da faculdade de administração, em Harvard, e antes cursara Princeton. Garoto inteligente. Ou pai poderoso. De uma forma ou de outra, circulavam rumores de que um professor de Princeton que estava prestes a acusar FJ de plágio desapareceu e apenas sua língua foi encontrada – no travesseiro de outro professor que vinha pensando em fazer a mesma acusação.

– Claro como água, FJ.
– Ótimo, Myron. Nos falamos depois.
Se Myron ainda tivesse língua.
Os três homens entraram num carro e deram partida sem dizer mais nada. Myron sentiu seu batimento cardíaco normalizar e olhou para o relógio. Hora de ir para o fórum.

7

A SALA DO TRIBUNAL DE HACKENSACK parecia muito com as que vemos na televisão. Seriados como *The Practice, Law & Order* e até *Judge Judy* captam muito bem a aparência, mas não conseguem, é claro, apreender a essência que emana de pequenas coisas: o leve e característico cheiro de suor induzido pelo medo, o uso excessivo de desinfetante, o toque ligeiramente pegajoso de bancos, mesas e corrimões – que Myron gostava de chamar de fatores exsudados.

Myron estava com o talão de cheques pronto para pagar imediatamente a fiança. Ele e Win tinham conversado sobre isso na noite anterior e calculado que o juiz a estipularia entre 50 mil e 75 mil dólares. Esperanza não era fichada e tinha trabalho fixo. Isso contaria a seu favor. Se a quantia fosse mais alta, não seria problema. O bolso de Myron podia ser apenas semifundo, mas o patrimônio de Win equivalia ao PIB de um pequeno país europeu.

Havia uma multidão de repórteres estacionada no lado de fora, um sem-número de vans com cabos e parabólicas e, é claro, antenas elevando-se ao céu, como se buscassem o fugidio deus da grande audiência. A TruTV estava lá. A CBS Nova York. ABC News. CNN. Eyewitness News. Toda cidade de todo estado americano tem uma Eyewitness News. Por quê? O que havia de tão sensacional naquele nome? Estavam também os novos programas sórdidos de TV, como *Hard Copy, Access Hollywood* e *Current Affair*, embora a diferença entre eles e os noticiários locais estivesse tornando-se muito tênue, quase imperceptível. Pelo menos *Hard Copy* e seus similares não fingiam encarnar nenhuma função social redentora. Além de não submeterem o público à previsão do tempo.

Alguns repórteres reconheceram Myron e o chamaram. Ele fez sua cara de valente – séria, inflexível, preocupada, confiante – e abriu caminho entre eles sem fazer comentários. Quando entrou no tribunal, a primeira pessoa que viu foi Big Cyndi – o que não foi surpresa, já que se destacava tanto quanto um líder muçulmano em uma sinagoga. Na sua fileira havia apenas mais uma pessoa: Win. Nada de incomum. Quando se queria guardar lugar, enviava-se Big Cyndi na frente: as pessoas não apreciavam muito pedir licença para passar por ela. A maioria optava por ficar de pé. Ou até ir para casa.

Myron se esgueirou na fileira de Big Cyndi, na verdade quase pulando sobre dois joelhos que pareciam capacetes de beisebol, e se sentou entre os amigos.

Ela não havia trocado de roupa ou se lavado desde a noite anterior. A chuva constante havia enxaguado um pouco a tintura de cabelo, e listras roxas e amarelas manchavam a parte da frente e de trás do pescoço. A maquiagem, sempre aplicada em quantidades suficientes para se fazer um busto de gesso, também sofrera com os efeitos da chuva. Era como se as velas multicoloridas de Chanuca tivessem escorrido sobre o seu rosto.

Em algumas cidades grandes, as acusações de assassinato são comuns, sempre iguais, e entravam na linha de montagem do tribunal. Porém não em Hackensack. Tratava-se de uma sensação: um crime envolvendo uma celebridade. Não havia pressa.

O oficial de justiça começou a enumerar os casos.

– Recebi uma visita agora de manhã – sussurrou Myron a Win.

– Sim?

– FJ e dois gorilas.

– Ah – fez Win. – Por acaso o garoto da capa da *Mafioso Moderno* teceu sua miscelânea habitual de ameaças?

– Sim.

Win quase riu.

– Devíamos matá-lo.

– Não – respondeu Myron.

– Você só quer adiar o inevitável.

– Ele é filho de Frank Ache, Win. Não se mata o filho de Frank Ache.

– Entendo. Você prefere então matar alguém de família melhor?

A lógica de Win. Fazia sentido, da forma mais assustadora possível.

– Vamos ver como isso vai terminar, certo?

– Não deixe para amanhã o que pode ser exterminado hoje.

Myron balançou a cabeça.

– Você devia escrever um livro de autoajuda.

Ficaram em silêncio. Os casos iam sendo enunciados – um arrombamento seguido de invasão, duas agressões e vários roubos de carro. Os suspeitos pareciam todos jovens, culpados e raivosos. Sempre de rosto fechado. Caras durões. Myron tentou não demonstrar nojo, lembrar-se de que todos eram inocentes até prova em contrário, de que Esperanza era também suspeita. Mas isso não ajudou muito.

Por fim, Myron viu Hester Crimstein entrar na sala, vestida com seu melhor traje profissional: um elegante tailleur bege, uma blusa creme e o cabelo exageradamente clareado e rígido demais. Ocupou seu lugar na mesa da defesa, e a sala ficou em silêncio. Dois guardas trouxeram Esperanza por uma porta aberta. Myron a viu e sentiu algo parecido com uma mula escoiceando-lhe o peito.

Ela usava um macacão laranja fluorescente, fornecido pelo tribunal. Nada de cinza ou listras – se um prisioneiro quisesse escapar, ia chamar atenção como uma luz de neon num monastério. As mãos se encontravam algemadas à sua frente. Myron sabia que ela era pequena – menos de 1,60 metro, talvez 45 quilos –, mas nunca a vira parecer tão miúda. Trazia o rosto levantado, desafiador. A Esperanza clássica. Se estava com medo, não demonstrava.

Hester Crimstein colocou a mão de maneira reconfortante sobre o ombro da cliente. Esperanza balançou a cabeça. Myron tentava desesperadamente encontrar seus olhos. Levou alguns momentos, mas por fim Esperanza virou para o lado e olhou direto para ele, com um leve sorriso resignado, como se dissesse "está tudo bem". Isso o fez sentir-se melhor.

O oficial de justiça chamou:

– O povo contra Esperanza Diaz.

– Qual é a acusação? – perguntou a juíza.

O promotor assistente, um garoto imberbe, que não aparentava idade sequer para ter pelos pubianos, subiu em um pedestal.

– Homicídio doloso, Meritíssima.

– Como se declara?

A voz de Esperanza soou forte:

– Inocente.

– Fiança?

O garoto imberbe disse:

– Meritíssima, o povo solicita que a Srta. Diaz fique detida sem fiança.

Hester Crimstein gritou "Por quê?" como se acabasse de ouvir as palavras mais irracionais e ameaçadoras que um ser humano já tivesse proferido, sob quaisquer circunstâncias.

Rosto Imberbe não se deixou abater:

– A Srta. Diaz é acusada de matar um homem com três tiros. Temos fortes evidências de que...

– Eles não têm nada, Meritíssima. Nada circunstancial.

45

– A Srta. Diaz não tem família nem raízes na comunidade – continuou Rosto Imberbe. – Acreditamos que apresenta um risco substancial de fuga.

– Isso é uma tolice, Meritíssima. A Srta. Diaz é sócia de uma importante empresa de representação esportiva em Manhattan. É diplomada em direito e está no momento estudando para conseguir sua licença. Tem muitos amigos e raízes na comunidade. E não possui ficha criminal.

– Mas, Meritíssima, ela não tem família...

– E daí? – interrompeu Crimstein. – Seus pais já morreram. Isso agora é razão para se punir uma mulher? Pais mortos? É um absurdo, Meritíssima.

A juíza, mulher de 50 e poucos anos, recostou-se na cadeira e falou a Rosto Imberbe:

– Sua solicitação para que a fiança seja negada parece exagerada.

– Meritíssima, acreditamos que a Srta. Diaz tem uma quantidade de recursos incomum a sua disposição e muito boas razões para fugir da jurisdição.

Crimstein manteve o mesmo nível de apoplexia:

– Do que está falando?

– A vítima da assassina, o Sr. Haid, tinha feito recentemente um saque de mais de 200 mil dólares. Esse dinheiro desapareceu do seu apartamento. É lógico supor que essa soma foi tomada durante o crime...

– Que lógica? – berrou Crimstein. – Meritíssima, isso não faz sentido.

– A defesa mencionou que a Srta. Diaz tem amigos na comunidade – continuou Rosto Imberbe. – Alguns deles estão aqui, inclusive seu patrão, Myron Bolitar. – Ele apontou, e todos os olhares se voltaram para Myron, que permaneceu absolutamente imóvel. – Nossas investigações revelam que o Sr. Bolitar estava desaparecido havia pelo menos uma semana, talvez no Caribe ou até mesmo nas Ilhas Cayman.

– E daí? – gritou Crimstein. – Prenda-o se isso for crime.

Rosto Imberbe, contudo, ainda não havia acabado:

– E a seu lado está o amigo da Srta. Diaz, Windsor Lockwood, da Lock-Horne Seguros. – Todos os olhos voltaram-se para Win, que fez uma saudação com a cabeça e um pequeno aceno real. – O Sr. Lockwood era o consultor financeiro da vítima e controlava a conta da qual os 200 mil dólares foram sacados.

– Então prendam-no também – provocou Crimstein. – Meritíssima, isso não tem nada a ver com minha cliente ou talvez prove sua inocência. A Srta. Dias é uma mulher hispânica trabalhadora, que se esforçou para fazer a faculdade de direito à noite. Não tem ficha criminal e devia ser libertada imediatamente. Além disso, tem direito a uma fiança razoável.

– Meritíssima, tem dinheiro de mais circulando por aí – interveio Rosto Imberbe. – Os 200 mil dólares desaparecidos. A possível ligação da Srta. Diaz com o Sr. Bolitar e, naturalmente, o Sr. Lockwood, que vem de uma das famílias mais ricas da região...

– Espere um segundo, Meritíssima. Primeiro, o promotor público sugere que a Srta. Diaz roubou e escondeu esse suposto dinheiro desaparecido e que iria usá-lo para fugir. Depois insinua que ela vai pedir ao Sr. Lockwood, que não passa de um parceiro de negócios, essa quantia. O que é isso? E, enquanto a promotoria se preocupa em forjar algum tipo de conspiração monetária, pergunto: por que um dos homens mais ricos do país iria achar oportuno arquitetar um roubo com uma pobre mulher hispânica? A ideia toda é ridícula. A promotoria não tem nenhuma acusação sólida, de modo que surgiram com essa teoria absurda do dinheiro, que soa tão plausível quanto Elvis estar vivo...

– É o bastante – disse a juíza, recostando-se outra vez e tamborilando os dedos sobre a grande mesa. Ela olhou um segundo para Win e depois para a banca da defesa. – Esse dinheiro desaparecido me preocupa...

– Meritíssima, asseguro-lhe que minha cliente nada sabe sobre dinheiro nenhum.

– Me surpreenderia se sua posição fosse diferente, Srta. Crimstein. Mas os fatos apresentados pelo promotor são preocupantes o bastante. Fiança negada.

Crimstein arregalou os olhos.

– Meritíssima, isso é um absurdo...

– A defesa não precisa gritar. Posso ouvi-la muito bem.

– Objeção total...

– Guarde isso para as câmeras, Srta. Crimstein – concluiu a juíza, batendo com o martelo. – Próximo caso?

Ouviram-se murmúrios abafados. Big Cyndi começou a chorar como uma viúva num daqueles antigos documentários sobre a Segunda Guerra. Hester Crimstein sussurrou algo no ouvido de Esperanza, que balançou a cabeça, mas não parecia estar escutando. Os guardas a levaram em direção à porta. Myron tentou encontrar seus olhos outra vez, mas ela não o encarou – ele não saberia dizer se intencionalmente.

Hester Crimstein se virou e lançou em direção a Myron um olhar tão raivoso que quase o fez se esconder. Ela se aproximou, esforçando-se para manter a expressão neutra.

– Sala sete – disse sem olhá-lo, mal movendo os lábios. – Siga o corredor e dobre à direita. Cinco minutos. Não diga nada a ninguém.

Myron não se preocupou em agradecer.

Crimstein saiu, repetindo "sem comentários" antes mesmo de chegar à porta. Win suspirou, tirou papel e caneta do bolso do paletó e começou a escrever alguma coisa.

– O que está fazendo? – perguntou Myron.

– Você vai ver.

Não demorou muito. Dois policiais à paisana se aproximaram, acompanhados de um cheiro de colônia barata. Divisão de homicídios, sem dúvida. Nem tiveram tempo de se apresentar, e Win disse:

– Estamos presos?

Os policiais pareceram confusos. Um deles conseguiu responder:

– Não.

Win sorriu e lhe entregou o papel.

– Que diabos é isso?

– O telefone do nosso advogado – falou Win, levantando-se e conduzindo Myron em direção à porta. – Tenham um dia excepcional.

◆ ◆ ◆

Eles chegaram à sala da defesa antes dos cinco minutos combinados. Estava vazia.

– Clu sacou o dinheiro? – perguntou Myron.

– Sacou – respondeu Win.

– Você sabia?

– Claro.

– Quanto?

– O promotor falou em 200 mil dólares. Não tenho razão para duvidar dele.

– E você deixou?

– Como?

– Você deixou Clu sacar 200 mil?

– O dinheiro era dele.

– Mas tanto?

– Eu não tinha nada a ver com isso – defendeu-se Win.

– Você conhecia Clu, Win. Deve ter sido para droga, jogo ou...

– Provavelmente. Mas eu era o consultor financeiro dele. Ensinava estratégias de investimento. Ponto final. Não era sua consciência, nem mãe nem babá... Nem mesmo agente.

Uau! Mas não era hora para isso. Mais uma vez, Myron sufocou a culpa e pensou nas possibilidades.

– Clu nos autorizou a receber seus extratos, certo?

Win assentiu. A MB Representações Esportivas fazia questão de que todos os clientes usassem os serviços de Win e o encontrassem pessoalmente a cada trimestre para revisar as contas. Era mais para benefício deles do que de Myron. Muitos atletas eram passados para trás por causa da ignorância. A maioria dos clientes da MB, entretanto, mandava-lhe cópias dos extratos para que ele examinasse as entradas e saídas, colocasse contas em débito automático, esse tipo de coisa.

– Então um saque desses, tão alto, tinha que aparecer nos nossos computadores – falou Myron.

– Sim.

– Esperanza ficaria sabendo.

– Sim outra vez.

Myron franziu o cenho.

– Isso dá à promotoria outro motivo para o crime. Ela sabia sobre o dinheiro.

– Verdade.

Myron olhou para Win e perguntou:

– Mas o que Clu fez com o dinheiro?

O amigo encolheu os ombros.

– Talvez Bonnie saiba.

– Duvido – disse Win. – Estavam separados.

– Grande coisa. Brigavam o tempo todo, mas ela sempre o deixava voltar.

– Talvez. Mas dessa vez ela pediu divórcio.

Aquilo surpreendeu Myron. Bonnie nunca tinha ido tão longe. O ciclo de confusões sempre fora regular: Clu fazia alguma besteira, seguia-se uma briga enorme e Bonnie o colocava para fora por duas noites, talvez uma semana. Ele implorava perdão, ela o aceitava de volta. Clu se comportava bem um tempo, fazia outra bobagem e o ciclo começava outra vez.

– Ela contratou advogado e entrou com os papéis?

– Segundo Clu, sim.

– Ele lhe contou isso?

– Sim, Myron. É isso que "segundo Clu, sim" quer dizer.
– Quando ele lhe contou isso tudo?
– Semana passada. Quando sacou o dinheiro. Disse que ela já tinha começado o processo de divórcio.
– E como ele estava se sentindo?
– Mal. Queria outra reconciliação.
– Ele falou mais alguma coisa quando sacou o dinheiro?
– Não.
– E você não faz ideia...
– Nenhuma.

A porta da sala se abriu. Hester Crimstein entrou, vermelha e enfurecida:
– Seus burros idiotas. Eu falei para ficarem longe.
– Não ponha a culpa em nós – disse Myron. – Foi erro seu.
– O quê?
– Conseguir a fiança devia ter sido moleza.
– Se vocês não estivessem no tribunal, teria sido. Vocês realizaram o grande desejo do promotor. Ele queria mostrar à juíza que a ré tinha recursos para fugir e, pronto, lá estavam o famoso ex-jogador e um dos playboys mais ricos do país, sentados na primeira fila.

Ela andava para lá e para cá, pisando com força, como se o carpete cinza contivesse pequenos focos de incêndio.
– Essa juíza é uma imbecil liberal. Foi por isso que comecei com aquela ladainha de hispânica trabalhadora. Ela odeia ricos, provavelmente porque também é rica. Ter o maior mauricinho do país aqui – disse ela, indicando Win com a cabeça –, sentado na primeira fila, foi como agitar a bandeira dos Confederados na cara de um juiz negro.
– Você devia sair do caso – falou Myron.

Ela se virou em sua direção:
– Você ficou louco?
– Sua fama está indo contra você. A juíza pode não gostar de ricos, mas também não gosta muito de celebridades. Você não é a advogada certa para este caso.
– Besteira. Já levei três casos diante dessa juíza. Ganhei por três a zero.
– Talvez ela também não goste disso.

Crimstein pareceu perder um pouco a pose. Andou para trás e desabou numa cadeira.
– Fiança negada – disse para si mesma. – Não consigo acreditar que tive-

ram a coragem de pedir que ela não tivesse direito a fiança. – Sentou-se mais ereta. – Tudo bem, vou mostrar como se joga. Pressionar por respostas. Nesse meio-tempo, vocês não falam nada. Nada de conversar com polícia, promotor, imprensa. Com ninguém. Pelo menos até ficarmos sabendo exatamente o que eles acham que vocês três fizeram.

– Nós três?

– Você não está escutando, Myron? Eles acham que é uma armação financeira.

– E nós três estaríamos envolvidos?

– Sim.

– Mas como?

– Não sei. Eles mencionaram sua temporada no Caribe, talvez nas Ilhas Cayman. Todos nós sabemos o que isso quer dizer.

– Depositar dinheiro em contas no exterior – falou Myron. – Mas saí do país três semanas atrás, antes de o dinheiro ser sacado. E não estive nem perto das Ilhas Cayman.

– Eles ainda devem estar vasculhando isso – replicou Crimstein. – Mas vão atrás de você cheios de vontade. Espero que seus livros de contabilidade estejam em ordem, porque garanto que vão requisitá-los a qualquer momento.

Escândalo financeiro, pensou Myron. Não era isso que FJ tinha falado?

Crimstein se dirigiu a Win:

– Essa história de saque grande é verdade?

– Sim.

– Podem provar que Esperanza sabia disso?

– Provavelmente.

– Droga.

Ela ficou pensando um instante. Win foi até um canto, pegou o celular, discou um número e começou a falar.

Myron se virou para Hester:

– Me nomeie advogado assistente.

Crimstein levantou a cabeça.

– Como?

– Você mesma disse ontem à noite que sou advogado. Me ponha como membro da defesa, e tudo o que Esperanza me disser ficará protegido pelo sigilo profissional.

Ela balançou a cabeça.

– Primeiro, isso nunca vai dar certo. A juíza vai perceber que é uma manobra, uma forma de você não depor. Segundo, é uma idiotice. Não só vai parecer que é um sinal de desespero da defesa, como também vai dar a impressão de que não queremos que você fale porque temos algo a esconder. Terceiro, você ainda pode ser indiciado por isso tudo.

– Como? Já disse: eu estava no Caribe.

– Certo. Onde só o grande mauricinho poderia encontrá-lo. Que conveniente!

– Você acha...

– Não acho nada, Myron. Estou dizendo a você o que o promotor *pode* estar pensando. Por enquanto é só uma conjetura. Vá para o seu escritório. Chame o contador. Certifique-se de que seus livros estejam em ordem.

– Estão em ordem – falou ele. – Nunca roubei um centavo.

Ela se voltou para Win:

– E você?

Ele desligou o telefone.

– E eu?

– Vão requisitar seus livros também.

Win arqueou as sobrancelhas:

– Vão tentar.

– Estão limpos?

– Tão limpos que poderiam servir de pratos.

– Ótimo. Vou deixar isso para seus advogados. Já tenho muita coisa com que me preocupar.

Silêncio.

– Como vamos tirá-la de lá, então? – perguntou Myron.

– Não vamos tirá-la. Eu vou. Fiquem longe.

– Não recebo ordens de você.

– Não? E de Esperanza?

– O que tem ela?

– É uma exigência tão dela quanto minha. Fiquem longe do caso.

– Não acredito que ela tenha dito isso.

– Acredite.

– Se ela me quer longe – disse Myron –, vai ter que dizer na minha cara.

– Muito bem – falou Crimstein, soltando um longo suspiro. – Vamos dar um jeito nisso agora.

– O quê?

– Você quer que ela diga? Me dê cinco minutos.

8

— Tenho que voltar para o escritório – disse Win.

Myron ficou surpreso.

– Você não quer ouvir o que Esperanza tem a dizer?

– Não tenho tempo.

Seu tom de voz fechava a porta a qualquer argumento. Win girou a maçaneta.

– Se precisar dos meus talentos especiais – disse ele –, estou com o celular.

Saiu apressando enquanto Hester Crimstein entrava. Ela o observou desaparecer pelo corredor.

– Aonde ele vai?

– Para o escritório.

– Por que ficou com tanta pressa de repente?

– Não perguntei.

Hester Crimstein arqueou a sobrancelha.

– Hum.

– Hum o quê?

– Win era o responsável pela conta da qual o dinheiro desapareceu.

– E?

– Talvez tivesse um motivo para silenciar Clu Haid.

– Isso é ridículo.

– Você está dizendo que ele é incapaz de cometer um assassinato?

Myron não respondeu.

– Mesmo que só metade das histórias que ouvi sobre Windsor Lockwood seja verdade...

– Você é esperta demais para dar ouvido a boatos.

Ela o encarou.

– Então se eu intimar você a depor e perguntar se alguma vez viu Windsor Horne Lockwood III matar alguém, o que iria dizer?

– Não.

– Acho que você também perdeu a aula sobre perjúrio.

Myron não se deu ao trabalho de revidar.

– Quando posso ver Esperanza?

– Venha. Ela está esperando por você.

❖ ❖ ❖

Esperanza estava sentada diante de uma longa mesa. Ainda usava o uniforme laranja da prisão. As mãos, agora sem algemas, estavam cruzadas a sua frente. Tinha a expressão serena como a de uma estátua de igreja. Hester fez sinal aos guardas e os dois saíram da sala.

Quando a porta se fechou, Esperanza sorriu para Myron.

– Bem-vindo de volta – disse ela.

– Obrigado.

O olhar dela se dirigiu a Myron.

– Se a sua pele estivesse um pouco mais morena, você poderia passar por meu irmão.

– Obrigado.

– Ainda sabe falar com as mulheres, hein?

– Obrigado.

Ela quase sorriu. Mesmo naquelas condições, parecia radiante. A pele elástica e os cabelos negros cintilavam contra o macacão laranja fluorescente. Os olhos ainda evocavam a imagem de luares mediterrâneos e batas brancas.

– Está se sentindo melhor agora? – perguntou ela.

– Sim.

– E onde você esteve?

– Numa ilha particular no Caribe.

– Por três semanas?

– Sim.

– Sozinho?

– Não.

Como ele não desenvolvia as respostas, Esperanza disse apenas:

– Detalhes.

– Fugi com uma apresentadora de TV linda que eu mal conhecia.

Esperanza sorriu.

– E ela... Como perguntar isso com delicadeza? Ela arrancou o seu couro?

– De certa forma.

– Fico feliz em saber. Se existia um cara que precisava que uma mulher lhe arrancasse o couro...

– Já sei, eu sou o cara. Fui eleito pelos veteranos o cara que precisa que lhe arranquem o couro.

Ela gostou do comentário. Recostou-se na cadeira e cruzou as pernas casualmente, como se estivesse num bar. O que parecia no mínimo estranho naquele ambiente.

– Você não contou para ninguém onde estava.

– É verdade.

– Mesmo assim, Win descobriu em poucas horas.

Aquilo não surpreendia nenhum dos dois. Mantiveram-se calados por um instante. Por fim Myron perguntou:

– Você está bem?

– Ótima.

– Precisa de alguma coisa?

– Não.

Myron ficou sem saber como continuar, em que assunto tocar e como fazê-lo. Mais uma vez, Esperanza dominou a bola e começou a fintar.

– Então você e Jessica terminaram? – perguntou.

– Sim.

Era a primeira vez que dizia aquilo em voz alta. Soava estranho.

Isso a fez sorrir, em grande estilo.

– Ah, tudo tem um lado positivo – falou ela, triunfante. – Acabou mesmo? A Rainha das Vacas se foi para sempre?

– Não a chame assim.

– Ela foi para sempre?

– Acho que sim.

– Diga "sim", Myron. Vai fazer você se sentir melhor.

Mas ele não conseguia.

– Não estou aqui para falar sobre mim.

Esperanza cruzou os braços e ficou calada.

– Vamos tirar você dessa – falou ele. – Prometo.

Ela balançou a cabeça, ainda fingindo descontração. Se fosse fumante, estaria soltando anéis de fumaça.

– É melhor você voltar para o escritório. Já perdemos clientes de mais.

– Não me importo com isso.

– Eu me importo. – A voz soou cortante. – Sou sócia agora.

– Sei disso.

– Portanto, sou dona de uma parte da MB Representações Esportivas. Se você quer se autodestruir, tudo bem. Mas não arraste meu cobiçado rabo junto com você, ok?

– Não foi isso que eu quis dizer. Apenas temos preocupações maiores no momento.
– Não.
– O quê?
– *Nós* não temos preocupações maiores. Quero você fora disso.
– Não entendo.
– Tenho uma das melhores advogadas criminalistas do país trabalhando no meu caso. Deixe isso com ela.

Myron tentou digerir suas palavras, mas elas eram como crianças hiperativas depois de se encherem de açúcar. Ele se inclinou um pouco para a frente:

– O que está acontecendo aqui?
– Não posso falar sobre isso.
– Sobre o quê?
– Hester me disse para não falar sobre o caso com ninguém, nem você. Nossas conversas não estão protegidas.
– Você acha que eu contaria para alguém?
– Você pode ser obrigado a depor.
– Eu mentiria.
– Não vai precisar.

Myron abriu a boca, fechou e tentou outra vez:

– Win e eu podemos ajudar. Somos bons nisso.
– Sem querer ofender, Myron, mas Win é um psicopata. Eu o adoro, mas não preciso do seu tipo de ajuda. E você... – Esperanza parou, olhou para cima, descruzou os braços e procurou os olhos dele. – Você é uma peça danificada. Não o culpo por fugir. Provavelmente era a melhor coisa a fazer. Mas não vamos fingir que você voltou à normalidade.
– Normal, não – concordou ele. – Mas estou pronto para isto.

Ela balançou a cabeça.

– Concentre-se na MB. Vai precisar dar duro para mantê-la a salvo.
– Não vai me contar o que aconteceu?
– Não.
– Isso não faz o menor sentido.
– Acabei de lhe dizer as razões...
– Você tem medo de que eu deponha contra você?
– Não foi o que eu disse.
– Por que, então? Se você acha que não estou pronto para isso, tudo

bem, eu posso aceitar. Mas isso não deveria impedi-la de conversar comigo. Na verdade, o que você me disse foi para não ficar fuçando. O que está acontecendo?

Ela fechou a cara.

– Vá para o escritório, Myron. Você quer ajudar? Salve a nossa empresa.

– Você o matou?

Myron se arrependeu no exato momento em que as palavras saíram da boca. Ela o encarou como se ele tivesse se levantado e lhe dado um tapa na cara.

– Não me importo se foi você – insistiu Myron. – Vou ficar do seu lado de qualquer jeito. Quero que saiba disso.

Esperanza recuperou a tranquilidade. Arrastou a cadeira para trás e se levantou. Olhou fixamente para ele durante alguns instantes, estudando-lhe o rosto como se buscasse algo que antes estava ali. Depois se virou, chamou o guarda e saiu da sala.

9

Big Cyndi já estava no controle da recepção quando Myron chegou ao escritório da MB Representações Esportivas. Ficava em um local privilegiado, bem na Park Avenue, no centro de Manhattan. O arranha-céu Lock-Horne pertencia à família de Win desde que o tata-tata-tataravô Horne (ou seria o Lockwood?) destruiu uma cabana indígena e começou a construí-lo. Myron alugava o espaço com um superdesconto dado por Win. Em contrapartida, Win cuidava das finanças de todos os clientes do amigo. O acordo fora um verdadeiro presente para Myron. Por causa do endereço exclusivíssimo e da capacidade de garantir aos clientes os serviços financeiros do quase lendário Windsor Horne Lockwood III, a MB Representações Esportivas possuía um ar de seriedade que poucas empresas podiam igualar.

O escritório ficava no décimo segundo andar. Um elevador subia diretamente até a sala da recepção. Cheio de classe. Os telefones estavam tocando. Big Cyndi deixou as chamadas em espera e olhou para ele. Parecia ainda mais estranha que de costume. Tarefa difícil. Em primeiro lugar, a mobília era pequena demais para ela: seus joelhos tocavam as pernas da mesa, como um pai ao visitar o jardim de infância. Segundo ponto: ela ainda não tinha tomado banho nem trocado de roupa desde a noite anterior. Normalmente Myron o empresário consciente do poder da imagem, faria algum comentário a respeito, mas aquele não parecia ser o momento apropriado (ou seguro).

– A imprensa está tirando da cartola todos os seus truques para subir até aqui, Sr. Bolitar. – Big Cyndi sempre o chamava de Sr. Bolitar. Gostava de formalidades. – Dois deles chegaram a fingir que eram clientes em potencial, saídos das escolas da Primeira Divisão.

Myron não estava surpreso.

– Acabei de pedir ao guarda lá em baixo que dobre a cautela.

– Muitos clientes estão ligando também. Preocupados.

– Passe as ligações. Do resto, pode se livrar.

– Sim, Sr. Bolitar. – Vindo de Big Cyndi, parecia uma saudação militar. Ela lhe entregou uma pilha de anotações. – São as chamadas de clientes desta manhã.

Ele começou a folheá-las.

– Para o senhor ficar sabendo – continuou ela –, no princípio dissemos a todo mundo que o senhor estaria fora por um ou dois dias. Depois, uma semana ou duas. Finalmente, começamos a inventar emergências: doença na família, ajuda a um cliente adoentado, esse tipo de coisa. Mas algumas pessoas se cansaram das desculpas.

Ele balançou a cabeça.

– Você tem uma lista de quem nos deixou?

Já estava na mão dela. Ele pegou o papel e se dirigiu a sua sala.

– Sr. Bolitar?

Ele se virou.

– Sim?

– Vai ficar tudo bem com Esperanza?

Mais uma vez, a voz distante contradizia seu tamanho, como se aquela forma gigantesca diante dele tivesse engolido uma criança pequena, que estava agora pedindo ajuda.

– Sim, Big Cyndi. Vai ficar tudo bem.

– O senhor vai ajudá-la, não vai? Mesmo ela não querendo sua ajuda?

Myron fez um leve aceno com a cabeça, que pareceu não satisfazê-la. Então disse:

– Sim.

– Que bom, Sr. Bolitar. É a coisa certa a fazer.

Não havia mais nada a acrescentar, então foi para sua sala. Fazia seis semanas que não ia à MB Representações Esportivas. Era estranho. Trabalhara com tanto afinco e por tanto tempo para construí-la – M de Myron, B de Bolitar, um nome forte, não? – e acabava de abandoná-la. Simples assim. Abandonara sua empresa. Seus clientes. E Esperanza.

As reformas haviam terminado. Tinham roubado um pouco de espaço da sala de reuniões e da recepção para que Esperanza pudesse ter o próprio escritório, mas o novo cômodo permanecia sem mobília. Por isso, ela vinha usando a sala dele. Myron sentou-se a sua mesa e imediatamente o telefone começou a tocar. Ignorou-o por alguns segundos, os olhos fixos na parede dos clientes, a que trazia fotos de todos os atletas na ativa representados pela MB. Concentrou-se na imagem de Clu Haid, em posição de arremesso, inclinado para a frente, a bochecha inflada pelo pedaço de tabaco na boca, os olhos estreitados, num sinal claro de que ia soltar a bola.

– O que você fez dessa vez, Clu? – disse em voz alta.

A foto não respondeu, o que provavelmente era um bom sinal. Mas Myron continuava a olhar. Havia tirado Clu de cada confusão ao longo dos anos que se perguntava: se não tivesse fugido para o Caribe, teria conseguido tirá-lo dessa também?

Meditação inútil – um de seus muitos talentos.

Big Cyndi na linha interna:

– Sr. Bolitar?

– Sim?

– Sei que me disse para transferir só os clientes, mas Sophie Mayor está na linha.

Era a nova dona dos Yankees.

– Pode passar.

Ele ouviu um clique e disse "alô".

– Myron, meu Deus. Que diabos está acontecendo aí? – Sophie Mayor ia direto ao ponto.

– Eu mesmo ainda estou tentando entender.

– Estão achando que sua secretária matou Clu.

– Esperanza é minha sócia – corrigiu ele, embora não soubesse bem por quê. – E não matou ninguém.

– Estou aqui com Jared. – Jared era o filho e "cogerente geral" dos Yankees. *Co* queria dizer que *compartilhava o título com alguém que sabia fazer o trabalho porque conseguira o emprego graças ao nepotismo. E Jared significava* também *nascido após 1973*. – Precisamos dizer alguma coisa à imprensa.

– Não sei como posso ajudar, Sra. Mayor.

– Você me disse que Clu tinha superado tudo isso, Myron.

Ele ficou calado.

– As drogas, as bebidas, as festas, os problemas – continuou Sophie Mayor. – Você falou que tudo isso era passado.

Myron ia se defender, mas pensou melhor:

– Acho que devíamos conversar sobre isso pessoalmente.

– Jared e eu estamos na estrada com o time, em Cleveland no momento. Vamos pegar o avião para casa hoje à noite.

– Que tal amanhã de manhã?

– Vamos estar no estádio – disse ela. – Às onze.

– Combinado.

Ele desligou o telefone. Big Cyndi passou imediatamente a ligação de um cliente.

– Aqui é Myron.
– Onde você esteve?
Era Marty Towey, jogador da defesa dos Vikings. Myron respirou fundo e soltou seu discurso, que já estava semipreparado: havia retornado, tudo fora ótimo, não se preocupasse, as finanças andavam ótimas, estava com o contrato novo na mão, ocupado em conseguir novos patrocínios, blá-blá-blá, calma, calma.
Marty era difícil de dobrar.
– Dane-se, Myron, escolhi a MB porque não queria nenhum subordinado cuidando da minha carreira. Queria tratar diretamente com o chefão. Entende o que estou dizendo?
– Claro, Marty.
– Esperanza pode ser um amor. Mas não é você. Contratei você. Está entendendo?
– Estou de volta, Marty. Tudo vai dar certo, prometo. Escute, vocês vão ficar na cidade algumas semanas, não?
– Vamos jogar contra os Jets daqui a duas semanas.
– Ótimo. Encontro você no jogo e saímos para jantar depois.
Quando Myron desligou, deu-se conta de que estava tão afastado dos clientes que sequer sabia se Marty estava jogando com todo o seu potencial ou quase na geladeira. Meu Deus, precisava se colocar a par de tanta coisa!
Continuou a receber ligações parecidas durante as duas horas seguintes. A maioria dos clientes se acalmou. Alguns ficaram em cima do muro. Sem novas quebras de contrato. Não consertara nada, mas havia conseguido transformar a hemorragia em um filete de sangue apenas preocupante.
Big Cyndi bateu à porta e entrou.
– Problemas, Sr. Bolitar.
Um mau cheiro terrível, embora não de todo desconhecido, vinha do corredor.
– Que diabo... – começou Myron.
– Saia do caminho, coisa linda.
A voz rouca veio de trás de Big Cyndi. Myron tentou ver quem era, mas ela bloqueava sua linha de visão como um eclipse solar. Por fim cedeu, e os mesmos policiais à paisana do fórum passaram rápido por ela. O grandão estava na casa dos 50, tinha olhos embaçados, aparência de quem fora maltratado pelo mundo e o tipo de rosto que parece estar com barba por fazer mesmo após ter acabado de se barbear. Vestia uma capa de chuva, com

mangas que mal lhe chegavam aos cotovelos, e sapatos mais gastos que a bola de beisebol de Gaylord Perry. O cara menor era mais jovem e muito, muito feio. O rosto parecia uma foto ampliada de um piolho. Usava um terno cinza-claro com colete – o traje casual da Sears para policiais – e uma gravata dos Looney Tunes resgatada de 1992.

O cheiro horrível começou a impregnar as paredes.

– Temos um mandado de busca – disse o grandalhão, que não estava mastigando nenhum charuto, mas deveria. – E antes que diga que esta não é nossa jurisdição, ainda estamos trabalhando com Michael Chapman, Manhattan Norte. Ligue para ele. Você está encrencado. Agora levante da cadeira, babaca, para a gente revistar o local.

Myron franziu o nariz.

– Meu Deus, qual de vocês está usando essa colônia?

Cara de Piolho deu uma olhada rápida para o parceiro que significava: ei, posso até levar um tiro no lugar desse cara, mas não vou levar a culpa pelo cheiro. Compreensível.

– Escute aqui, seu merdinha – falou o grandão. – Meu nome é detetive Winters...

– É mesmo? Sua mãe o batizou de detetive?

O policial só suspirou.

– ... e esse é o detetive Martinez. Saia daqui agora, idiota.

O cheiro estava incomodando.

– Ei, Winters, você tem que parar de pedir emprestada a colônia dos comissários de bordo.

– Vá em frente, engraçadinho.

– Sério, está escrito no rótulo *aplique abundantemente*?

– Você é um verdadeiro comediante, Bolitar. Tantos canalhas são engraçados, pena que a prisão de Sing Sing não seja televisionada.

– Pensei que vocês já tivessem revistado tudo.

– Revistamos. Agora voltamos para pegar a papelada financeira.

Myron apontou para o Cara de Piolho.

– Ele não pode fazer isso sozinho?

– O quê?

– Esse cheiro nunca mais vai sair daqui.

Winters pegou um par de luvas de látex para não destruir possíveis digitais. Colocou-as de forma dramática, o que incluía retorcer os dedos, e deu uma risada.

Myron piscou e disse:
– Quer que eu me abaixe e segure os tornozelos?
– Não.
– Droga, e eu achando que ia sair da seca.

Usar humor gay é a melhor forma de irritar um policial. Myron nunca tinha encontrado um que não fosse totalmente homofóbico.

– Vamos vandalizar esse lugar, engraçadinho – disse Winters.
– Duvido – retrucou Myron.
– É?

Myron se levantou e abriu o arquivo atrás dele.

– Ei, você não pode tocar em nada aqui.

Myron o ignorou e pegou uma pequena câmera.

– Só para ter um registro do seu trabalho aqui, oficial. Hoje em dia tem muitas acusações de corrupção policial falsas. Não queremos nenhum mal-entendido – disse ele, ligando a câmera e apontando a lente para o grandalhão. – Não é?

– Não – retrucou Winters, olhando diretamente para a câmera. – Não queremos nenhum mal-entendido.

Myron mantinha o olho no visor:

– A câmera capta seu verdadeiro eu, detetive. Aposto que se reproduzirmos o que gravei, ainda vamos sentir o cheiro da sua colônia.

Cara de Piolho disfarçou um sorriso.

– Por favor, saia do nosso caminho, Sr. Bolitar – disse Winters.
– Claro. Meu sobrenome é cooperação.

Eles começaram a busca, que consistiu basicamente em colocar em caixas todo e qualquer documento que encontravam e levá-las. As mãos enluvadas tocavam tudo, e Myron também se sentia tocado. Tentou parecer inocente – o que quer que isso fosse –, mas não estava conseguindo evitar a tensão. A culpa era algo engraçado. Sabia que não havia nada de errado em nenhuma das pastas, mas ainda assim estava estranhamente na defensiva.

Myron entregou a câmera a Big Cyndi e começou a fazer ligações para os clientes que tinham deixado a MB. A maior parte não atendeu. Os poucos com quem conseguiu falar tentaram desertar. Ele agia com suavidade, percebendo que qualquer discurso mais agressivo sairia pela culatra. Dizia-lhes apenas que estava de volta e gostaria muito de conversar com eles o quanto antes. Ouviu muitas reticências e hesitações. Nada inesperado. Levaria tempo para recuperar a confiança deles, se é que recuperaria.

Os policiais terminaram e foram embora sem um adeus sequer. Bons modos. Big Cyndi e Myron observaram o elevador fechar-se.
– Vai ser muito difícil – disse ele.
– O quê?
– Trabalhar sem arquivo nenhum.
Ela abriu a bolsa e mostrou-lhe uns HDs externos:
– Está tudo aqui.
– Tudo?
– Sim.
– Você fez backup de tudo?
– Sim.
– Cartas e correspondências, tudo bem, mas preciso dos contratos...
– Tudo – disse ela. – Comprei um escâner e digitalizei todos os papéis do escritório. Botei um backup num cofre no banco. Atualizo os HDs todos os dias. Em caso de incêndio ou outra emergência qualquer.
Quando ela riu dessa vez, mal se notou Myron franzindo o nariz.
– Big Cyndi, você é uma mulher surpreendente.
Por causa da máscara de crayon derretido, era difícil ter certeza, mas pareceu que ela havia corado.
O interfone tocou, e Big Cyndi atendeu:
– Sim? – Pausa. Depois sua voz ficou séria. – Sim, pode subir. – E desligou.
– Quem é?
– Bonnie Haid está aí e quer falar com o senhor.

◆ ◆ ◆

Big Cyndi levou a viúva de Clu até a sala. Myron estava de pé atrás da mesa, sem saber muito o que fazer. Esperou que ela tomasse a iniciativa, mas em vão. Bonnie tinha deixado o cabelo crescer e, por um instante, ele se sentiu de volta aos tempos de faculdade, na Duke. Clu e ela estavam sentados no sofá, no porão da fraternidade, em mais uma daquelas bebedeiras dos jovens, o braço passado sobre o ombro dela, que vestia um moletom cinza, sentada sobre as pernas.
Myron engoliu em seco e foi até ela. Bonnie deu um passo para trás e fechou os olhos. Levantou a mão para detê-lo, como se não pudesse suportar a intimidade. Ele parou onde estava.
– Sinto muito – disse ele.
– Obrigada.

Ficaram ali, dois dançarinos esperando a música começar.

– Posso sentar? – perguntou ela.

– Claro.

Bonnie se sentou. Myron hesitou e depois retornou a sua mesa.

– Quando você voltou? – perguntou ela.

– Ontem à noite. Não sabia sobre Clu antes disso. Lamento não ter estado aqui para ajudar você.

Bonnie inclinou a cabeça para o lado.

– Por quê?

– Como?

– Por que você lamenta não ter estado aqui? O que poderia ter feito?

Myron encolheu os ombros.

– Ajudar, talvez.

– Ajudar como?

Ele encolheu outra vez os ombros e abriu os braços.

– Não sei o que dizer, Bonnie. Estou tentando fazer alguma coisa.

Ela olhou para Myron um instante, desafiadora, depois baixou os olhos.

– Estou descontando em qualquer um que apareça na minha frente – disse ela. – Não dê importância.

– Tudo bem, pode descontar em mim.

Bonnie quase conseguiu sorrir.

– Você é um cara legal, Myron. Sempre foi. Mesmo na Duke, tinha algo em você que era, não sei, nobre, acho.

– Nobre?

– Soa idiota, não?

– Bastante – falou ele. – Como estão os garotos?

Ela encolheu os ombros.

– Timmy tem só um 1 ano e meio, não percebe nada. Charlie já tem 4, então está bem confuso no momento. Meus pais estão tomando conta deles agora.

– Não quero dizer um clichê, mas se tiver alguma coisa que eu possa fazer...

– Tem uma coisa.

– Diga.

– Me conte sobre a prisão.

Myron limpou a garganta.

– O que quer saber?

– Encontrei Esperanza algumas vezes ao longo dos anos. É difícil acreditar que ela tenha matado Clu.
– Não foi ela.
Bonnie o olhou com mais atenção.
– Por que você tem tanta certeza?
– Conheço Esperanza.
– Só por isso?
Ele balançou a cabeça.
– Por enquanto.
– Você já falou com ela?
– Sim.
– E?
– Não posso entrar em detalhes – ainda mais porque não sabia nenhum, e Myron quase ficou feliz por Esperanza não lhe ter contado nada –, mas não foi ela quem fez isso.
– E essas provas todas que a polícia encontrou?
– Ainda não tenho resposta para isso, Bonnie. Mas Esperanza é inocente. Vamos encontrar o verdadeiro assassino.
– Você parece tão seguro.
– E estou.
Ficaram em silêncio. Myron aguardava, arquitetando uma abordagem. Havia perguntas que precisavam ser feitas, mas aquela mulher tinha acabado de perder o marido. Era preciso pisar com cuidado para não tropeçar em alguma mina terrestre.
– Vou examinar esse assassinato – disse ele.
Ela pareceu confusa:
– Como assim, examinar?
– Investigar.
– Mas você é um agente esportivo.
– Tenho alguma experiência em investigações.
Ela estudou seu rosto.
– Win também?
– Sim.
Ela balançou a cabeça como se de repente compreendesse algo.
– Win sempre me deu medo.
– Porque você é lúcida.
– E agora vocês vão tentar descobrir quem matou Clu?

– Vamos.
– Entendi – falou ela, mexendo-se na cadeira. – Diga uma coisa, Myron.
– O que você quiser.
– Qual é sua prioridade: descobrir o assassino ou libertar Esperanza?
– São a mesma coisa.
– E se não forem? Se você descobrir que Esperanza matou Clu?
Hora de mentir:
– Aí ela vai ser punida.
Bonnie começou a sorrir, como se pudesse enxergar a verdade.
– Boa sorte.
Myron cruzou as pernas. *Suave agora*, pensou.
– Posso perguntar uma coisa?
Ela encolheu os ombros.
– Claro.
Suave, suave.
– Não quero ser desrespeitoso, Bonnie. Não pergunto isso para me intrometer...
– A sutileza não é o seu forte, Myron. Faça a pergunta.
– Você e Clu estavam passando por problemas?
Um sorriso triste.
– Sempre estávamos.
– Ouvi dizer que dessa vez era algo mais sério.
Bonnie cruzou os braços.
– Ai, ai, ai! Voltou há menos de um dia e já sabe de tanta coisa. Você trabalha rápido, Myron.
– Clu comentou com Win.
– O que você quer saber, então?
– Você ia dar entrada no processo de divórcio?
– Sim – sem nenhuma hesitação.
– Pode me contar o que aconteceu?
A distância, a máquina de fax começou seu som primitivo. O telefone continuava a tocar. Myron não tinha medo de que fossem interrompidos. Big Cyndi trabalhara anos como segurança numa casa sadomasoquista. Quando necessário, ela podia se tornar desagradável como um rinoceronte colérico sofrendo de hemorroidas. Quando não necessário também.
– Por que você quer saber? – perguntou Bonnie.
– Porque Esperanza não o matou.

– Isso está se tornando um mantra, Myron. Repita várias vezes e vai começar a acreditar, certo?

– Eu já acredito.

– Então?

– Então, se ela não o matou, foi outra pessoa.

Bonnie levantou a cabeça.

– Se ela não o matou, foi outra pessoa – repetiu. Após uma pausa: – Você não estava se gabando, então. Tem de fato experiência nisso.

– Só estou tentando descobrir quem o matou.

– Perguntando sobre nosso casamento?

– Perguntando sobre alguma turbulência na vida dele.

– Turbulência? – Ela soltou uma sonora gargalhada. – É sobre Clu que estamos falando, Myron. Tudo era turbulento. O difícil de encontrar seriam os intervalos de calmaria.

– Quanto tempo vocês ficaram juntos? – perguntou Myron.

– Você sabe a resposta.

Ele sabia. Calouro na Duke. Bonnie descera saltitando até o porão da fraternidade usando um suéter com monograma, pérolas e, sim, um rabo de cavalo. Myron e Clu estavam instalando o barril de chope. Ele gostava dessa tarefa porque o mantinha tão ocupado que até se esquecia de beber. Que não se forme uma ideia errada aqui. Myron bebia. Era um requisito da universidade naquela época. Mas não era um bom bebedor. Nunca parecia alcançar o cume da diversão, aquele momento instável de prazer que jaz entre a sobriedade e o vômito. Era como se não existisse para ele. Alguma coisa genética, supunha. Isso o ajudara meses atrás. Antes de fugir com Terese, Myron havia tentado o método fora de moda de afogar as mágoas. Porém, sem meias palavras, ele em geral vomitava antes de alcançar o esquecimento.

Uma boa forma de se evitar o abuso de álcool.

De qualquer forma, o encontro de Clu e Bonnie foi muito simples. Ela entrou. Ele levantou a cabeça do barril e foi como se o Capitão Marvel o tivesse atingido com um raio.

– Uau – murmurou ele, a cerveja derramando no chão, já tão ensopado que às vezes os ratos ficavam presos ali e morriam.

Depois, Clu pulou o balcão, cambaleou até Bonnie, caiu de joelhos e a pediu em casamento. Três anos depois, os dois se amarraram de verdade.

– Então o que aconteceu depois de todos esses anos?

Bonnie abaixou a cabeça.

– Não teve nada a ver com o assassinato – disse ela.

– Deve ser verdade, mas preciso ter um panorama completo da sua vida, percorrer todas as avenidas possíveis...

– Que bobagem, Myron. Acabei de dizer que não tem nada a ver com o assassinato, entendeu? Deixe como está.

Ele umedeceu os lábios, cruzou as mãos e as colocou sobre a mesa:

– No passado, você o expulsou de casa por causa de outra mulher.

– Mulher, não. Mulheres. Plural.

– Foi isso que aconteceu desta vez?

– Ele deixou de lado as mulheres. Me prometeu que não haveria mais.

– E quebrou essa promessa?

Bonnie não respondeu.

– Qual era o nome dela?

A voz dela era suave:

– Nunca soube.

– Mas tinha outra?

Outra vez, ela não respondeu. Não havia necessidade. Myron tentou vestir sua toga de advogado por um momento. Que Clu estivesse tendo um caso era algo muito bom para a defesa de Esperanza. Quanto mais motivos se descobrem, mais dúvidas razoáveis se podem criar. Teria a namorada o matado porque ele queria voltar para a esposa? Teria Bonnie cometido o crime por ciúme? E ainda havia o dinheiro desaparecido. A namorada e/ ou Bonnie saberiam sobre ele? Seria esse mais um motivo para o crime? Hester Crimstein iria gostar disso. Ofereça várias possibilidades num julgamento, turve bem a água e o veredito de inocência é quase inevitável. Era uma equação simples: confusão é igual a dúvida razoável, que é igual a veredito de inocência.

– Ele teve outros casos antes, Bonnie. Qual foi a diferença desta vez?

– Dá um tempo, Myron, ok? Clu não foi nem enterrado ainda.

Ele se conteve.

– Perdão.

Ela desviou os olhos. O peito subia e descia, a voz lutando para manter-se firme:

– Sei que você só está tentando ajudar. Mas a questão do divórcio... ainda dói muito.

– Entendo.

– Se você tiver outras perguntas...

– Soube que Clu foi pego num exame antidoping – disse ele, só para recuar um pouco.

– Só sei o que saiu no jornal.

– Ele disse a Win que foi armação.

– O quê?

– Alegou que estava limpo. O que você acha?

– Acho que Clu era um completo desastre. Nós dois sabemos disso.

– Então ele estava se drogando de novo?

– Não sei. – Ela engoliu em seco e o olhou nos olhos. – Fazia semanas que não o via.

– E antes disso?

– Parecia limpo, na verdade. Mas ele era bom em esconder. Lembra daquela vez que tentamos uma intervenção, três anos atrás?

Myron assentiu.

– Nós todos choramos. Imploramos que parasse. E finalmente Clu se rendeu. Soluçou como um bebê, disse que estava pronto para mudar de vida. Dois dias depois, subornou um guarda e fugiu da clínica.

– Então você acha que ele estava mascarando os sintomas?

– Pode ser. Era bom nisso. – Ela hesitou. – Mas não acredito.

– Por que não?

– Não sei. Pode ser por desejar que não fosse verdade, mas acho que desta vez ele estava limpo. Antes dava quase para ver que estava no piloto automático. Representando para mim e para as crianças. Mas desta vez parecia mais decidido. Como se soubesse que era sua última chance de dar a volta por cima. Estava se esforçando como eu nunca tinha visto. E acho que estava conseguindo superar. Mas alguma coisa deve tê-lo puxado para trás...

A voz de Bonnie sumiu, e os olhos se encheram de lágrimas. Certamente estava se perguntando se não fora ela própria esse empurrão, se Clu realmente estava limpo e ela tê-lo posto para fora o arremessou de volta ao mundo do vício. Myron quase lhe disse para não se culpar, mas o bom senso bloqueou aquele lugar-comum.

– Clu sempre precisou de alguém ou de alguma coisa – continuou ela. – Era a pessoa mais dependente que já conheci.

Myron assentiu, encorajando-a.

– No início isso me atraía, que precisasse tanto de mim. Mas se tornou cansativo. – Bonnie olhou para Myron. – Quantas vezes as pessoas livraram a cara dele?

— Muitas vezes – admitiu Myron.

— Me pergunto, Myron – continuou ela, sentando-se mais ereta. Seus olhos agora estavam mais limpos. – Pergunto se todos nós não lhe prestamos um desserviço. Talvez se não estivéssemos sempre ali para salvar sua pele, ele teria que mudar. Se eu o tivesse largado anos atrás, teria se endireitado e sobrevivido a isso tudo.

Myron não dizia nada, ignorou a contradição em seu discurso: afinal, ela o largara e ele acabou morto.

— Você sabia sobre os 200 mil dólares? – perguntou.

— Fiquei sabendo pela polícia.

— Faz alguma ideia de onde possam estar?

— Não.

— Ou por que ele precisou deles?

— Não. – A voz era distante agora, o olhar vagando por sobre o ombro de Myron.

— Você acha que foi para comprar droga?

— Os jornais disseram que os resultados deram positivos para heroína – respondeu ela.

— Foi o que eu li.

— Seria uma novidade para Clu. Sei que é um vício caro, mas 200 mil parecem um exagero.

Myron concordou.

— Estava metido em alguma confusão?

Ela o encarou.

— Quero dizer, além das habituais. Agiotas, jogatina, essas coisas?

— Acho que é possível.

— Mas você não sabe de nada.

Bonnie balançou a cabeça, ainda olhando para o nada.

— Sabe no que estava pensando?

— No quê?

— No primeiro ano de Clu como profissional. Ainda numa liga menor, com os New England Bisons. Logo depois de ele ter pedido a você que negociasse seu contrato. Lembra?

Myron balançou a cabeça.

— E outra vez me pergunto.

— Se pergunta o quê?

— Aquela foi a primeira vez que todos nós nos juntamos para salvar sua pele.

O telefonema tarde da noite. Myron despertou e atendeu. Clu chorava, quase incoerente. Estava dirigindo com Bonnie e o antigo companheiro de quarto na Duke, Billy Lee Palms, receptor do Bisons. Dirigindo embriagado, para ser mais preciso. Batera num poste. As lesões de Billy Lee não tinham sido graves, mas Bonnie tivera de ser levada às pressas para o hospital. Clu, que não havia sofrido um arranhão, claro, fora preso. Myron correra até o oeste de Massachusetts, com bastante dinheiro no bolso.

– Lembro – respondeu ele.

– Você tinha acabado de conseguir para Clu um contrato de propaganda com aquela marca de achocolatado. Ser preso por dirigir bêbado já era péssimo, e ainda com alguém ferido, bem, teria sido o seu fim. Mas resolvemos o problema por ele. As pessoas certas foram subornadas. Billy Lee e eu declaramos que uma picape tinha nos fechado. Nós o salvamos. E agora me pergunto se fizemos a coisa certa. Talvez, se Clu tivesse pagado o preço ali, na hora, se tivesse ido para a cadeia em vez de ter se livrado...

– Ele não iria para a cadeia, Bonnie. Talvez perdesse a carteira e tivesse que fazer algum serviço comunitário.

– Que fosse! A vida nada mais é que uma sucessão de causas e efeitos. Existem filósofos que acham que tudo o que fazemos transforma o mundo para sempre. Mesmo os gestos mais simples. Como sair de casa cinco minutos mais tarde, escolher um caminho diferente. Isso pode mudar tudo para o resto da sua vida. Não concordo necessariamente, mas quando se trata de coisas grandes, sim, claro, acho que os efeitos duram. Ou talvez tenha começado antes daquilo. Quando era criança. A primeira vez em que descobriu que, porque conseguia jogar uma esfera branca numa velocidade incrível, as pessoas o tratavam de forma especial. Talvez, naquele dia, tenhamos dado mais um passo nesse condicionamento. Ou permitindo que chegasse a um nível adulto. Clu descobriu que alguém sempre iria salvá-lo. E nós fizemos isso, livramos a cara dele aquela noite. Depois vieram as acusações de agressão, atentado ao pudor, os exames antidoping positivos e tudo o mais.

– E você acha que o assassinato foi o resultado inevitável?

– Você não?

– Não – respondeu Myron. – Acho que a pessoa que atirou nele três vezes é a responsável. Ponto final.

– A vida raramente é tão simples, Myron.

– Mas o assassinato, em geral, é. No final das contas, alguém atirou nele. Foi assim que ele morreu, não porque o ajudamos em alguns momentos autodestrutivos. Alguém o matou. E essa pessoa é a culpada, não você ou eu ou aqueles que gostavam dele.

Ela ficou pensando.

– Talvez você esteja certo – disse, mas não parecia convencida.

– Você sabe por que Clu agrediu Esperanza?

Ela negou com a cabeça.

– A polícia me perguntou isso também. Não sei. Talvez estivesse doidão.

– Ficava violento quando estava doidão?

– Não. Mas acho que estava sob um bocado de pressão. Talvez tenha se sentido frustrado porque ela não lhe disse onde você estava.

Outra onda de culpa. Esperou que passasse.

– Quem mais ele pode ter procurado, Bonnie?

– Como assim?

– Você disse que ele estava carente. Eu não estava aqui. Você não estava falando com ele. Então quem mais Clu iria procurar?

Ela pensou um instante.

– Não tenho certeza.

– Algum amigo, colega de time?

– Não creio.

– E Billy Lee Palms?

Bonnie deu de ombros, sem saber o que dizer.

Myron fez mais algumas perguntas, porém não arrancou mais nada de importante. Após um tempo, ela fingiu olhar as horas:

– Tenho que ir ver as crianças.

Ele balançou a cabeça e levantou da cadeira. Dessa vez, ela não se esquivou. Myron a abraçou e ela retribuiu, segurando-o com força.

– Me faça um favor – pediu.

– Diga.

– Inocente a sua amiga – disse Bonnie. – Entendo por que você tem que fazer isso. E eu não gostaria que ela fosse para a prisão por uma coisa que não fez. Mas depois deixe pra lá.

Myron recuou ligeiramente.

– Não entendi.

– Como eu disse antes, você é um cara nobre.

Ele pensou na família Slaughter e como tudo tinha terminado. Sentiu algo se esmagar dentro dele.

– A faculdade foi há muito tempo – disse Myron em voz baixa.

– Você não mudou.
– Você ficaria surpresa.
– Ainda precisa de justiça, de desfechos e de fazer a coisa certa.
Ele não disse nada.
– Clu não podia dar isso – falou Bonnie. – Não era um homem nobre.
– Não merecia ser assassinado.
Ela pôs a mão em seu braço.
– Salve sua amiga, Myron. Depois esqueça Clu.

10

Myron PEGOU O ELEVADOR e subiu dois andares até o centro nervoso da Lock-Horne Seguros e Investimentos. Homens brancos exaustos – havia mulheres e representantes de minorias também, em quantidade maior a cada ano, mas os números absolutos ainda eram dolorosamente injustos – iam de um lado a outro como átomos superaquecidos, com fones cinza presos aos ouvidos, feito cordões umbilicais para mantê-los vivos. O nível de ruído naquele salão amplo lembrava a Myron um cassino em Las Vegas, mas com apliques de cabelos melhores. Gritava-se de alegria e aflição. Perdia-se e ganhava-se dinheiro. Dados rolavam, rodas eram giradas e cartas distribuídas. Os homens olhavam constantemente para cima, na direção de um placar eletrônico, a expectativa estampada em seus rostos, observando com avidez o preço das ações, como jogadores à espera da roleta parar ou hebreus espiando Moisés e seus mandamentos.

Aquelas eram as trincheiras do mercado financeiro, uma multidão de soldados armados, cada um tentando sobreviver num mundo onde ganhar valores abaixo de seis dígitos significava covardia e provavelmente a morte. Telas de computadores piscavam em meio a uma confusão de post-its. Os guerreiros bebiam café e enterravam fotos emolduradas da família sob uma emanação vulcânica de análises de risco, balanços financeiros e avaliações de empresas. Vestiam camisas sociais brancas com gravatas de nó duplo, os paletós cuidadosamente pendurados no encosto das cadeiras, como se elas estivessem com frio ou preparando-se para almoçar no Le Cirque.

Win não se sentava ali, naturalmente. Os generais dessa guerra – os xamãs, os grandes produtores, os melhores rebatedores, o que for – encontravam-se acampados no perímetro, seus escritórios dispostos ao longo das janelas, impedindo o acesso dos soldados rasos a qualquer nesga de céu azul, alento de ar puro ou outro elemento essencial ao ser humano.

Myron subiu uma rampa acarpetada até a sala do canto esquerdo. Em geral, Win ficava sozinho no escritório. Não naquele dia. Myron enfiou a cabeça pela porta, e um monte de caras de terno se virou em sua direção. Muitos ternos. Não sabia dizer quantos. Talvez seis ou oito. Formavam uma grande mancha cinza e azul, com listras de gravatas e lenços vermelhos, como uma composição viva da bandeira norte-americana. Os mais velhos, senhores distintos, de cabelos brancos, mãos bem tratadas e abotoaduras, estavam sentados em cadeiras de couro bordô, mais perto da mesa de Win, e balançavam muito a cabeça. Os mais jovens se encontravam espremidos nos sofás encostados na parede, de cabeça baixa, fazendo anotações em blocos pautados, como se Win estivesse divulgando o segredo da vida eterna. De vez em quando eles olhavam para os mais velhos, vislumbrando seu futuro glorioso, que consistiria basicamente em uma cadeira mais confortável e menos anotações a fazer.

Os blocos pautados diziam tudo: eram advogados. Os mais velhos deviam cobrar 400 dólares a hora. Os mais jovens, 52. Myron não se preocupou com a matemática, em especial porque daria muito trabalho contar quantos ternos havia na sala. Não interessava. A Lock-Horne Seguros podia se dar esse luxo. Redistribuir riqueza – isto é, a ação de fazer o dinheiro circular sem criar ou produzir nada de novo – era algo incrivelmente lucrativo.

Myron Bolitar, o agente esportivo marxista.

Win bateu palmas e os homens foram liberados. Ergueram-se o mais devagar possível – advogados que recebiam por minutos, como linhas de telesexo, só que sem, digamos, o prazer garantido – e saíram em fila pela porta. Os mais velhos primeiro, os mais jovens seguindo-os, como esposas japonesas.

Myron entrou e perguntou:

– O que está acontecendo?

Win fez um sinal para que sentasse. Depois se acomodou e encostou as pontas dos dedos, formando um triângulo com as mãos.

– Essa situação está me trazendo problemas.

– Você está se referindo ao saque de Clu?

– Em parte, sim – disse ele, balançando as mãos unidas antes de encostar os indicadores no lábio inferior. – Não me agrada quando ouço as palavras *mandado judicial* e *Lock-Horne* na mesma frase.

– E daí? Você não tem o que esconder.

Win deu um leve sorriso.

– Não é isso que importa.

– Deixe-os ver seus documentos. Você tem muitas qualidades, Win, e honestidade é a principal delas.

O amigo balançou a cabeça.

– Você é tão ingênuo.

– O quê?

– Minha família controla uma corretora de valores.
– E?
– E uma simples insinuação pode destruir a empresa.
– Acho que você está exagerando – retrucou Myron.
Win levantou a sobrancelha e pôs a mão em concha perto da orelha:
– *Pardon moi?*
– Calma, Win. Tem sempre algum escândalo circulando em Wall Street. As pessoas nem notam mais.
– São na maioria casos de informações privilegiadas.
– E?
Win olhou para Myron por um momento.
– Você está sendo obtuso de propósito?
– Não.
– Informação privilegiada é um animal completamente diferente.
– Como assim?
– Você precisa mesmo que eu explique?
– Acho que sim.
– Tudo bem. Vou colocar as cartas na mesa. Negociar usando informações privilegiadas é fraude ou roubo. Meus clientes não querem saber se fraudo ou roubo, desde que seja em benefício deles. Na verdade, se um ato ilegal aumentasse sua carteira, a maioria dos clientes nos encorajaria. Mas se o consultor financeiro está brincando com suas contas pessoais ou, ainda pior, se a instituição bancária está envolvida em algo que dê ao governo o direito de requisitar documentos judicialmente, esses clientes ficam compreensivelmente nervosos.

Myron concordou.
– Posso ver de onde viriam os problemas.
Win tamborilou os dedos sobre a mesa. Vindo dele, era um sinal de grande ansiedade. Era difícil acreditar, mas pela primeira vez ele parecia um pouco nervoso:
– Coloquei três escritórios de advocacia e duas agências de publicidade trabalhando nisso.
– Trabalhando nisso como?
– Da forma habitual – respondeu Win. – Pedindo favores políticos, entrando com um processo contra a promotoria de Bergen por difamação e calúnia, plantando notícias positivas na mídia, vendo quais juízes vão tentar a reeleição.

– Em outras palavras – disse Myron –, quem você pode comprar.

Win deu de ombros.

– Cada um faz o que pode.

– Os documentos já foram requisitados?

– Não. Quero anular essa possibilidade antes de qualquer juiz pensar nela.

– Talvez seja a hora de partirmos para o ataque.

Win juntou novamente as pontas dos dedos. A grande mesa de jacarandá estava tão lustrada que devolvia sua imagem como um espelho, como num antigo comercial de detergente em que uma dona de casa vê, maravilhada, seu reflexo num prato.

– Estou ouvindo.

Myron contou como tinha sido a conversa com Bonnie Haid. O telefone vermelho de Win – ele era tão louco pelo velho seriado com Adam West que tinha seu próprio batfone, sob o que parecia ser uma cobertura para bolos de vidro – interrompeu-o várias vezes. Win precisava atender as ligações, a maioria de advogados. Myron podia ouvir o pânico advocatício saindo do fone e percorrendo toda a extensão da mesa. Compreensível. Windsor Horne Lockwood III não era o tipo de cara que você gostaria de decepcionar.

Win permanecia calmo. Sua parte na conversa se resumia basicamente em uma palavra: *quanto*.

Quando Myron terminou seu relato, Win disse:

– Vamos fazer uma lista. – Nenhum dos dois pegou uma caneta. – Primeiro, precisamos dos registros das conversas telefônicas de Clu.

– Ele estava morando num apartamento em Fort Lee – falou Myron.

– A cena do crime.

– Exato. Clu e Bonnie alugaram o apartamento quando ele foi contratado, em maio. – Pelos Yankees, um grande negócio, que deu a Clu, veterano envelhecendo, uma última chance para desperdiçar. – Eles se mudaram para a casa de Tenafly em julho, mas ainda tinham seis meses de aluguel do apartamento. Quando Bonnie o colocou para fora, ele foi morar lá.

– Você tem o endereço? – perguntou Win.

– Tenho.

– Ótimo.

– Envie os registros para Big Cyndi. Vou pedir que ela cheque os números de telefone.

Conseguir registros de conversas telefônicas é assustadoramente fácil. Não acredita? Então abra o catálogo telefônico e escolha um detetive particular ao acaso. Depois, basta pagar 2 mil dólares para ter a conta de telefone de qualquer pessoa. Alguns detetives vão topar de cara, mas a maioria vai tentar cobrar 3 mil e, com metade disso, vão subornar algum funcionário de companhia telefônica.

– Precisamos ainda conferir os cartões de crédito, o talão de cheques, os saques no caixa eletrônico, tudo, e ver o que ele andou fazendo ultimamente – continuou Myron.

Win assentiu. No caso de Clu, isso seria ainda mais fácil. Todas as suas finanças eram controladas pela Lock-Horne Seguros e Investimentos. Win havia estabelecido uma conta exclusiva para Clu a fim de poder cuidar com mais comodidade de seu dinheiro. Isso incluía o cartão de débito Visa, as contas mensais em débito automático e o talão de cheques.

– Precisamos também encontrar essa namorada misteriosa – falou Myron.

– Não deve ser muito difícil – replicou Win.

– Não.

– E, como você já sugeriu, nosso velho colega de fraternidade, Billy Lee Palms, pode saber de alguma coisa.

– Vamos encontrá-lo – disse Myron.

– Uma coisa – acrescentou Win, levantando o indicador.

– Diga.

– Você vai ter que fazer a maior parte do trabalho braçal sozinho.

– Por quê?

– Eu tenho uma empresa para cuidar.

– Eu também – retrucou Myron.

– Se você quebrar sua empresa, vai prejudicar duas pessoas.

– Três – corrigiu Myron. – Você esqueceu Big Cyndi.

– Não. Estou falando de Big Cyndi e Esperanza. Deixei você de fora por razões óbvias. Se quiser ouvir mais um clichê, pode escolher: ajoelhou, tem que rezar...

– Já entendi – interrompeu Myron. – Ainda assim, tenho uma empresa para proteger. Mais até por elas que por mim.

– Sem dúvida. – Win fez um gesto em direção às baias. – Mesmo com o risco de soar melodramático, sou responsável por essas pessoas. Pelo emprego delas e sua segurança financeira. Elas têm famílias, hipotecas e mensalidades escolares a pagar. – Ele fixou em Myron seus frios olhos azuis. – É uma coisa a que dou muita importância.

– Eu sei.

Win se recostou na cadeira.

– Vou me envolver, é claro. E se meus talentos pessoais forem necessários...

– Vamos torcer para que não sejam – interrompeu Myron.

Win deu de ombros outra vez e disse:

– Engraçado, não?

– O quê?

– Notou que nem mencionamos Esperanza? Você sabe por quê?

– Não sei.

– Talvez – falou ele – tenhamos dúvidas sobre sua inocência.

– Eu não tenho.

Win arqueou a sobrancelha, mas não disse nada.

– Não estou me deixando levar pelas emoções – continuou Myron. – Tenho pensado nisso.

– E?

– E não faz sentido. Primeiro, por que ela mataria Clu? Qual seria o motivo?

– O promotor parece achar que ela o matou pelo dinheiro.

– Certo. E nós sabemos muito bem que não seria o motivo.

Win ficou em silêncio por um instante e balançou a cabeça antes de falar:

– Esperanza não mataria por dinheiro.

– Então não temos nenhum motivo.

Win franziu o cenho.

– Diria que essa conclusão é no mínimo prematura.

– Tudo bem, mas vamos olhar para as evidências agora. A arma, por exemplo.

– Continue – falou Win.

– Pense nisso um instante. Esperanza tem uma discussão séria com Clu na frente de testemunhas, certo?

– Certo.

Myron ergueu um dedo.

– Primeiro, Esperanza seria tão burra a ponto de matá-lo logo depois de uma briga pública?

– Bom argumento – concordou Win. – Mas talvez a discussão no estacionamento só tenha precipitado as coisas. Talvez depois disso Esperanza tenha percebido que Clu estava fora de controle.

– Ótimo, vamos supor que Esperanza ainda assim tenha sido burra o suficiente para matá-lo depois da briga. Ela saberia que se tornaria suspeita, certo? Afinal, houve testemunhas.

Win balançou a cabeça devagar:

– Concordo.

– Então por que a arma do crime estava no escritório? Esperanza não é idiota. Já trabalhou conosco antes. Conhece o funcionamento dessas coisas. Qualquer um que veja televisão sabe que o criminoso sempre se livra da arma.

Win hesitou.

– Entendo o que você está dizendo.

– Então a arma deve ter sido plantada. E, se foi, então o sangue e as fibras também.

– Lógico – disse Win, em seu melhor estilo Sr. Spock.

O batfone tocou outra vez. Win resolveu a questão em segundos, e os dois voltaram a pensar.

– Por outro lado – disse Win –, nunca vi um crime perfeitamente lógico.

– Como assim?

– A realidade é confusa e cheia de contradições. Veja o caso O. J. Simpson.

– O quê?

– O caso O. J. Simpson – repetiu. – Se espirrou todo aquele sangue e ele ficou ensopado, por que tão pouco foi encontrado?

– Ele mudou de roupa.

– E? Mesmo que tenha mudado, era de esperar que achassem mais que umas gotas no painel do carro, não? Se ele dirigiu até sua casa e tomou banho, por que não encontraram sangue nos azulejos, nos canos, onde quer que fosse?

– Então você acha que O. J. era inocente?

Win franziu novamente o cenho.

– Você não está entendendo o que quero dizer.

– E o que é?

– A investigação de assassinatos nunca faz sentido completamente. Há sempre defeitos no tecido da lógica. Falhas inexplicáveis. Talvez Esperanza tenha cometido um erro. Talvez não achasse que a polícia fosse suspeitar dela. Talvez tenha pensado que a arma estaria mais segura no escritório que, sei lá, na casa dela.

– Ela não o matou, Win.

Win abriu os braços.

– Quem de nós é incapaz, em dadas circunstâncias, de cometer um assassinato?

Silêncio profundo. Myron engoliu em seco.

– Apenas para continuar o raciocínio, vamos supor que a arma tenha sido plantada.

Win balançou vagarosamente a cabeça, os olhos fixos nos de Myron.

– A questão é: quem fez isso?

– E por quê? – acrescentou Win.

– Precisamos fazer uma lista dos inimigos dela – falou Myron.

– E dos nossos.

– O quê?

– Essa acusação de assassinato nos atinge seriamente – disse Win. – Temos que considerar várias possibilidades.

– Por exemplo?

– Primeira: talvez estejamos dando atenção de mais à tentativa de incriminá-la.

– Como assim?

– Pode não se tratar de uma vingança pessoal. Talvez o assassino tenha ficado sabendo da briga no estacionamento e chegado à conclusão de que Esperanza daria um bom bode expiatório.

– Então tudo isso seria só uma forma de desviar a atenção do verdadeiro assassino? Nada pessoal?

– É uma possibilidade – respondeu Win. – Só isso.

– Tudo bem – assentiu Myron. – Qual a outra?

– O assassino quer machucar bastante Esperanza.

– A suposição óbvia.

– Sim, se isso serve para alguma coisa – falou Win. – E possibilidade número três: o assassino quer prejudicar bastante um de nós.

– Ou nossos negócios – completou Myron.

– Sim.

Algo como uma bigorna gigante de desenho animado caiu sobre a cabeça de Myron.

– Alguém como FJ.

Win apenas sorriu.

– E – continuou Myron – se Clu estivesse envolvido em alguma coisa ilícita, algo que exigisse grandes quantias de dinheiro...

– Então FJ e a família seriam os principais destinatários – Win concluiu o raciocínio. – E é claro que, colocando o dinheiro de lado um instante, FJ adoraria qualquer chance de destruir você. Quer uma forma melhor que destruindo sua empresa e mandando sua melhor amiga para a cadeia?

— Dois coelhos com uma cajadada só.

— Exatamente.

Myron se recostou na cadeira, subitamente exausto.

— Não gosto da ideia de me meter com os Aches.

— Nem eu – falou Win.

— Você? Antes queria matar FJ.

— É exatamente esse o problema. Agora não posso matá-lo. Se o jovem FJ está por trás disso, temos que mantê-lo vivo para provar seu envolvimento. Prender um verme é perigoso. O simples extermínio é a melhor linha de ação.

— Então eliminamos sua opção favorita.

Win assentiu.

— Triste, não?

— Trágico.

— Mas a coisa pode piorar, amigão.

— Como assim?

— Inocente ou culpada – falou Win –, Esperanza está escondendo alguma coisa de nós.

Silêncio.

— Não temos escolha – continuou ele. – Temos que investigá-la também. Nos meter um pouco em sua vida pessoal.

— Não gosto da ideia de arrumar confusão com os Aches – falou Myron – e gosto menos ainda de invadir a privacidade de Esperanza.

— É para ter medo – concordou Win. – Bastante.

11

A PRIMEIRA PISTA EM POTENCIAL provocou duas reações em Myron: deixou-o terrivelmente assustado e o lembrou *A noviça rebelde*.

Myron gostava muito do velho musical com Julie Andrews – quem não gosta? –, mas sempre achou idiota uma canção em particular. Na verdade um dos clássicos, "My Favorite Things". Não fazia o menor sentido. Pergunte a zilhões de pessoas quais suas coisas favoritas, e quantas vão escolher campainhas que soem bem alto? Dava vontade de dizer: sabe de uma coisa, Millie? Adoro campainhas! Não dou a mínima para passear numa praia, ler um bom livro, fazer amor ou ver um musical na Broadway. Campainhas, Millie. As campainhas são tudo para mim. Às vezes, corro até a casa das pessoas, toco a campainha e, bem, acho que sou homem o bastante para admitir que tremo de prazer.

Outra das curiosas "coisas favoritas" eram os pacotes de papel pardo amarrados com barbante, principalmente porque pareciam pacotes enviados por algum tarado pelo correio (bem, não que Myron soubesse disso por experiência pessoal). Entretanto, foi o que encontrou na sua grande pilha de correspondência. Um simples pacote embrulhado com papel pardo. Etiqueta com o endereço impresso e, sob ele, a palavra *pessoal*. Sem remetente. Carimbo do correio de Nova York.

Abriu o pacote, sacudiu-o e viu um disquete cair sobre sua mesa.

Olá.

Myron o pegou, virou de um lado e de outro. Nenhuma etiqueta. Nada escrito. Apenas um simples quadrado preto com um pedaço de metal na parte de cima. Estudou-o por um instante, deu de ombros, meteu-o no computador e apertou algumas teclas. Já ia entrar no Windows Explorer para ver que tipo de arquivo era aquele quando alguma coisa começou a acontecer. Myron se recostou e franziu o cenho. Torceu para que não fosse algum tipo de vírus. Afinal, não se enfia um disquete desconhecido no computador. Não sabia onde havia estado, em que drive suspeito fora inserido antes, se usava preservativo ou tinha feito exame de sangue. Nada. Seu pobre computador.

Deu um gemido.

A tela ficou preta.

Myron puxou a orelha. Esticou o dedo a fim de apertar a tecla Esc – último refúgio de alguém com fobia de computadores – quando uma imagem apareceu na tela. Ele ficou paralisado.

Era uma garota.

Tinha o cabelo comprido e fino, com duas mechas caídas na frente e um sorriso desajeitado. Ele calculou que tivesse uns 16 anos. Aparelho nos dentes, olhava para o lado, e o fundo era o arco-íris desbotado típico de retratos de escola. Sim, era o tipo de retrato que se encontra emoldurado em cima da lareira de mamãe e papai ou no livro da turma de 1985 de uma escola de ensino médio do subúrbio, com uma autodefinição embaixo da foto, alguma citação profunda de James Taylor ou Bruce Springfield, acompanhada por "Fulana adorou ser secretária/tesoureira do clube estudantil, suas lembranças preferidas incluem passar o tempo com Jenny e Sharon T. numa loja de departamentos, ler em voz alta durante a aula da Sra. Kennilworth, ensaiar com a banda nos fundos do estacionamento", aquela coisa bem juventude perfeita. Típico. Uma espécie de obituário da adolescência.

Myron conhecia a garota.

Ou ao menos já a vira. Não conseguia se lembrar de onde nem quando ou se a vira pessoalmente, em fotografia ou seja lá o que fosse. Porém não havia dúvida. Olhou-a bem, na esperança de que viesse à sua cabeça o nome ou alguma lembrança passageira. Nada. Continuou a olhar. E de repente aconteceu.

A garota começou a derreter.

Era a única forma de descrever. As mechas de cabelo deslizaram e se misturaram à pele, a testa caiu, o nariz se dissolveu, os olhos se reviraram e depois se fecharam. Sangue começou a escorrer das órbitas, tingindo o rosto de vermelho.

Myron deu um pulo na cadeira, quase gritando.

O sangue cobria toda a imagem e, por um momento, Myron temeu que vazasse da tela. O som de uma gargalhada saiu pelos alto-falantes do computador. Não era de um psicopata nem parecia cruel, mas a gargalhada feliz e saudável de uma adolescente, um som normal que o deixou mais arrepiado que se tivesse ouvido um uivo.

Sem nenhum aviso, a tela ficou misericordiosamente preta. A gargalhada parou. Depois o menu do Windows 98 reapareceu.

Myron respirou fundo algumas vezes, as mãos agarradas com força à beira da mesa.

Que droga era aquilo?

O coração batia contra as costelas como se quisesse sair. Ele se esticou para trás e pegou o papel pardo da embalagem. O carimbo do correio era datado de três semanas antes. Três semanas. Aquele disquete terrível havia estado em sua pilha de correspondência desde que fugira. Por quê? Quem tinha mandado aquilo para ele? E quem era a garota?

Sua mão ainda tremia quando pegou o telefone e digitou. Seu número não apareceria no identificador de chamadas do outro lado, mas mesmo assim o homem atendeu dizendo:

– Tudo bem, Myron?

– Preciso da sua ajuda, PT.

– Meu Deus, você está com uma voz horrível. É por causa de Esperanza?

– Não.

– Qual é o problema, então?

– Um disquete. Três polegadas e meia. Preciso que alguém o analise.

– Procure John Jay. Pergunte pela Dra. Czerski. Mas, se está atrás de algum vestígio, vai ser difícil. Do que se trata?

– Recebi pelo correio. Tem a imagem de uma adolescente. Num arquivo de vídeo qualquer.

– Quem é a garota?

– Não sei.

– Vou ligar para Czerski. Vai indo para lá.

◆ ◆ ◆

A Dra. Kirstin Czerski vestia um jaleco branco e tinha a carranca de uma nadadora da antiga Alemanha Oriental. Myron tentou seu sorriso número 17 – o sorriso úmido de Alan Alda pós-*M*A*S*H*.

– Olá – disse ele. – Meu nome é...

– O disquete – interrompeu ela, estendendo a mão.

Ele o entregou. Ela olhou o objeto por um segundo e se dirigiu a uma porta.

– Espere aqui.

A porta se abriu. Myron viu rapidamente um cômodo que parecia a sala de comando de *Jornada nas estrelas*. Por todo lado havia metal, fios, luzes, monitores e fitas magnéticas. Ela fechou a porta e ele ficou na sala de espera escassamente decorada. Piso de linóleo, três cadeiras de plástico moldado, livros baratos numa parede.

Seu celular tocou outra vez. Ele o observou um segundo. Seis semanas atrás, tinha-o desligado. Agora o aparelho parecia estar descontando o tempo perdido. Apertou um botão e levou o telefone ao ouvido.

– Alô?

– Oi, Myron.

A voz o golpeou como um soco no estômago. Um som abafado encheu seus ouvidos, como se o telefone fosse uma concha do mar. Myron se deixou cair numa cadeira de plástico amarelo.

– Olá, Jessica – conseguiu dizer.

– Vi você no noticiário – disse ela, a voz um pouco controlada demais. – Imaginei então que tivesse ligado de novo o telefone.

– Certo.

Mais silêncio.

– Estou em Los Angeles – continuou Jessica.

– Sim...

– Mas preciso falar umas coisas para você.

– Ah? – a fábrica de monossílabos de Myron entrara em ação, e ele não conseguia desligá-la.

– Primeira coisa, vou ficar fora por pelo menos mais um mês. Não troquei as fechaduras nem nada. Você pode ficar lá no loft...

– Estou, ahn, hospedado na casa do Win.

– É, imaginei. Mas se precisar de algo ou quiser levar suas coisas...

– Ok.

– Não esqueça a TV. É sua.

– Pode ficar com ela – disse Myron.

– Ótimo.

Mais silêncio.

Jessica voltou a falar:

– Estamos lidando com isso de forma tão adulta, não?

– Jess...

– Não, liguei por outra razão.

Ele se calou.

– Clu telefonou para você várias vezes. Quer dizer, ligou lá para o loft.

Myron já esperava isso.

– Ele parecia bem desesperado. Eu disse que não sabia onde você estava. Ele falava que tinha que encontrar você. Que estava preocupado.

– Comigo?

– Sim. Ele esteve lá um dia, parecia um farrapo. Ficou me interrogando durante vinte minutos.

– Sobre o quê?

– Queria descobrir onde você estava. Disse que tinha que encontrá-lo, mais por você que por ele. Mas eu não sabia do seu paradeiro, e ele começou a me assustar.

– Assustar como?

– Perguntou como eu sabia que você não estava morto.

– Clu disse isso? Que eu poderia estar morto?

– Sim. Quando ele foi embora, liguei para Win.

– E o que Win disse?

– Que você estava bem e eu não devia me preocupar.

– O que mais?

– Estou falando de Win, Myron. Ele disse apenas que você estava bem e eu não devia me preocupar. Depois desligou. Deixei para lá. Imaginei que Clu estivesse exagerando para chamar minha atenção.

– Provavelmente foi isso.

– É.

Mais silêncio.

– E você, como está? – perguntou ela.

– Bem. E você?

– Tentando esquecer você.

Ele mal podia respirar.

– Jess, a gente devia conversar...

– Não – disse ela outra vez. – Não quero conversar. Vou ser direta: se mudar de ideia, me ligue. Você sabe o número. Se não, seja feliz.

Clique.

Myron baixou o telefone. Respirou fundo várias vezes. Olhou para o aparelho. Tão simples. Sabia de fato o número. Como seria fácil ligar.

– Inútil.

Ele levantou a cabeça e deu com a Dra. Czerski.

– Como?

Ela mostrou o disquete.

– O senhor disse haver um arquivo de imagem aqui.

Myron explicou rapidamente o que tinha visto.

– Não está mais aqui – falou ela. – Deve ter apagado sozinho.

– Como?

– O senhor disse que o programa foi executado automaticamente.
– Sim.
– Ele dever ter se autoextraído, autoexecutado e autodeletado. Simples.
– Não existem uns programas especiais para recuperar arquivos?
– Sim. Mas esse arquivo fez mais que isso. Reformatou o disquete todo. Provavelmente o comando final da sequência.
– E isso quer dizer que...?
– O que o senhor viu desapareceu para sempre.
– Tem mais alguma coisa no disquete?
– Não.
– Nada que possamos rastrear? Nenhuma característica que seja única ou algo assim?
Ela balançou a cabeça.
– Disquete comum. Vendido em qualquer loja do país. Formatação padrão.
– E impressões digitais?
– Isso não é meu departamento.
E Myron sabia que seria perda de tempo. Se alguém tinha se dado o trabalho de destruir qualquer evidência eletrônica, era certo que qualquer impressão digital tivesse também sido apagada.
– Estou ocupada – disse a Dra. Czerski, devolvendo-lhe o disquete e saindo da sala sem sequer olhar para trás. Myron o olhou com atenção e sacudiu a cabeça.
Que diabo estava acontecendo ali?
O celular tocou de novo.
– Sr. Bolitar? – Era Big Cyndi.
– Sim.
– Estou examinando os registros telefônicos do Sr. Clu Haid, como o senhor pediu.
– E?
– O senhor vai voltar para o escritório?
– Estou a caminho.
– Tem uma coisa aqui que o senhor vai achar bizarra.

12

Q<small>UANDO A PORTA DO ELEVADOR SE ABRIU</small>, Big Cyndi o esperava. Havia por fim lavado o rosto. Toda a maquiagem desaparecera. Devia ter usado jato de areia. Ou uma britadeira.

Ela disparou:

– Muito bizarro, Sr. Bolitar.

– O quê?

– Seguindo suas instruções, examinei os registros telefônicos de Clu Haid – falou ela, balançando a cabeça depois. – Muito bizarro.

– O que é bizarro?

Ela lhe entregou uma folha de papel:

– Marquei o número com amarelo.

Myron caminhou até sua sala enquanto olhava o número. Big Cyndi o seguiu, fechando a porta atrás de si. O número pertencia ao código de área 212. Ou seja, Manhattan. Tirando isso, era completamente desconhecido.

– O que tem esse número?

– É de uma casa noturna.

– Qual?

– Imagine Só.

– O quê?

– O nome do lugar é esse: Imagine Só – falou Big Cyndi. – Fica a dois quarteirões do Couro e Luxúria.

Couro e Luxúria era o bar sadomasoquista onde ela trabalhara como segurança. O lema lá era: machuque quem você ama.

– Você conhece esse lugar? – perguntou ele.

– Um pouco.

– Que tipo de casa é?

– É para *cross-dressers* e travestis principalmente. Mas eles têm uma clientela variada.

Myron massageou as têmporas.

– Quando você diz variada...

– É um conceito bastante interessante, Sr. Bolitar.

– Tenho certeza disso.

– Quando se vai à Imagine Só, nunca se sabe ao certo o que se vai arranjar. O senhor me entende?

Myron não fazia ideia.

– Perdoe a minha ingenuidade sexual, mas você poderia explicar?

Big Cyndi franziu o rosto, pensando em como explicar.

– Em parte, é o que se pode esperar: homens vestidos de mulher, mulheres vestidas de homem. Mas às vezes a mulher é mulher mesmo e o homem também é homem. Dá para entender?

Myron balançou a cabeça:

– Nem um pouco.

– É por isso que se chama Imagine Só. Você nunca tem certeza. Por exemplo, pode ver uma mulher linda, alta demais, com uma peruca platinada. A gente imagina que seja um ele-ela. Mas, e é isso que torna a Imagine Só um lugar especial, talvez não seja.

– Não seja o quê?

– Um ele-ela. Uma travesti ou transexual. Talvez seja realmente uma mulher linda que colocou saltos muito altos e uma peruca para confundir as pessoas.

– E a razão para isso é...?

– Essa é a graça do lugar. A dúvida. Tem uma placa lá dentro que diz: IMAGINE SÓ É AMBIGUIDADE, NÃO ANDROGINIA.

– Capcioso.

– Mas a ideia é essa. É um lugar de mistério. Você leva alguém para casa, achando que é uma mulher linda ou um homem lindo. Mas até tirar as calças você não tem certeza. As pessoas se vestem para enganar as outras. Nunca se sabe ao certo até... bem, o senhor deve ter visto *Traídos pelo desejo*.

Myron fez uma careta.

– E alguém procura isso?

– Quando se está a fim, claro.

– A fim de quê?

– Exatamente – falou apenas, com um sorriso.

Myron massageou novamente as têmporas.

– Então os clientes não têm problemas quando... – Ele buscou a palavra certa, mas não havia uma. – Um cara gay, por exemplo, não fica chateado quando descobre que levou uma mulher para casa?

– É para isso que se vai. Pelo suspense. Pela incerteza. Pelo mistério.

– Uma espécie de caixa de surpresas sexual.

– Exato.

– Exceto que nesse caso é possível se surpreender de verdade.

Big Cyndi considerou a afirmação:

– Se a gente pensar bem, Sr. Bolitar, são só duas possibilidades.

Ele não estava mais tão certo.

– Mas gostei da sua analogia com uma caixa de surpresas – continuou Big Cyndi. – Sabemos o que estamos levando para a festa, mas não fazemos ideia do que vamos levar para casa. Uma vez, um cara saiu com o que pensava ser uma mulher obesa. Descobriu depois que era um homem com um anão escondido debaixo da saia.

– Por favor, me diga que isso é uma piada.

Big Cyndi apenas olhou para ele.

– Então – continuou Myron – você, ah, frequenta esse lugar?

– Estive lá umas duas vezes. Mas já faz tempo.

– Por que parou?

– Por duas razões. Primeiro, são concorrentes do Couro e Luxúria. É um público diferente, mas os mercados são similares.

Myron concordou:

– Os pervertidos.

– Eles não fazem mal a ninguém.

– Pelo menos a ninguém que não queira que se machucar.

Ela fez um beicinho, uma visão não muito agradável numa lutadora de 130 quilos, em especial sem a argamassa da maquiagem.

– Esperanza está certa.

– Sobre?

– O senhor às vezes tem a mente muito fechada.

– Tenho. Sou um pastor evangélico. E qual foi a segunda razão?

Ela hesitou.

– É óbvio que sou a favor da liberdade sexual. Não me importa o que você faça, desde que seja consensual. E já fiz coisas bem loucas, Sr. Bolitar – disse ela, olhando-o nos olhos. – *Muito* loucas.

Myron se encolheu, temendo que ela lhe contasse os detalhes.

– Mas a Imagine Só começou a atrair o tipo errado de público – continuou ela.

– Jura? Que coisa surpreendente – replicou ele. – Parecia um lugar perfeito para famílias em férias.

Ela meneou a cabeça.

– O senhor é tão reprimido, Sr. Bolitar.

— Porque gosto de saber o gênero da minha parceira antes de tirarmos a roupa?

— Por causa da sua atitude. Pessoas como o senhor causam bloqueio sexual. A sociedade se torna sexualmente reprimida. Tão reprimida, na verdade, que se começa a cruzar a linha entre sexo e violência, entre representação e perigo real. Chega-se a um estágio em que se tem prazer em machucar pessoas que não querem ser machucadas.

— E a Imagine Só atrai esse tipo de público?

— Mais do que a maioria dos lugares.

Myron se recostou e esfregou o rosto com as duas mãos.

— Isso pode explicar algumas coisas – disse ele.

— Tais como?

— Por que Bonnie expulsou Clu de vez. Ter uma série de amantes é uma coisa. Mas, se ele estava frequentando um lugar desses, se tinha começado a se inclinar para... – de novo as palavras escapavam – o que quer que fosse. E se Bonnie descobriu, bem, isso explicaria o pedido de divórcio.

Ele balançou a cabeça como se estivesse ouvindo o cérebro trabalhar.

— E explicaria o comportamento estranho dela hoje.

— Como assim?

— Ela me pediu para não investigar muito a fundo. Queria que eu inocentasse Esperanza e depois esquecesse tudo.

— Ela temia que isso vazasse – concordou Big Cyndi.

— Certo. Se uma coisa dessas vem a público, o que seria das crianças?

Outro pensamento que flutuava pelo cérebro de Myron ficou preso numa rocha pontuda. Ele olhou para Big Cyndi:

— Suponho que a Imagine Só atraia principalmente bissexuais. Quero dizer: se não se tem certeza do que vai pescar, é porque tanto faz.

— Mais ambissexuais – disse Big Cyndi. – Ou pessoas que querem algum mistério. Algo novo.

— Mas bissexuais também.

— Sim, claro.

— E Esperanza?

— Que tem ela? – replicou Big Cyndi, alterando-se.

— Frequentava esse lugar?

— Não sei dizer, Sr. Bolitar. Nem vejo a relevância.

— Não me agrada perguntar isso. Você quer que eu a ajude, certo? Isso significa vasculhar o que não queremos vascular.

93

– Entendo, Sr. Bolitar. Mas o senhor a conhece melhor que eu.

– Não esse lado dela – argumentou Myron.

– Esperanza é uma pessoa discreta. Eu realmente não sei. Em geral, tem um relacionamento fixo, mas não posso dizer se já foi lá ou não.

Myron balançou a cabeça. Não interessava muito. Se Clu havia frequentado um lugar desses, aquilo daria a Hester Crimstein motivos para mais dúvidas razoáveis. Um lugar barra-pesada, com reputação de violento – era a receita perfeita para um desastre. Clu podia ter levado para casa o pacote errado. Ou ter sido o pacote errado. E havia a questão do dinheiro. Chantagem? Algum cliente o teria reconhecido? Ameaçado? Filmado?

Sim, um grande número de dúvidas razoáveis e nebulosas.

E um bom lugar para procurar a namorada misteriosa. Ou namorado. Ou nem uma coisa nem outra. Ele balançou a cabeça. Para Myron, não era uma questão de princípios ou dilema moral. Os desvios apenas o confundiam. Estranhamento à parte, ele não os compreendia. Por falta de imaginação, talvez.

– Vou ter que fazer uma visita à Imagine Só – disse ele.

– Sozinho, não – falou Big Cyndi. – Vou com o senhor.

Uma investigação sutil estava descartada.

– Ótimo.

– Mas agora não. A Imagine Só abre só às onze.

– Certo. Vamos hoje à noite, então.

– Eu tenho a roupa certa – disse ela. – O senhor vai de quê?

– De homem heterossexual reprimido – respondeu. – Tudo o que preciso fazer é calçar meu sapatênis. – Ele examinou outra vez os registros telefônicos. – Você marcou em azul outro número.

Ela assentiu:

– O senhor mencionou um velho amigo chamado Billy Lee Palms.

– Esse é o número dele?

– Não. O Sr. Palms não aparece em lugar nenhum. Nenhuma lista telefônica. E não paga impostos há quatro anos.

– De quem é esse número, então?

– Dos pais. O Sr. Haid ligou para eles duas vezes no mês passado.

Myron verificou o endereço. Westchester. Lembrava-se vagamente de ter encontrado os pais de Billy Lee quando eles o visitaram na Duke certa vez. Consultou o relógio. Levaria uma hora para chegar lá. Pegou o casaco e se dirigiu para o elevador.

13

O CARRO DE MYRON, O FORD TAURUS da empresa, havia sido confiscado pela polícia, de forma que ele alugou um Mercury Cougar marrom. Não sabia se as mulheres conseguiriam resistir. Quando ligou o automóvel, o rádio estava sintonizado na Lite FM, 106,7. Patti LaBelle e Michael McDonald cantavam um clássico triste da música romântica chamado "On My Own". Um casal, outrora tão feliz, estava se separando. Trágico. Tão trágico que, como cantava Michael McDonald, "agora já estamos falando em divórcio... e sequer fomos casados".

Myron balançou a cabeça. Foi por isso que Michael McDonald deixou os Doobie Brothers?

Na faculdade, Billy Lee Palms tinha sido o farrista por excelência. Tinha uma beleza furtiva, cabelo muito preto e uma magnética combinação de carisma e machismo, embora dissimulado: o tipo de coisa que dava certo com jovens que estavam longe de casa pela primeira vez. Os membros da fraternidade o apelidaram de Otter, o personagem ardilosamente gentil do filme *Clube dos cafajestes*. Combinava. Billy Lee era também um grande jogador de beisebol e conseguiu chegar às ligas principais por meia temporada, na reserva dos Baltimore Orioles no ano em que ganharam a Série Mundial.

Isso, entretanto, fora séculos atrás.

Myron bateu à porta. Segundos depois, ela se abriu rápida e completamente. Sem aviso, nada. Estranho. Nos dias de hoje as pessoas espreitam pelo olho mágico, entreabrem a porta ainda com a corrente presa ou, no mínimo, perguntam quem é.

– Sim? – disse uma mulher que Myron reconheceu vagamente como a Sra. Palms.

Era pequena, tinha boca de esquilo e olhos saltados, como se algo atrás deles os empurrasse para fora. O cabelo estava amarrado, mas várias mechas haviam escapado e caíam sobre o rosto. Ela as puxou para trás.

– Sra. Palms? – perguntou ele.
– Sim.
– Meu nome é Myron Bolitar. Estudei com Billy Lee na Duke.

Sua voz desceu uma oitava ou duas:

– Você sabe onde ele está?

– Não, senhora. Ele está desaparecido?

Ela franziu o cenho e deu um passo para trás:

– Entre, por favor.

Myron passou pela porta.

A Sra. Palms seguiu por um corredor. Apontou para a direita sem se voltar ou interromper sua marcha:

– Entre no salão de casamento de Sarah. Volto num segundo.

– Sim, senhora.

Salão de casamento de Sarah?

Ele seguiu a direção que ela indicara. Quando dobrou à direita, soltou uma exclamação de espanto. O salão de casamento de Sarah. A decoração era a de uma sala de estar convencional, como o mostruário de uma loja de móveis popular. Um sofá grande, de cor creme, e outro, de dois lugares, na mesma tonalidade, formavam um L, provavelmente a oferta do mês, 695 dólares o conjunto. O maior devia ser um sofá-cama ou algo assim. A mesa de centro era um quadrado de carvalho, com uma pequena pilha de revistas chamativas não lidas de um lado, flores de seda no meio e livros de arte do outro. O carpete era bege claro e havia dois abajures de pé no estilo grande loja de decoração.

As paredes, porém, eram absolutamente incomuns.

Myron já vira muitas casas com fotografias nas paredes. Não era raro. Estivera até um uma ou duas em que elas dominavam, mais que complementavam, a decoração. Isso também dificilmente o impressionaria. O que viu, no entanto, foi para lá de surreal. O Salão de Casamento de Sarah – tem que ser em letras maiúsculas – era uma recriação desse acontecimento. Literalmente. Fotografias coloridas tinham sido ampliadas, em tamanho natural, e coladas no lugar do papel de parede. Os noivos sorriam de modo convidativo à direita. À esquerda, Billy Lee, de smoking, no papel de padrinho ou talvez apenas de convidado, também sorria para ele. A Sra. Palms, usando um vestido de verão, dançava com o marido. A sua frente, viam-se as mesas, muitas mesas. Convidados sorriam. Era como se uma foto panorâmica do casamento tivesse sido ampliada até o tamanho da *Ronda noturna* de Rembrandt. As pessoas dançavam lentamente. Uma banda tocava. Havia uma espécie de pastor, arranjos florais, bolo de casamento, porcelanas finas e linho branco – tudo em tamanho natural.

– Por favor, sente-se.

Myron se virou para a Sra. Palms. Seria a verdadeira ou uma das reproduções? Não, estava vestida de forma casual. Era a genuína. Ele quase esticou a mão para tocá-la e ter certeza.

– Obrigado – disse ele.
– Esse é o casamento da nossa filha Sarah. Foi há quatro anos.
– Estou vendo.
– Foi um dia muito especial para nós.
– Tenho certeza.
– Foi em Manor, West Orange. Conhece?
– Meu *bar mitzvah* foi lá – respondeu Myron.
– É mesmo? Seus pais devem ter lembranças muito queridas desse dia.
– Sim.

Agora, contudo, duvidava. Quer dizer, os pais guardavam a maioria das fotos num álbum.

A Sra. Palms sorriu para ele:

– É estranho, sei, mas... Ah, já expliquei isso umas mil vezes. O que é mais uma? – suspirou ela, apontando para um dos sofás.

Myron sentou. E ela também.

A Sra. Palms entrelaçou as mãos e olhou para ele, com o olhar vazio de uma mulher que se sentava perto demais do filme da vida.

– As pessoas tiram fotos dos seus instantes mais especiais – começou ela, muito séria. – Querem eternizar os momentos mais importantes. Querem desfrutá-los, saboreá-los e revivê-los. Mas não é isso que fazem. Tiram a foto, olham-na uma vez e depois a colocam numa caixa e esquecem. Eu não. Lembro-me das horas boas. Mergulho nelas, recrio tudo o quanto puder. Afinal, vivemos para esses momentos, não é, Myron?

Ele concordou com a cabeça.

– Então, quando sento nesta sala, me sinto contente. Estou cercada por um dos momentos mais felizes da minha vida. Criei a aura mais positiva possível.

Myron concordou outra vez.

– Não sou muito fã de arte – continuou ela. – Não me agrada a ideia de pendurar litografias impessoais nas paredes. Que graça tem olhar para imagens de pessoas e lugares que não conheço? Não ligo muito para decoração de interiores. Não gosto de antiguidades nem dessas imitações que você compra pela internet. Mas sabe o que acho lindo? – A Sra. Palms parou e olhou para ele ansiosa.

Myron pegou a deixa:

– O quê?

– Minha família – respondeu ela. – Para mim, minha família é linda. É arte. Isso faz sentido para você, Myron?

– Sim. – Por mais estranho que fosse, fazia.

– Então chamo este cômodo de Salão de Casamento de Sarah. Sei que é uma bobagem. Dar nome para uma sala. Ampliar fotografias antigas e usá-las como papel de parede. Mas todos os aposentos aqui são assim. O quarto de Billy Lee, lá em cima, eu chamo de Luva de Beisebol. É onde ele ainda fica quando está aqui. Acho que isso o agrada. – Ela levantou as sobrancelhas. – Você gostaria de ver?

– Claro.

A Sra. Palms deu praticamente um pulo da cadeira. A parede da escada era forrada com fotos antigas, em preto e branco, gigantes. Um casal de rosto severo vestindo trajes nupciais. Um soldado com uniforme completo.

– Essa é a Parede das Gerações. Ali estão meus bisavôs. E os de Hank, meu marido. Morreu faz três anos.

– Lamento.

Ela encolheu os ombros.

– Essa parede cobre três gerações. Acho uma boa maneira de lembrar os ancestrais.

Myron não contestou. Olhou para a fotografia do casal jovem, ainda começando a vida juntos, provavelmente um pouco assustados. Agora estavam mortos.

Pensamento profundos, por Myron Bolitar.

– Sei o que está pensando – disse ela. – Será isso, no entanto, mais estranho que pendurar quadros de parentes mortos? Acho mais natural.

Difícil de refutar.

As paredes do corredor do segundo andar exibiam uma espécie de festa à fantasia dos anos 1970. Ternos esporte e calças boca de sino. Myron não perguntou nada, e a Sra. Palms também não explicou. Melhor assim. Ela virou à esquerda e ele a seguiu até a Luva de Beisebol. Fazia jus ao nome. A vida de Billy Lee como jogador de beisebol estava toda ali, como numa sala da Galeria da Fama. Começava com ele na Liga Mirim, agachado, a posição de receptor, o sorriso amplo e estranhamente confiante para uma criança tão pequena. Os anos iam passando. Da Liga Mirim para a Juvenil, daí para o ensino médio, até Duke, terminando com seu único ano glorioso nos

Orioles: Billy Lee exibindo com orgulho o anel da Série Mundial. Myron estudou as fotografias da Duke. Uma havia sido tirada em frente à Psi U, a fraternidade deles. Billy Lee, uniformizado, com o braço em torno de Clu, e vários colegas atrás, inclusive, via agora, Myron e Win. Lembrava-se de quando a foto fora tirada. O time de beisebol tinha acabado de derrotar o Florida State e ganhado o campeonato nacional. A festa durara três dias.

– Sra. Palms, onde está Billy Lee?
– Não sei.
– Quando diz que não sabe...
– Ele fugiu – interrompeu ela. – Outra vez.
– Já tinha feito isso antes?

Ela contemplou a parede, os olhos vidrados.

– Talvez Billy Lee não ache este quarto confortável – disse em voz baixa. – Pode ser que o faça lembrar o que poderia ter sido. – Ela se voltou para Myron. – Quando foi a última vez que viu Billy Lee?

Ele tentou se lembrar.

– Faz muito tempo.
– Por quê?
– Nunca fomos muito próximos.

Ela apontou para a parede:

– É você? Atrás?
– Sou.
– Billy Lee falava sobre você.
– Mesmo?
– Dizia que você era um agente esportivo. Empresário de Clu, se não estou enganada.
– Sim.
– Você continuou amigo de Clu, então?
– Sim.

Ela balançou a cabeça, como se aquilo esclarecesse tudo.

– Por que está procurando meu filho, Myron?

Não sabia muito bem como explicar.

– A senhora ficou sabendo da morte de Clu?
– Sim, claro. Pobre rapaz. Uma alma perdida. Parecido com Billy Lee em vários aspectos. Acho que era por isso que se sentiam atraídos um pelo outro.
– A senhora viu Clu recentemente?

– Por que quer saber?

Estava na hora de abrir o jogo.

– Estou tentando descobrir quem o matou.

O corpo da mulher se retesou como se tivesse recebido um pequeno choque elétrico:

– Você acha que Billy Lee tem alguma coisa a ver com isso?

– Não, claro que não.

Entretanto, enquanto dizia aquilo, começou a se questionar. Clu foi assassinado e talvez o criminoso tenha fugido. Mais dúvidas razoáveis.

– É só porque sei como eram próximos. Pensei que talvez Billy Lee pudesse me ajudar.

A Sra. Palms contemplava a imagem dos dois jogadores em frente à Psi U. Ela esticou a mão como se fosse acariciar o rosto do filho, mas se retraiu.

– Billy Lee era bonito, não?

– Era.

– As garotas – falou ela. – Todas adoravam o meu Billy Lee.

– Nunca vi ninguém melhor com elas.

Isso a fez sorrir. Continuou contemplando a imagem do filho. Era meio assustador. Myron se lembrou de um antigo episódio de *Além da imaginação* em que uma velha estrela de cinema escapa da realidade entrando num de seus filmes. A Sra. Palms dava a impressão de querer fazer a mesma coisa.

Por fim, desviou os olhos e disse:

– Clu esteve aqui algumas semanas atrás.

– A senhora pode ser mais específica?

– Engraçado.

– O quê?

– Foi exatamente o que a polícia perguntou.

– A polícia esteve aqui?

– Claro.

Devem ter examinado os registros telefônicos também, pensou Myron. Ou encontrado outra pista.

– Vou dizer a você a mesma coisa que disse para eles. Não posso ser mais específica.

– Sabe o que Clu queria?

– Veio ver Billy Lee.

– Billy Lee estava aqui?

– Sim.

– Ele mora aqui, então?
– Mais ou menos. Os últimos anos não foram muito bons para meu filho. Silêncio.
– Não quero ser indiscreto – começou Myron –, mas...
– O que aconteceu com Billy Lee? – completou ela. – A vida o castigou, Myron. A bebida, as drogas, as mulheres. Passou algum tempo em clínicas de reabilitação. Você conhece Rockwell?
– Não, senhora.
– É uma clínica particular. Ele se internou pela quarta vez lá dois meses atrás. Mas não conseguiu se livrar do vício. Quando se está na faculdade, ou se tem 20 anos, dá para sobreviver. Quando você é um superastro e as pessoas o observam o tempo todo, tem como escapar. Mas Billy Lee não era bom o suficiente para chegar a esse nível. Não tinha com quem contar. Exceto comigo. E não sou muito forte.

Myron engoliu em seco:
– A senhora sabe por que Clu veio ver Billy Lee?
– Em nome dos velhos tempos, acho. Eles saíram. Talvez tenham bebido umas cervejas e ido atrás de mulheres. Realmente não sei.
– Clu visitava muito Billy Lee?
– Bem, Clu estava fora da cidade – disse ela, receosa. – Só voltou a passar por aqui alguns meses atrás. Mas você sabe disso, claro.
– Então foi só uma visita casual?
– Naquele momento achei que sim.
– E agora?
– Agora meu filho está desaparecido e Clu, morto.

Myron ficou pensando:
– Aonde ele geralmente vai quando desaparece assim?
– Para qualquer lugar. Billy Lee é um pouco nômade. Sai por aí, faz as coisas horríveis a si mesmo que costuma e, quando chega ao fundo do poço, volta para cá.
– Então a senhora não sabe onde ele está?
– Exatamente.
– Alguma ideia?
– Não.
– Não existem lugares preferidos?
– Não.
– Uma namorada, talvez?

– Não que eu saiba.
– Alguns amigos próximos com quem possa ficar?
– Não – respondeu ela, vagarosamente. – Ele não tem esse tipo de amigos.

Myron pegou um cartão e entregou a ela:

– Se souber alguma coisa sobre ele, Sra. Palms, poderia me avisar, por favor?

Ela examinou o cartão enquanto saíam do quarto e desciam a escada.

Antes de abrir a porta, a Sra. Palms disse:

– Você era o jogador de basquete.
– Sim.
– Aquele que machucou o joelho.

No primeiro jogo da pré-temporada como profissional. Myron fora escolhido pelo Boston Celtics na primeira rodada de contratações. Uma colisão seríssima e sua carreira havia acabado. Exatamente assim. Terminado antes de começar.

– Sim.
– Você conseguiu superar isso – falou ela. – Conseguiu continuar com sua vida, ser feliz e produtivo. – A Sra. Palms inclinou a cabeça. – Por que Billy Lee não conseguiu?

Myron não tinha a resposta – em parte porque não tinha certeza se a suposição dela era inteiramente correta. Ele se despediu e a deixou sozinha com seus fantasmas.

14

MYRON CONSULTOU O RELÓGIO. Hora do jantar. Os pais estavam esperando por ele. Estava na autoestrada Garden State quando o celular tocou de novo.

– Você está no carro? – perguntou Win, sempre com suas amabilidades.
– Sim.
– Sintonize a 1010 WINS. Ligo daqui a pouco.

Uma estação de rádio só de notícias de Nova York. Myron fez o que ele pediu. O cara do helicóptero estava terminando o informe sobre o trânsito e passou o bastão à mulher da central de notícias. Ela anunciou:

"A seguir, a mais recente revelação sobre o assassinato do superastro do beisebol Clu Haid. Em sessenta segundos."

Foram longos sessenta segundos. Myron teve de aguentar um comercial da Dunkin' Donuts verdadeiramente irritante, depois um idiota agitado que tinha uma forma de transformar 5 mil dólares em 20 mil, embora uma voz mais baixa, ao fundo, falando rápido, acrescentasse que aquilo não funcionava sempre e, na verdade, era possível perder dinheiro, o que provavelmente aconteceria, e era preciso ser um verdadeiro imbecil para seguir os conselhos de investimento de uma propaganda de rádio. Por fim, a âncora voltou. Disse seu nome à audiência – como se alguém estivesse interessado –, o nome do outro apresentador e a hora. E depois:

"A ABC informa, segundo fontes não divulgadas da promotoria do Condado de Bergen, que fios de cabelo e, abre aspas, outros vestígios corporais, fecha aspas, compatíveis com Esperanza Diaz, suspeita do assassinato, foram encontrados na cena do crime. Segundo a mesma fonte, ainda aguardam o resultado de testes de DNA, mas análises preliminares demonstram perfeita compatibilidade com as amostras retiradas de Srta. Diaz. Os fios, alguns pequenos, foram encontrados em vários locais da casa."

Myron sentiu o coração acelerar. Pelos pequenos, pensou ele. Eufemismo para pubianos.

"Não há mais detalhes disponíveis, mas a promotoria acredita seriamente que o Sr. Haid e a Srta. Diaz estavam mantendo um relacionamento sexual. Fiquem sintonizados na 1010 WINS para todos os detalhes."

O celular tocou. Myron atendeu:
– Meu Deus.

– Errou. Sou eu.

– Ligo para você já – falou Myron, desligando.

Telefonou para o escritório de Hester Crimstein. A secretária disse que a Srta. Crimstein não estava disponível. Ele insistiu que era urgente. A Srta. Crimstein continuava indisponível.

– Mas – perguntou Myron – a Srta. Crimstein não tem celular?

A secretária desligou. Ele apertou a tecla memória. Win atendeu.

– Como você explica isso? – perguntou Myron.

– Esperanza estava transando com ele.

– Talvez não.

– Claro que não – falou Win. – Talvez alguém tenha plantado pelos pubianos de Esperanza na cena do crime.

– Pode ser uma notícia falsa.

– Pode.

– Ou talvez ela tenha visitado o apartamento. Para falar de negócios.

– E deixou um rastro de pelos pubianos?

– Talvez tenha usado o banheiro. Talvez...

– Myron?

– O quê?

– Por favor, não entre em detalhes, obrigado. Tem outra coisa que temos que analisar.

– O quê?

– O registro do pedágio.

– Certo – disse Myron. – Ela atravessou a ponte Washington uma hora depois do crime. Sabemos disso. Aqui as coisas parecem se encaixar. Esperanza e Clu têm uma briga enorme no estacionamento. Ela quer esclarecer as coisas. Vai até o apartamento dele de carro.

– E quando chega lá?

– Não sei. Talvez tenha encontrado o corpo e entrado em pânico.

– Sim, claro – rebateu Win. – Aí arrancou uns pelos pubianos e fugiu.

– Não disse que foi a primeira ida dela lá.

– Não, certamente não foi.

– Como assim?

– O registro do pedágio. Segundo a conta que chegou na semana passada, o Taurus atravessou a ponte dezoito vezes no último mês.

Myron franziu o cenho:

– Você está brincando.

– Sim, sou um piadista. Também tomei a liberdade de verificar o mês anterior. Dezesseis travessias na ponte Washington.

– Talvez ela tivesse outra razão para ir ao norte de Nova Jersey.

– Sim, claro. Os shoppings em Paramus são os melhores.

– Certo – falou Myron –, vamos supor que os dois estivessem tendo um caso.

– Isso parece bem sensato, especialmente porque oferece uma explicação razoável para muito do que aconteceu.

– Como assim?

– Explicaria o silêncio de Esperanza.

– Como?

– Amantes sempre são suspeitos maravilhosos – disse Win. – Se, por exemplo, Esperanza e Clu estivessem juntos, podemos supor então que a discussão no estacionamento foi uma briga de namorados. Levando tudo em consideração, o fato pega mal para ela. Ela iria querer esconder.

– Mas de nós? – interpôs Myron.

– Sim.

– Por quê? Ela confia na gente.

– Várias razões me vêm à cabeça. É possível que a advogada tenha mandado ela não dizer nada.

– Isso não ia impedi-la.

– Talvez sim. Porém, mais importante, era muito provável que Esperanza estivesse grávida. Você a promoveu a sócia recentemente. Todas as operações estavam sob responsabilidade dela. Sei que você acredita que Esperanza é durona demais para se importar com essas coisas, mas não acho que sua desaprovação a deixaria feliz.

Myron ruminou o que ouvira. Fazia certo sentido, mas não tinha certeza se concordava por completo:

– Ainda acho que estamos deixando algo escapar.

– Porque estamos ignorando o motivo mais forte para o silêncio dela.

– Que é?

– Ela o matou.

Win desligou depois dessa alegre observação. Myron entrou na Northfield Avenue, indo em direção a Livingstone. Surgiram as marcas de sua cidade natal. Pensou no noticiário e no que Win dissera. Seria Esperanza a mulher misteriosa, a razão do rompimento entre Clu e Bonnie? Se fosse esse o caso, por que a viúva não diria? Talvez não soubesse. Ou talvez...

Pegou o telefone.

Talvez Clu e Esperanza tivessem se encontrado na Imagine Só. Teriam ido lá juntos ou apenas se encontrado? O caso haveria começado assim? Eles foram lá e participaram de... de alguma coisa? Talvez tivesse sido coincidência. Teriam os dois chegado lá disfarçados e só perceberam quem eram quando, bem, era tarde demais para parar? Isso fazia sentido?

Virou à direita no restaurante Nero e entrou na Hobart Gap Road. Faltava pouco agora. Estava na terra de sua infância – na verdade, de praticamente toda a sua vida. Tinha morado com os pais até mais ou menos um ano atrás, quando cortara por fim o cordão umbilical e fora morar com Jessica. Psicólogos, psiquiatras e afins, sabia, fariam uma festa com o fato de ele ter vivido com os pais até os 30 e poucos anos, teorizariam todo tipo de preocupação anômala que o manteve tão próximo da mãe e do pai. Talvez estivessem certos. Para Myron, todavia, a resposta era muito mais simples. Gostava deles. Sim, podiam ser inoportunos – que pais não eram? – e gostavam de se intrometer. Porém, a maior parte da bisbilhotice e da intromissão era por coisas sem importância. Haviam lhe dado privacidade e, ainda assim, feito com que se sentisse cuidado e amado. Se uns diziam isso não era saudável? Talvez. Parecia, no entanto, muito melhor que os amigos que viviam culpando os pais por qualquer infelicidade em suas vidas.

Entrou na rua. A velha vizinhança nada tinha de espetacular. Existiam milhares como aquela em Nova Jersey, centenas de milhares em todos os Estados Unidos da América. Aquele era o subúrbio, espinha dorsal do país, campo de batalha do lendário Sonho Americano. Podia ser piegas, mas Myron amava aquilo ali. Claro, havia infelicidade, insatisfação, brigas e tudo o mais, mas mesmo assim achava que aquele era o lugar "mais real" em que já estivera. Adorava a cesta de basquete sobre a porta da garagem, as rodinhas da bicicleta nova, a rotina, a caminhada até a escola e o cuidado excessivo com a grama. Isso era viver. Era isso que importava.

No final das contas, Myron achava que ele e Jessica tinham terminado por todas essas razões clássicas, embora com um impasse no meio. Ele queria se estabelecer, comprar uma casa no subúrbio, constituir família. Jessica, temendo compromisso, não. Entrou no acesso para a garagem balançando a cabeça. Explicação simples demais. Muito conveniente. A questão do compromisso havia sido uma fonte constante de tensão, sem dúvida, mas havia outras coisas. A tragédia recente, por exemplo.

Havia Brenda.

A mãe atravessou a porta caminhando rápido em sua direção, com os braços abertos. Sempre o recebia como se ele fosse um prisioneiro de guerra recém-libertado, mas hoje havia algo mais. Ela jogou os braços em volta dele, quase derrubando-o. O pai vinha atrás, igualmente empolgado, mas fingindo-se calmo. Sempre fora equilibrado: amor incondicional mas sem sufocar, atenção sem atropelo. Um homem incrível. Quando chegou até ele, não houve aperto de mão. Os dois homens se abraçaram com força e sem qualquer embaraço. Myron lhe deu um beijou no rosto. A sensação familiar da pele áspera o fez compreender um pouco o que a Sra. Palms buscava nas imagens coladas na parede.

– Está com fome? – perguntou a mãe.

Sempre seu movimento inicial.

– Um pouco.

– Quer que eu prepare alguma coisa?

Ficaram paralisados, até que o pai disse, com uma careta:

– Você vai cozinhar?

– Qual é o problema?

– Deixe eu me certificar de que tenho o número do pronto-socorro.

– Ah, Al, isso é tão engraçado. Não consigo parar de rir. Que homem hilário é seu pai, Myron.

– Pensando bem, Ellen, vá cozinhar alguma coisa. Estou precisando perder uns quilos.

– Uau, como você é espirituoso, Al. Está me matando de rir.

– É melhor que um spa.

– Muito gozado.

– Só pensar nisso já funciona melhor que um moderador do apetite.

– É como ser casada com um comediante. – Mas ela estava rindo.

Entraram na casa. O pai pegou a mão esposa:

– Deixe eu lhe mostrar uma coisa, Ellen. Está vendo aquela caixa grande de metal ali? Se chama fogão. F-o-g-ã-o. Está vendo aquele botão com todos aqueles números escritos nele? Serve para ligar.

– Você devia ganhar dinheiro com isso, Al!

Todos riam. O pai estava falando a verdade. A mãe não cozinhava, quase nunca cozinhara. Seus dotes culinários podiam causar um motim numa penitenciária. Quando era garoto, o prato favorito de Myron em casa eram os ovos mexidos que o pai fazia. A mãe começara a trabalhar cedo. A cozinha era lugar só para ler revistas.

– O que você quer comer, Myron? – perguntou a mãe. – Comida chinesa, talvez? Do Fong?

– Claro.

– Al, ligue para o Fong. Peça alguma coisa.

– Tudo bem.

– Camarão com molho de lagosta.

– Já sei.

– Myron adora o camarão com molho de lagosta do Fong.

– Eu sei, Ellen. Também o criei, lembra?

– Talvez tivesse esquecido.

– Pedimos comida no Fong há 23 anos. Sempre camarão com molho de lagosta.

– Talvez tivesse esquecido, Al. Você está ficando velho. Não se esqueceu de pegar minha blusa na lavanderia dois dias atrás?

– Estava fechada.

– Então você não pegou minha blusa, certo?

– Claro que não.

– Desisto – disse ela, olhando para o filho. – Myron, sente-se. Precisamos conversar. Al, ligue para o Fong.

Os homens obedeceram suas ordens. Como sempre. Myron e a mãe sentaram em volta da mesa da cozinha.

– Escute bem o que vou dizer – falou ela. – Sei que Esperanza é sua amiga. Mas Hester Crimstein é ótima advogada. Se ela mandou Esperanza não falar com você, é porque deve ser a coisa certa.

– Como a senhora sabe...

– Conheço Hester há anos. – A mãe era advogada criminalista, uma das melhores do estado. – Já trabalhamos juntas. Ela me ligou. Disse que você está interferindo.

– Não estou interferindo.

– Na verdade, disse que você a está incomodando e mandou que caísse fora.

– Ela falou com a senhora sobre isso?

– Claro. Quer que a senhora deixe a cliente dela em paz.

– Não posso.

– Por que não pode?

Myron se esquivou um pouco:

– Tenho informações que podem ser importantes.

– Tais como?

– Segundo a esposa de Clu, ele estava tendo um caso.

– E você acha que Hester não sabe disso? A promotoria acredita que ele e Esperanza eram amantes.

– Espere um instante – intrometeu-se o pai. – Eu pensava que Esperanza era lésbica.

– Ela é bissexual, Al.

– É o quê?

– Bissexual. Significa que gosta de garotos e de garotas.

O pai pensou um instante sobre aquilo:

– Acho que pode ser uma boa ideia.

– O quê?

– Quer dizer, isso dá à pessoa o dobro de opções.

– Ótimo, Al, obrigada pela observação – disse ela, revirando os olhos e voltando-se para Myron. – Isso Hester já sabe. O que mais?

– Clu estava desesperado atrás de mim antes de ser morto – respondeu ele.

– Lógico, querido, para acusar Esperanza de algo.

– Não necessariamente. Clu foi até o loft. Disse a Jessica que eu estava em perigo.

– E você acha que ele estava falando sério?

– Não, provavelmente estava exagerando. Mas Hester Crimstein deveria avaliar o que isso significa, não acha?

– Já avaliou.

– O quê?

– Clu também esteve aqui, querido. – Sua voz baixou de repente. – Disse a seu pai e a mim o mesmo que falou para Jessica.

Myron não engoliu. Se Clu tivesse dito aos pais a mesma coisa que contara a Jessica, se tivesse vindo com toda aquela conversa sobre morte, quando nem a mãe nem o pai sabiam onde ele estava...

Como se lesse seus pensamentos, o pai disse:

– Liguei para Win. Ele disse que você estava são e salvo.

– Contou onde eu estava?

Silêncio.

Ellen esticou a mão e tocou o braço do filho:

– Você tem passado por muita coisa, Myron. Seu pai e eu sabemos disso.

Os dois olharam para ele de forma amorosa. Sabiam parte do que acontecera. O rompimento com Jessica. Brenda. Entretanto, nunca saberiam de tudo.

– Hester Crimstein sabe o que está fazendo – continuou a mãe. – Você tem que deixá-la fazer seu trabalho.

Mais silêncio.

– Al?

– O quê?

– Desligue o telefone – disse ela. – Talvez a gente deva comer fora.

Myron conferiu o relógio:

– Tem que ser rápido. Preciso voltar à cidade.

– Ah! – exclamou a mãe, levantando as sobrancelhas. – Você já está de namorada nova?

Ele pensou na descrição da Imagine Só feita por Big Cyndi.

– Ainda não – disse. – Mas nunca se sabe.

15

VISTA DE FORA, A IMAGINE SÓ parecia qualquer outro lugar de pegação camuflado de restaurante de Manhattan. Era uma construção de tijolos, com as janelas escurecidas para realçar os anúncios de cerveja em neon. Sobre a porta, um letreiro desbotado dizia *Imagine Só*. E pronto. Nada de "Traga suas perversões", "Quanto mais bizarro melhor", "Para quem gosta de surpresas". Nada. Um homem de negócios, voltando para casa, poderia dar uma parada ali, entrar, encostar a pasta em algum lugar, encontrar alguém atraente, oferecer um drinque, se soltar um pouquinho, animado depois de uma *happy hour*, e levar a pessoa para casa. Surpresa, surpresa.

Big Cyndi encontrou Myron na porta de entrada, vestida de Earth, Wind & Fire – não como um dos membros, mas como o grupo inteiro:

– Pronto?

Myron hesitou, depois assentiu.

Quando Big Cyndi abriu a porta, ele prendeu a respiração e a seguiu encolhido. O interior também não era como havia imaginado. Esperara algo... ostensivamente excêntrico. Talvez como a cena do bar em *Guerra nas estrelas*. Em vez disso, a Imagine Só tinha o mesmo clima de leve desespero e o mau cheiro de um zilhão de outros bares para solteiros numa sexta à noite. Alguns clientes vestiam roupas coloridas, mas a maioria usava cáqui e ternos. Havia também um punhado de *cross-dressers* com figurinos escandalosos, roupas de couro e um mulherão vestindo um macacão de vinil, mas hoje em dia é difícil encontrar uma casa noturna em Manhattan que não tenha um pouco disso tudo. Claro, algumas pessoas estavam disfarçadas, mas, se pensarmos bem, quem não se mascara um pouco num bar para solteiros?

Isso foi profundo.

Cabeças e olhares se voltaram na direção deles. Por um momento, Myron se perguntou por quê. Apenas por um momento. Afinal, estava ao lado de Big Cyndi, uma massa multicolorida de 2 metros de altura e 130 quilos, coberta de mais brilhos que um traje de show de mágica de Siegfried e Roy. Ela atraía olhares.

Big Cyndi pareceu lisonjeada com a atenção. Baixou os olhos como uma garota recatada, que era o mesmo que um velho rabugento querer ser coquete.

– Conheço quem faz os drinques – disse ela. – Chama-se Pat.

– Homem ou mulher?

Ela sorriu, dando-lhe um soco no braço:

– Agora o senhor está pegando o jeito.

Um jukebox tocava "Every Little Thing She Does Is Magic", do Police. Myron tentou contar quantas vezes Sting repetia as palavras *every little*. Perdeu a conta quando chegou a um milhão.

Encontraram dois bancos desocupados no balcão. Big Cyndi perguntou por Pat. Myron examinava cuidadosamente o local, como um detetive. Deu as costas para o bar, apoiou os cotovelos no balcão e balançou ligeiramente a cabeça no ritmo da música. O descolado. A mulher de macacão preto atraiu seu olhar. Ela serpenteou até o banco ao lado do seu e deslizou sobre ele. Myron se lembrou de Julie Newmar como Mulher-Gato, por volta de 1967, algo que fazia com muita frequência. Ela tinha cabelo louro-escuro, mas no restante a semelhança era incrível.

Mulher-Gato lançou-lhe um olhar que o fez crer em telecinesia.

– Oi – disse ela.

– Oi – retrucou o Destruidor de Corações, despertando.

Ela levou vagarosamente a mão até o pescoço e começou a brincar com o zíper do macacão. Myron tentava manter a língua dentro da boca. Deu uma rápida olhada para Big Cyndi.

– Não tenha tanta certeza – alertou ela.

Myron franziu o cenho. Ela tinha seios, e de sobra. Ele deu outra olhada – em prol da ciência. Sim, peitos. E muito. Olhou outra vez para Big Cyndi e cochichou:

– Peito. Dois.

Big Cyndi deu de ombros.

– Meu nome é Thrill – disse a Mulher-Gato.

– O meu é Myron.

– Myron – repetiu ela, movendo a língua, como se testasse o sabor da palavra. – Gosto desse nome. É muito masculino.

– Obrigado, eu acho.

– Você não gosta do seu nome?

– Na verdade, sempre nutri certo ódio por ele – respondeu, lançando-lhe um olhar sedutor, franzindo as sobrancelhas como o bonitão na capa de um romance barato. – Mas, se você gosta, talvez eu reconsidere.

Big Cyndi emitiu um som, como um alce regurgitando um casco de tartaruga.

Thrill lhe deu um olhar tórrido e pegou seu drinque. Fez um movimento que poderia ser chamado de "dar um gole", mas Myron só conseguia imaginar essa cena em um filme proibido para menores.

– Me fale sobre você, Myron.

Eles começaram a conversar. Pat estava no intervalo, de forma que o papo durou uns bons quinze minutos. Ele não queria admitir, mas estava se divertindo. Thrill se virou em sua direção, de corpo inteiro. Deslizou para mais perto. Myron procurou mais uma vez por sinais que indicassem gênero. Barba. Nada. Verificou outra vez os seios. Ainda estavam lá. Que sorte que era um detetive experiente!

Thrill pôs a mão em sua coxa e ele pôde sentir o calor através do jeans. Myron fixou o olhar na mão por um momento. O tamanho era normal? Talvez fosse grande demais para uma mulher ou pequena para um homem. A cabeça começou a dar voltas.

– Não quero ser indelicado – disse por fim –, mas você é mulher, não?

Thrill jogou a cabeça para trás e deu uma gargalhada. Myron procurou o pomo de adão. Havia uma fita preta amarrada em volta do seu pescoço, o que deixava a investigação mais difícil. A gargalhada era um pouco rouca, mas ah, espere aí. Não podia ser um cara. Não com aqueles peitos. Não quando o macacão era tão justo na região, digamos, inferior, se dá para entender.

– Qual a diferença? – perguntou Thrill.

– Como?

– Você me acha atraente, não?

– O que consigo ver.

– Então?

Myron levantou as mãos:

– Então quero deixar bem claro que, se, durante um instante de paixão, surgir um segundo pênis no quarto... bem, isso vai cortar o clima.

Ela riu:

– Nada de outro pênis, é isso?

– Exatamente. Só o meu. Tenho essa mania.

– Você conhece Woody Allen? – perguntou ela.

– Claro.

– Então me deixe citar uma frase dele.

Myron ficou imóvel. Thrill ia citar Woody. Se ela fosse mulher mesmo, ele ia pedi-la em casamento.

– O sexo é uma coisa linda entre duas pessoas. Entre cinco, é fantástico.
– Bela frase – disse ele.
– Sabe de onde é?
– Do show que ele fazia em casas noturnas. Dos tempos dele de *stand-up*, nos anos 1960.

Thrill balançou a cabeça, satisfeita porque o aluno passara no teste.

– Mas não estamos falando de sexo grupal – falou Myron.
– Você já fez sexo grupal? – perguntou ela.
– Bem, na verdade, não.
– Mas se fizesse e houvesse, digamos, cinco pessoas, haveria algum problema se uma delas tivesse pênis?
– Estamos falando hipoteticamente, certo?
– A menos que você queira que eu chame alguns amigos.
– Não, muito obrigado, mesmo – replicou Myron, respirando fundo. – Sim, tudo bem, hipoteticamente, acho que não seria um grande problema, desde que o homem se mantivesse a distância.

Thrill assentiu.

– Mas se eu tivesse pênis...
– Cortaria o clima.
– Entendo – falou Thrill, desenhando pequenos círculos na coxa de Myron. – Admita que você está curioso.
– Estou.
– Então?
– Também tenho curiosidade de saber o que passa pela cabeça de uma pessoa quando pula de um arranha-céu. Antes de se espatifar na calçada.

Ela arqueou a sobrancelha:

– Deve ser uma confusão dos infernos.
– O problema é que depois tem o momento de se espatifar.
– E neste caso...
– Isso seria o pênis.
– Interessante – disse Thrill. – Vamos supor que eu seja transexual.
– Como?
– Vamos supor que eu *tivesse* um pênis, mas que agora não tenha mais. Você estaria tranquilo, certo?
– Errado.
– Por quê?
– Seria um pênis fantasma – falou Myron.

– Como?
– Como na guerra, quando um cara perde um membro e acha que ainda está lá. Um pênis fantasma.
– Mas não é seu pênis que estaria faltando.
– Ainda assim. Um pênis fantasma.
– Mas isso não faz o menor sentido.
– Exatamente.

Thrill revelou dentes bonitos e brancos. Myron olhou para eles. Não dá para descobrir muita coisa sobre gênero nos dentes. Melhor checar os peitos de novo.

– Você tem noção de que é tremendamente inseguro em relação a sua sexualidade? – disse ela.
– Porque gosto de saber se uma parceira em potencial tem pênis?
– Um homem de verdade não se preocuparia que pensassem que é bicha.
– Não é o que as pessoas pensam que me preocupa.
– É só a questão do pênis – completou Thrill.
– Bingo.
– Ainda digo que você é inseguro sexualmente.

Myron deu de ombros e levantou as mãos:
– Quem não é?
– É verdade – falou ela, movendo-se no banco. Vinil contra vinil. Que som irritante. – Então por que você não me convida para sair?
– Acho que já debatemos isso.
– Você me acha atraente, certo? Quero dizer, a parte que você vê.
– Certo.
– E estamos tendo uma conversa agradável?
– Estamos.
– Você me acha interessante? Uma pessoa divertida?
– Sim e sim.
– E você é solteiro e livre?

Ele engoliu em seco:
– Sim, mais duas vezes.
– Então?
– Então... Mais uma vez, não é nada pessoal.
– É a coisa do pênis de novo?
– Bingo.

Thrill se recostou, brincou com o zíper no pescoço e o subiu um pouco:

– Ei, é o primeiro encontro. Não precisamos acabar pelados.
Myron pensou no assunto:
– Ah!
– Você parece surpreso.
– Não... Quero dizer...
– Talvez eu não seja tão fácil assim.
– Me desculpe, eu achei... Quero dizer, você está aqui neste bar.
– Então?
– Achava que as pessoas aqui não bancavam as difíceis. Para citar Woody Allen: "Como não entendi esses sinais?"
Thrill não hesitou:
– *Sonhos de um sedutor*.
– Se você for mulher – disse Myron –, talvez me apaixone.
– Obrigada. E se estamos neste bar é sinal de alguma coisa. O que você está fazendo aqui, com sua questão do pênis?
– Bom argumento.
– Então?
– Então o quê?
– Por que você não me convida para sair? – perguntou ela, com a voz outra vez tórrida. – Podíamos ficar de mãos dadas. Talvez nos beijarmos. Você podia até enfiar a mão dentro da minha roupa, ir um pouco até a segunda base. Do jeito que você vem me secando, é quase como se já estivesse lá.
– Não estou secando – contestou Myron.
– Não?
– Se fiquei olhando, e veja que disse *se*, foi só para tentar esclarecer a questão do gênero, garanto a você.
– Obrigada por deixar isso claro. Mas o que estou querendo dizer é que podíamos só sair para jantar. Ou ir ao cinema. Não precisamos ter nenhum contato genital.
Myron balançou a cabeça:
– Eu continuaria me perguntando.
– Ah, mas você não gosta de um pouco de mistério?
– Gosto de mistério em várias áreas. Mas quando se trata do conteúdo de uma calça, bem, sou um cara muito tradicional.
Thrill deu de ombros:
– Ainda não entendo por que você está aqui.

– Estou procurando uma pessoa – falou ele, pegando uma fotografia de Clu Haid e mostrando-a. – Você o conhece?

Thrill olhou para a fotografia e franziu o cenho:

– Você não disse que era agente esportivo?

– E sou. Ele era meu cliente.

– Era?

– Foi assassinado.

– Ele é o jogador de beisebol?

Myron assentiu:

– Você o viu aqui?

Thrill pegou um pedaço de papel e escreveu alguma coisa:

– Esse é meu telefone, Myron. Me ligue uma hora dessas.

– E o cara da foto?

Thrill lhe entregou o pedaço de papel, desceu do banco e rebolou para longe. Myron observou atentamente seus movimentos em busca de, digamos, uma arma escondida. Big Cyndi lhe deu uma cotovelada e ele quase caiu do banco.

– Apresento-lhe Pat – disse ela.

O barman parecia alguém que Archie Bunker, o intolerante e preconceituoso personagem de *Tudo em família*, contrataria para tocar um negócio. Estava na casa dos 50, era baixo, tinha cabelos grisalhos, ombros caídos e parecia cansado da vida. Até o bigode – um daqueles modelos cinza-amarelados – era caído, como se já tivesse visto de tudo. As mangas de sua camisa estavam arregaçadas, revelando braços de Popeye cobertos de pelos. Myron torceu desesperadamente para que Pat fosse homem. Aquele lugar estava embaralhando sua cabeça.

Atrás do barman, havia um espelho gigante. Ao lado, numa parede, estava escrito em rosa *Galeria dos Clientes Famosos*, onde havia fotos emolduradas de rostos conhecidos da extrema direita. Pat Buchanan. Jerry Falwell. Pat Robertson. Newt Gingrich. Jesse Helms.

Pat acompanhou a direção dos olhos de Myron:

– Já notou?

– O quê?

– Como todos os grandes homófobos têm nomes ambíguos? Pat, Chris, Jesse, Jerry. Podem ser tanto de homem quanto de mulher. Entende o que estou dizendo?

Myron murmurou que entendia.

– E que tipo de nome é Newt? – continuou Pat. – Como crescer com uma postura sexual saudável tendo um nome desses?

– Não sei.

– Quer saber minha teoria? – continuou o barman, encolhendo os ombros e limpando o balcão com um pano de prato. – Esses canalhas tacanhos foram todos molestados quando crianças. Por isso são hostis a toda a questão de gênero.

– Teoria interessante – comentou Myron. – Mas o seu nome não é Pat?

– Pois é, na verdade eu detesto veados também. Mas eles dão boas gorjetas.

Pat piscou para Big Cyndi, que retribuiu o gesto. A canção mudou no jukebox. Lou Rawls começou a cantar "Love Is in the Air". Muito apropriado.

As fotos dos extremistas estavam todas "autografadas". A de Jesse Helms dizia: "Estou todo esfolado. Saudades e beijos, Jesse." Bem franco. Depois, vinha a marca de um grande beijo de batom, como se o próprio Jesse o tivesse dado, bem molhado. Eca!

Pat começou a limpar uma caneca de cerveja com o pano de prato. Casualmente. Myron ficou esperando que ele o molhasse com um pouco de cuspe, como nos velhos westerns.

– O que eu posso fazer por você?

– Você é fã de esportes? – perguntou Myron.

– Está fazendo alguma pesquisa?

Chegou a hora. Era sempre um sufoco. Ele tentou outra vez.

– O nome Clu Haid diz alguma coisa para você?

Ficou esperando alguma reação, mas não houve nenhuma. Nem um movimento. O cara parecia ter sido moldado para barman. Eles variam tanto quando um personagem de *SOS Malibu*. Por que será que se lembrara daquela série?

– Queria saber...

– O nome não me diz nada.

Big Cyndi interveio:

– Por favor, Pat.

Ele apenas lhe lançou um olhar:

– Você me ouviu, Big C. Não o conheço.

Myron insistiu:

– Nunca ouviu falar de Clu Haid?

– Exato.

– Nem do New York Yankees?
– Não acompanho mais desde que Mick se aposentou.
Myron pôs a fotografia de Clu sobre o balcão:
– Viu esse sujeito alguma vez aqui?
Alguém pediu um chope. Pat tirou. Ao voltar, perguntou a Big Cyndi:
– Esse cara é da polícia?
– Não – respondeu ela.
– Então a resposta é não.
– E se eu fosse policial? – perguntou Myron.
– A resposta seria não... senhor. – Ele notou que Pat nem sequer dera uma olhada na foto. – Poderia dar a desculpa de que estou sempre ocupado demais aqui para ficar observando rostos. E que a maioria das pessoas, especialmente as celebridades, não mostra seu verdadeiro rosto aqui.
– Entendo – disse Myron, pegando a carteira e tirando uma nota de 50. – E se eu mostrasse a você uma foto de Ulysses S. Grant, o décimo oitavo presidente americano?
O jukebox começou outra música. Agora, The Flying Machine pedia a Rosemarie que sorrisse um pouco para ele. The Flying Machine. Myron lembrara o nome da banda. O que isso dizia sobre um homem?
– Guarde o dinheiro – disse Pat. – Guarde a foto. Guarde as perguntas. Não gosto de problemas.
– Esse cara significa problemas?
– Nem olhei para a foto, companheiro. E não tenho planos de olhar. Caia fora.
Big Cyndi teve novamente de se meter.
– Pat, você não pode ajudar? – pediu ela, piscando os olhos. Imaginem dois caranguejos virados de costas sob o sol causticante. – Por mim?
– Ei, Big C., adoro você. Sabe disso. Mas imagine se eu entrasse no Couro e Luxúria com fotos. Você ficaria feliz em ajudar?
Big Cyndi pensou por um instante:
– Acho que não.
– Você está certa. Tenho clientes.
– Muito bem – falou Myron, pegando a foto. – Acho que vou ficar por aqui, então. Passar a foto pelo salão. Fazer umas perguntas. Vigiar este lugar. Indiscretamente. Tirar fotos de gente entrando e saindo deste belo estabelecimento.
Pat balançou a cabeça e pareceu sorrir.

– Você é um belo de um filho da puta e sabe disso.

– Você vai ver – retrucou Myron. – Não gostaria, mas vou acampar na porta com uma máquina fotográfica.

Pat o encarou demoradamente. Era difícil interpretar aquele olhar. Talvez hostil. Mais provavelmente, porém, aborrecido:

– Big C., saia daqui por uns minutos.

– Não.

– Então não vou falar.

Myron se virou para ela e assentiu com a cabeça. Big Cyndi balançou a sua. Ele a puxou de lado:

– Qual o problema?

– O senhor não deve fazer ameaças aqui, Sr. Bolitar.

– Sei o que estou fazendo.

– Eu avisei sobre este lugar. Não posso deixá-lo sozinho.

– Você vai ficar lá fora. Posso cuidar de mim mesmo.

Big Cyndi franziu o cenho. Seu rosto pareceu um totem recém-pintado.

– Não gosto disso.

– Não temos escolha.

Ela suspirou. Imaginem o monte Vesúvio expelindo um pouco de lava.

– Tenha cuidado.

– Vou ter.

Ela se moveu lentamente em direção à saída. O lugar era um mar de gente e Big Cyndi ocupava bastante espaço. Ainda assim, as pessoas abriam caminho com uma velocidade que faria inveja em Moisés. Quando ela já havia passado pela porta, Myron se virou para Pat:

– Bem?

– Você é um idiota.

Tudo aconteceu sem aviso. Duas mãos passaram por baixo dos braços de Myron, os dedos fechando-se por trás do pescoço. Um típico golpe de luta livre. A pressão aumentou, os braços foram puxados para trás como se fossem asas de galinha. Sentiu algo quente lhe cortar os ombros.

Uma voz perto de seu ouvido sussurrou:

– Quer dançar, gostosão?

Quando se tratava de luta corpo a corpo, Myron não era como Win, mas também não era nenhum principiante. Sabia que, se o oponente fosse bom, não havia como se soltar de um crucifixo, por isso o golpe era ilegal em lutas profissionais. Se a pessoa estivesse de pé, podia-se tentar pisar no pé do adversário. Só um retardado, porém, iria se deixar enganar assim, e um retardado não teria velocidade nem força para chegar tão longe. E Myron não estava de pé.

Os cotovelos estavam levantados, como os de uma marionete, e o rosto ficara perigosamente exposto. Os braços poderosos que o prendiam estavam cobertos por um cardigã. Amarelo e macio, na verdade. Meu Deus. Myron fez força. Nada aconteceu. Os braços que vestiam o casaco puxaram a cabeça de Myron para trás e depois a empurraram na direção do balcão, com o rosto voltado para baixo. Ele não pôde fazer nada, a não ser fechar os olhos. Contraiu o queixo o quanto deu para poupar o nariz do golpe. Sua cabeça, no entanto, ricocheteou na madeira envernizada do balcão, ferindo a testa. Sentiu algo se abrir na pele. O mundo girou. Ele viu estrelas.

Alguém agarrou seus pés. Estava no ar agora, tiravam-no dali, e ele estava muito tonto. Esvaziaram os bolsos dele. Uma porta se abriu. Myron foi carregado para um recinto escuro. Soltaram-no, e ele caiu como um saco de batatas sobre o cóccix. O processo todo, do crucifixo até que o largassem no chão, durou uns oito segundos.

Uma luz se acendeu. Myron tocou a testa e sentiu algo pegajoso. Sangue. Olhou para os agressores.

Duas mulheres.

Não, dois *cross-dressers*. Ambos com perucas louras. Uma ao estilo patricinha do início dos anos 1980 – volumosa e armada. O da outra – que vestia o cardigã amarelo macio (com monograma, a quem possa interessar) – parecia o cabelo de uma mulher fatal depois de uma bebedeira feia.

Myron começou a se erguer. Mulher Fatal soltou um grito e deu um pontapé. O chute foi rápido e acertou o peito dele em cheio. Myron ouviu a si mesmo fazer um barulho estranho e caiu sentado no chão. A mão buscou automaticamente o celular. Apertaria a tecla de memória e ligaria para Win, mas deteve o gesto.

O telefone havia desaparecido.

Olhou para cima. Estava na mão da Patricinha. Merda. Examinou o entorno. Dava para ver todo o bar e as costas de Pat, o barman. Lembrou-se do espelho. Claro. Espelho falso. Os clientes viam um espelho. As pessoas ali atrás enxergavam, bem, tudo. Difícil roubar do caixa quando não se sabia quem estava observando.

As paredes eram de cortiça e, portanto, à prova de som. O piso, de linóleo barato. Mais fácil de limpar, pensou. Apesar disso, havia manchas de sangue nele. Não suas. Eram antigas e secas. Mas estavam ali. Não havia como confundi-las com outra coisa. E Myron sabia por quê. Resumindo: para intimidar.

Tratava-se de uma clássica sala de porrada. Muitos lugares têm uma. Principalmente estádios. Hoje em dia nem tanto quanto antigamente. Houve tempos em que um fã rebelde era mais do que apenas escoltado para fora do estádio. Os guardas o levavam para uma sala nos fundos e davam uma pequena surra. Era seguro. O que o fã rebelde poderia alegar? Estava completamente bêbado, provavelmente se envolvera numa briga na arquibancada, qualquer coisa. Assim, os rapazes da segurança acrescentavam umas contusões, como um bônus. Quem iria dizer de onde vieram? E, se ameaçasse entrar com um processo ou fazer barulho, os funcionários do estádio podiam revidar com acusações de embriaguez, agressão e o que mais quisessem. E ainda apresentar uma dúzia de seguranças para corroborar a história – e não havia ninguém para defender o fã descontrolado.

O torcedor deixava para lá. E a sala de porrada continuava a existir. E é provável que continue em alguns lugares.

Mulher Fatal deu uma risadinha. Não era um som agradável:

– Quer dançar, gostosão? – perguntou outra vez.

– Vamos esperar uma música lenta – respondeu Myron.

Um terceiro *cross-dresser* entrou na sala. Ruivo. Parecia muito com a mãe corajosa de *One Day at a Time*. A semelhança era, na verdade, difícil de explicar – uma mistura perfeita de determinação e cútis. Impetuosa. Briguenta.

– Onde está o síndico, Schneider? – perguntou Myron, em uma de suas referências televisivas.

Nenhuma resposta.

– Levante-se, gostosão – ordenou Mulher Fatal.

– O sangue no chão – falou ele.

– O quê?

– É um detalhe interessante, mas exagerado, você não acha?

Mulher Fatal levantou o pé direito e puxou o salto, que se soltou. Mais ou menos. Na verdade, era um disfarce. Uma bainha. Para uma lâmina de aço. Demonstrou sua utilidade com uma exibição impressionante de chutes de artes marciais, a lâmina brilhando na luz.

Mãe Corajosa e a Patricinha começaram a rir.

Myron manteve o medo sob controle e olhou com firmeza para Mulher Fatal:

– Você se traveste há pouco tempo? – perguntou.

Mulher Fatal parou de dar chutes:
– O quê?
– Você não está levando longe demais essa coisa do salto agulha?

Não foi sua melhor piada, mas serviu para acabar com aquilo. Mulher Fatal olhou para a Patricinha, que olhou para Mãe corajosa. Depois deu uma rasteira e Myron viu o brilho do aço avançar em sua direção. Rolou para trás, mas ainda assim a lâmina cortou sua camisa e a pele. Soltou um pequeno grito e olhou para baixo, assustado. O corte não havia sido profundo, mas estava sangrando.

As três se espalharam, os punhos cerrados. Mãe Corajosa trazia algo na mão, um bastão preto talvez. Myron não gostou daquilo. Tentou ficar de pé, mas Mulher Fatal lhe deu outro chute. Ele pulou o mais alto que pode, mas mesmo assim a lâmina atingiu a parte inferior da perna. Sentiu-a esbarrar no osso da canela antes de deslizar para fora.

Seu coração martelava. Mais sangue. Meu Deus. A sensação de ver o próprio sangue. A respiração estava rápida demais. *Fique calmo*, disse para si mesmo. *Pense.*

Fingiu ir para a esquerda, onde estava Mãe Corajosa com o bastão, e então desviou para a direita, com os punhos prontos. Sem hesitar, deu um soco na Patricinha, que avançava. Sua mão acertou em cheio a parte de baixo do olho, e a Patricinha caiu.

Foi quando Myron sentiu o coração parar.

Ouviu-se um zunido e a parte de trás de seu joelho explodiu. Ele girou de pura agonia. Sentiu um solavanco no corpo. Uma dor lancinante partiu do feixe de nervos atrás do joelho e se espalhou por todo o corpo como uma corrente elétrica. Myron se virou. Mãe corajosa apenas tocara seu joelho com o bastão. As pernas falharam, perderam a força. Ele caiu outra vez no chão e se contorceu como um peixe fora d'água. O estômago se contraía, consumido pela náusea.

– Isso foi só o começo – disse Mãe Corajosa com uma voz aguda, de garotinha. – Só para chamar a atenção do touro.

Myron olhou para cima, tentando fazer com que o corpo parasse de vibrar. Mulher Fatal levantou a perna e colocou a lâmina do salto perto de seu rosto. Uma pisada rápida e estaria liquidado. Mãe Corajosa exibiu o bastão outra vez. Myron sentiu outro arrepio. Olhou pelo espelho falso. Nem sinal de Big Cyndi ou de qualquer reforço.

E agora?

Mãe Corajosa tomou a frente:
— Por que você está aqui?
Myron focava no bastão elétrico e em como não experimentar de novo sua ira:
— Estava procurando uma pessoa — respondeu.
A Patricinha havia se recuperado. Ficou de pé sobre Myron, segurando o próprio rosto:
— Ele me bateu! — O tom da voz agora estava um pouco mais grave, como se o choque e a dor tivessem abrandado a fachada feminina.
Myron permaneceu imóvel.
— Seu puto!
A Patricinha fez uma careta e deu um chute, como se as costelas de Myron fossem uma bola de futebol. Ele viu o pé aproximando, a lâmina do salto, o bastão; fechou os olhos e entregou a Deus.
Caiu para trás.
Mãe Corajosa continuava com as perguntas:
— Quem você estava procurando?
Não era segredo.
— Clu Haid.
— Por quê?
— Porque queria saber se ele esteve aqui.
— Por quê?
Contar que estava à procura de seu assassino talvez não fosse a melhor escolha, ainda mais se o assassino estivesse ali.
— Ele era meu cliente.
— E?
— Puto! — disse a Patricinha novamente.
Outro chute, que acertou mais uma vez a parte de baixo das costelas e produziu uma dor do diabo. Myron engoliu um pouco da bile que havia subido. Olhou de novo pelo espelho. Nada de Big Cyndi ainda. O sangue escorria dos ferimentos, no peito e na perna. As entranhas ainda tremiam por causa do choque elétrico. Ele olhou nos olhos de Mulher Fatal, tão calmos. Win também tinha olhos assim. Os grandes sempre têm.
— Para quem você trabalha? — perguntou Mãe Corajosa.
— Para ninguém.
— Então por que quer saber se ele esteve aqui?
— Só estou tentando entender umas coisas — respondeu ele.

– Que coisas?

– Nada em especial.

Mãe Corajosa olhou para Mulher Fatal. As duas balançaram a cabeça. A primeira lhe mostrou novamente o bastão:

– Nada em especial é uma resposta inaceitável.

O pânico revirou as vísceras de Myron:

– Espere...

– Acho que não – falou Mãe Corajosa, esticando o bastão na direção dele.

Não havia escolha. Tinha que tentar naquele instante. Se a arma o atingisse outra vez, não lhe restaria mais nada. Só poderia esperar que Mulher Fatal não o matasse.

Vinha planejando o movimento havia dez segundos. Rolou para trás, apoiando-se no pescoço e na cabeça. Deu uma cambalhota, pôs-se de pé e se atirou subitamente para a frente como se fosse uma bala de canhão. As três *cross-dressers* pularam para trás, preparadas para o ataque. Mas um ataque seria suicídio, e Myron sabia. Elas eram três, duas estavam armadas, e uma delas pelo menos era muito boa. Não tinha como vencê-las. Precisava surpreender. E foi o que fez. *Não* indo na direção delas, mas na do espelho falso.

As pernas o impeliram em velocidade máxima, atirando o corpo como um foguete através do vidro. Quando suas três carcereiras perceberam o que estava fazendo, já era tarde. Myron cerrou bem os olhos, fechou as mãos e atingiu o espelho com todo o seu peso, ao estilo Super-Homem. Foi com tudo. Se o vidro não cedesse, seria um homem morto.

O espelho se esfacelou com o impacto.

O barulho foi enorme, ensurdecedor. Myron voou através dele, cacos de vidro espalhando-se pelo chão a seu redor. Ao aterrissar, fechou-se todo como uma bola, bateu no chão e rolou. Pequenos estilhaços furaram sua pele. Ignorou a dor, continuou rolando e bateu com força no balcão, derrubando garrafas.

Big Cyndi falara sobre a reputação do lugar. Myron estava contando com isso, e a clientela do Imagine Só não decepcionou.

Uma verdadeira batalha campal nova-iorquina teve início.

Mesas jogadas. Pessoas gritando. Alguém voou sobre o balcão e caiu em cima de Myron. Mais vidro quebrado. Ele tentou ficar de pé, mas não conseguiu. Viu uma porta abrir-se à direita. A Patricinha surgiu:

– Puto!

Ela foi na direção de Myron, segurando o bastão de Mãe Corajosa. Ele tentou sair rastejando, mas estava confuso demais. A Patricinha continuava vindo, cada vez mais perto.

Depois desapareceu.

Pareceu uma cena de desenho animado, em que o cão esmurra o Frajola, que voa pelo salão enquanto o punho gigante permanece parado no ar por alguns segundos.

Naquele caso, o punho gigante pertencia a Big Cyndi.

Corpos voavam. Cadeiras e copos decolavam. Big Cyndi ignorava tudo. Pescou Myron e o colocou sobre o ombro como um bombeiro. Os dois correram para fora enquanto as sirenes da polícia soavam no ar embaçado da noite.

16

No DAKOTA, WIN BALANÇOU a cabeça e disse:

– Deixou duas garotas baterem em você?

– Não eram garotas.

Win tomou um gole de conhaque. Myron engoliu um pouco de achocolatado.

– Amanhã à noite – falou Win – vamos voltar a esse bar. Juntos.

Não era algo em que Myron queria pensar naquele momento. Win chamara um médico. Já passava das duas da manhã, mas o médico, um homem grisalho que parecia um figurante, chegara em quinze minutos.

– Nada quebrado – declarou ele com um sorriso profissional.

O tratamento médico consistiu basicamente em limpar os cortes causados pela lâmina do salto e pelos cacos de vidro. As duas incisões feitas por Mulher Fatal – a da barriga tinha a forma de um Z – necessitaram de pontos. No fim das contas, a coisa fora dolorosa, mas relativamente inofensiva.

O médico entregou a ele alguns analgésicos, fechou a maleta, despediu-se e foi embora. Myron terminou seu achocolatado e se levantou devagar. Queria tomar um banho, mas o doutor dissera para esperar até a manhã seguinte. Engoliu dois comprimidos e foi para a cama. Quando adormeceu, sonhou com Brenda.

De manhã, ligou para o apartamento de Hester Crimstein. A secretária eletrônica atendeu. Myron disse que era urgente. No meio da mensagem, Hester pegou o telefone.

– Preciso ver Esperanza – falou à advogada. – Agora.

Surpreendentemente, ela hesitou apenas por um momento antes de dizer:

– Tudo bem.

◆ ◆ ◆

– Matei uma pessoa – disse Myron.

Esperanza estava sentada a sua frente.

– Não disparei o revólver. Mas poderia. De certa forma, o que fiz foi pior.

Ela continuava a olhá-lo.

– Isso aconteceu um pouco antes de você fugir?

– Duas semanas antes.

– Mas não foi por isso que desapareceu.
Ele sentiu a boca seca.
– Acho que não.
– Você fugiu por causa de Brenda.
Myron não respondeu.
Esperanza cruzou os braços.
– Por que está me contando esse segredinho?
– Não sei.
– Eu sei – respondeu ela.
– Sério?
– É uma jogada. Você esperava que a sua grande confissão fosse fazer com que me abrisse.
– Não – falou Myron.
– Então?
– Você é a pessoa com quem converso sobre essas coisas.
Ela quase sorriu:
– Mesmo agora?
– Não entendo por que você não se abre comigo – disse ele. – E, tudo bem, talvez eu tenha alguma esperança de que falar sobre isso nos ajude a retornar, não sei, a algum tipo de normalidade. Ou talvez eu só precise conversar sobre o assunto. Win não entenderia. A pessoa que matei era a própria encarnação do mal. Para Win, não seria um dilema moral mais complexo que escolher uma gravata.
– E esse dilema moral está perseguindo você?
– O problema todo é que não está – falou Myron.
Esperanza balançou a cabeça.
– Ah!
– A pessoa merecia – continuou ele. – Os tribunais não tinham provas.
– Então você fez o papel de vingador.
– De certa forma.
– E isso incomoda? Não, espere, não incomoda.
– Certo.
– Portanto, você está perdendo o sono pelo fato de não estar perdendo o sono.
Ele riu e espalmou as mãos:
– Entendeu por que recorro a você?
Esperanza cruzou as pernas e olhou para o vazio.

– Quando conheci você e Win, fiquei pensando sobre essa amizade. Sobre o que atraía um para o outro. Achei que talvez Win fosse um homossexual enrustido.

– Por que todo mundo diz isso? Dois homens não podem ser só...

– Eu estava enganada – interrompeu ela. – E não fique tão na defensiva, isso só vai fazer as pessoas desconfiarem. Vocês não são gays. Percebi logo. Como disse, foi só um palpite. Depois pensei se não seria apenas o velho ditado: "Os opostos se atraem." Talvez isso conte.

Ela se calou.

– E? – incitou Myron.

– E talvez vocês sejam mais parecidos do que gostariam. Não quero me aprofundar muito nisso, mas Win o vê como seu lado humano. É como se pensasse: se você gosta dele, é porque não deve ser tão mau assim. Você, por outro lado, o vê como uma dose fria de realidade. A lógica de Win é assustadora, mas fascinante. Existe uma pequena parte em todos nós que gosta do que ele faz, o mesmo lado que pensa que há alguma razão quando os iranianos cortam a mão de um ladrão. Você cresceu ouvindo todo aquele lixo liberal de classe média sobre os menos favorecidos. Mas agora a experiência da vida real está ensinando que algumas pessoas são más mesmo. Isso aproxima você de Win.

– Quer dizer que estou ficando igual a Win? Puxa, isso é tranquilizador.

– Estou dizendo que sua reação é humana. Não gosto dela. Não acho que seja correta. Você pode estar se afundando num pântano. Questionar as regras está se tornando cada vez mais fácil para você. Talvez a pessoa que você matou merecesse, mas, se é isso que quer ouvir, se quer absolvição, é Win quem você deve procurar.

Silêncio.

Os dedos de Esperanza pairavam próximo à boca, hesitando entre roer as unhas e puxar o lábio inferior.

– Você foi a melhor pessoa que conheci até hoje – disse ela. – Não deixe ninguém mudar isso, ouviu?

Ele engoliu em seco e balançou a cabeça.

– Você não está mais questionando as regras – continuou Esperanza. – Está destruindo. Ontem mesmo disse que mentiria sob juramento para me proteger.

– Isso é diferente.

Esperanza o olhou nos olhos.

– Tem certeza?

– Tenho. Vou fazer tudo o que puder para protegê-la.

– Inclusive infringir a lei? É disso que estou falando, Myron.

Ele se mexeu na cadeira.

– E mais uma coisa – falou ela. – Você está usando essa história toda de dilema moral para evitar duas verdades que não quer encarar.

– Que verdades?

– Primeira, Brenda.

– E a segunda?

Esperanza sorriu.

– Pulou a primeira muito rápido.

– E a segunda? – repetiu ele.

Seu sorriso era suave, compreensivo:

– A segunda é o motivo verdadeiro de você estar aqui.

– E por que estou?

– Porque não está apenas se perguntando se matei Clu. Está tentando encontrar uma forma de racionalizar essa hipótese. Você já matou, então pode ser justificável eu também ter matado. Quer apenas escutar uma razão.

– Ele bateu em você – falou Myron. – No estacionamento.

Ela não disse nada.

– Deu no rádio que encontraram pelos pubianos no apartamento dele...

– Não vá até lá – pediu ela.

– Preciso.

– Fique fora disso.

– Não posso.

– Não preciso da sua ajuda.

– Não é tão simples assim. Estou envolvido nisso.

– Porque quer.

– Clu disse a você que eu estava correndo perigo?

Ela não respondeu.

– Foi o que ele disse para os meus pais. E para Jessica. No princípio pensei que fosse um exagero, mas talvez não fosse. Recebi um disquete estranho pelo correio. Tinha a imagem duma garota.

– Você está delirando – disse ela. – Acha que está pronto para isso, mas não está. Aprenda alguma coisa com os erros do passado. Fique longe dessa história.

– Mas ela não vai ficar longe de mim – retrucou Myron. – Por que Clu disse que eu corria perigo? Por que bateu em você? O que aconteceu na Imagine Só?

Ela balançou a cabeça e chamou:

– Guarda.

O guarda abriu a porta. Esperanza manteve o olhar baixo. Virou-se e saiu da sala sem olhar para Myron. Ele ficou sentado, sozinho, por alguns segundos, organizando os pensamentos. Conferiu o relógio. Quinze para as dez. Tempo de sobra para ir até o estádio dos Yankees. O encontro com Sophie e Jared Mayor era às onze. Mal saíra da sala quando um homem o abordou.

– Sr. Bolitar?

– Sim.

– Isto é para o senhor.

O homem lhe entregou um envelope e desapareceu. Myron abriu. Uma intimação da promotoria distrital do Condado de Bergen. Nome do caso: "O povo do Condado de Bergen contra Esperanza Diaz". Muito bem, muito bem. Esperanza e Hester estavam certas em não lhe dizerem nada.

Ele enfiou a intimação no bolso. Ao menos não precisaria mentir.

17

Myron fez o que qualquer bom garoto faria quando tem problemas com a lei: ligou para a mãe.

– Sua tia Clara vai cuidar da intimação – disse ela.

Tia Clara não era de realmente sua tia, apenas uma velha amiga da vizinhança. Nos feriados judaicos, ela ainda apertava suas bochechas e gritava: "Fofinho!" Myron esperava que ela não fizesse aquilo na frente do juiz: "Meritíssimo, peço-lhe que olhe para esse rosto: é fofinho ou não é?"

– Tudo bem – disse ele.

– Vou ligar para ela, e ela liga para a promotoria. Enquanto isso, você não diz nada, entendeu?

– Sim.

– Está vendo, Sr. Sabe-Tudo? O que eu disse a você sobre Hester Crimstein estar certa?

– Sim, mãe, não importa.

– Não me venha com "não importa". Intimaram você. Mas, como Esperanza não lhe contou nada, não tem como você prejudicar o caso dela.

– Estou entendendo, mãe.

– Que bom. Vou ligar para tia Clara agora.

Ela desligou. E o Sr. Sabe-Tudo também.

◆ ◆ ◆

Falando francamente, o estádio dos Yankees se localizava numa cloaca do carcomido Bronx. Mas isso não importava muito. Sempre que deparava com a famosa arena esportiva, Myron caía num silêncio reverente, quase religioso. Era inevitável. Ele era tomado por lembranças. Imagens se sucediam. Sua juventude. Uma criança pequena espremida de pé na linha 4, segurando a mão do pai, que lhe parecia gigantesca, olhando para o seu rosto suave, a expectativa pré-jogo formigando-lhe em cada parte do corpo.

Seu pai pegara uma bola perdida quando Myron tinha 5 anos. Ainda via a cena algumas vezes – a bola de couro cru branco, a multidão de pé, o braço do pai esticado a uma altura impossível, a bola batendo na palma da mão com um estalo feliz, o sorriso afetuoso no rosto ao entregar aquele tesouro ao filho. Myron ainda a guardava, escurecendo no porão da casa dos velhos.

O basquete era seu esporte preferido, e o que mais gostava de ver na TV era o futebol americano. O tênis era o jogo dos príncipes, e o golfe, o dos reis. O beisebol, entretanto, era mágico. As recordações da infância são tênues, mas qualquer garoto deve se lembrar de seu primeiro jogo da liga principal: o placar, quem acertou um *home run*, quem lançou. Mas lembra-se principalmente do pai. O cheiro de sua loção pós-barba fica eternizado junto com os odores do beisebol – o de grama recém-aparada, o cheiro do verão, de cachorro-quente, pipoca velha, cerveja derramada, a luva nova no bolso, cheia de óleo para amaciar. Lembra-se do time visitante, de como Yaz rebatia bolas baixas para aquecer Petrocelli; como as pessoas achavam graça dos comerciais da Nestlé, com Frank Howard; como os melhores do jogo contornavam a segunda base e iam direto para a terceira. Recorda-se dos irmãos fazendo estatísticas, estudando as escalações como rabinos examinam o Talmude, figurinhas de beisebol na mão, a tranquilidade e o ritmo lento de uma tarde de verão, a mãe passando mais tempo tomando sol que observando o jogo. Lembra-se do pai comprando para o filho uma flâmula do time visitante e pendurando-a mais tarde na parede do quarto, numa cerimônia igual à dos Celtics erguendo a sua no velho estádio de Boston. Recorda-se como os jogadores no banco pareciam tão relaxados, as bochechas no contínuo movimento de mascar chicletes. Lembra-se do ódio saudável e respeitoso das superestrelas do time visitante, a alegria absoluta de ganhar seu primeiro taco e apreciar aquele pedaço de madeira como se tivesse saído direto do armário do melhor rebatedor de todos os tempos.

Não há um garoto de até 7 anos nos Estados Unidos que nunca tenha sonhado em ser jogador da liga principal, antes que a Liga Infantil ou qualquer outra ensine uma das primeiras lições da vida: que o mundo pode e vai decepcioná-lo. Que garoto não se lembra de ir à escola usando o boné da Liga Infantil quando os professores permitiam, com a aba bem levantada, com a figurinha favorita de beisebol lá dentro, de usá-lo à mesa no jantar, de dormir com ele pousado sobre a mesa de cabeceira? Não existe um garoto que não se lembre de treinar arremessos com o pai nos fins de semana ou, melhor ainda, naquelas tardes preciosas de verão em que o pai saía do escritório e vinha correndo para casa, tirava a roupa do trabalho, vestia uma camiseta que era sempre um pouco pequena, pegava uma luva e ia para o quintal antes dos últimos raios de sol desaparecerem. Que garoto não contemplou pasmo como o pai rebatia ou lançava a bola longe – por pior que o velho fosse como atleta, por mais desajeitado que fosse – e, durante aquele momento luminoso, esse pai se transformou num homem de habilidade e força inimagináveis?

Apenas o beisebol tinha essa mágica.

A proprietária majoritária do New York Yankees era Sophie Mayor. Ela e o marido, Gary, tinham surpreendido o mundo do beisebol ao comprarem o time do antigo dono – o sempre impopular Vincent Riverton – fazia menos de um ano. A maioria dos fãs aplaudira. Riverton, um magnata do mercado editorial, tinha um relacionamento de amor e ódio com o público (mais de ódio), e os Mayors, casal tecno-novo-rico, que fizera fortuna na área de softwares, prometiam uma administração menos intervencionista. Gary Mayor havia crescido no Bronx e prometia um retorno aos tempos de Mick e DiMaggio. Os fãs estavam empolgados.

A tragédia, contudo, não demorou. Duas semanas antes de a compra ser concretizada, Gary Mayor morreu de um ataque cardíaco fulminante. Sophie sempre fora sócia com os mesmos – ou maiores – direitos que o marido no negócio de softwares e insistiu em continuar a transação. Contava com apoio e simpatia do público, mas tinham sido Gary e suas raízes que os ligaram às massas. Ela era do Meio-Oeste e, com a paixão pela caça misturada ao gênio matemático, parecia uma pessoa excêntrica aos naturalmente desconfiados nova-iorquinos.

Logo após assumir o controle, Sophie nomeou o filho Jared, um sujeito sem nenhuma experiência no beisebol, cogerente-geral. O público ficou com o pé atrás. Ela fez uma rápida negociação, desprezando o trabalho de base dos Yankees e contando com a possibilidade de que Clu Haid ainda tivesse um ou dois anos bons. O público chiou. Sophie se manteve firme. Queria um campeonato mundial no Bronx imediatamente. Comprar Haid era a forma de conseguir isso. O público permaneceu cético.

Clu fez arremessos fantásticos durante o primeiro mês no time. Mais de noventa por cento de suas bolas rápidas encaixavam, e as curvas eram impressionantes, como se fossem guiadas por controle remoto. Ele ficava melhor a cada partida, e os Yankees estavam no primeiro lugar. O público se apaziguou. Por um tempo pelo menos, achava Myron. Parara de prestar atenção, mas podia imaginar a repercussão negativa para a família Mayor quando Clu foi pego no antidoping.

Myron foi imediatamente levado até a sala de Sophie Mayor. Mãe e filho se levantaram para cumprimentá-lo. Ela teria provavelmente uns 50 e poucos anos, era considerada uma mulher bonita, o cabelo grisalho e bem penteado, as costas eretas, o aperto de mão firme, braços bronzeados, olhos que piscavam maliciosos e astutos. Jared devia ter uns 25. Usava o cabelo repartido à direita, sem nenhum sinal de estilo, óculos com armação de metal, paletó azul e gravata borboleta de bolinhas. A juventude conservadora.

O escritório era escassamente decorado, ou talvez apenas parecesse ser, porque o cenário era dominado por uma cabeça de alce na parede. De um alce morto, porque a de um vivo seria muito difícil de pendurar. O toque final na decoração. Myron tentou não mostrar o que estava pensando. Quase disse: "Vocês devem ter odiado esse alce", como Dudley Moore em *Arthur, o milionário sedutor*, mas se conteve. A maturidade vem com a idade.

Apertou a mão de Jared e depois se virou para Sophie Mayor.

Ela atacou:

– Por onde você tem andado, Myron?

– Me desculpe?

Ela apontou para uma cadeira:

– Sente.

Como se ele fosse um cachorro. Myron, todavia, obedeceu. Jared também. Sophie ficou de pé e o olhava fixamente.

– Ontem, no tribunal, disseram alguma coisa sobre você estar no Caribe – continuou ela.

Myron concordou, com um murmúrio vago.

– Onde você estava?

– Estive fora.

– Fora?

– Sim.

Sophie olhou para o filho e depois de volta para Myron.

– Quanto tempo?

– Três semanas.

– Mas a Srta. Diaz me disse que você estava na cidade.

Ele permaneceu calado.

Sophie Mayor fechou os punhos e se inclinou em sua direção:

– Por que ela me diria isso, Myron?

– Porque não sabia onde eu estava.

– Em outras palavras, ela mentiu para mim.

135

Ele não se deu o trabalho de responder.

– Onde você estava, então? – pressionou ela.

– Fora do país.

– No Caribe?

– Sim.

– E não disse para ninguém?

Myron se mexeu na cadeira e tentou encontrar uma abertura ou ganhar um pouco de terreno:

– Não quero ser grosseiro – disse ele –, mas não vejo por que meu paradeiro seria da sua conta.

– Não vê?

Uma gargalhada mordaz passou pelos lábios da mulher. Olhou para o filho como se dissesse *Você acredita nesse cara?*, depois redirecionou o laser de seus olhos cinza para Myron.

– Confiei em você – falou Sophie.

Myron permaneceu calado.

– Comprei este time e decidi não me meter. Entendo de softwares. Entendo de computadores. Entendo de negócios. Realmente não entendo muito de beisebol. Mas tomei uma decisão. Quis Clu Haid. Tinha um pressentimento. Achava que ele ainda tinha algo a dar. Então negociei a compra do passe. As pessoas acharam que eu estava louca: três jogadores de futuro por um já acabado. Eu entendia a preocupação delas. Por isso fui até você, Myron, lembra?

– Sim.

– E você me garantiu que ele ia ficar longe das drogas.

– Errado – corrigiu ele. – Disse que ele *queria* ficar longe delas.

– Queria, iria... O que é isso, uma aula de semântica?

– Ele era meu cliente – falou Myron. – Meu trabalho era cuidar dos interesses dele.

– E danem-se os meus?

– Não foi o que eu disse.

– Danem-se a integridade e a ética também? É assim que você trabalha, Myron?

– De modo nenhum. Claro que queríamos que a negociação desse certo...

– Vocês queriam e muito. – Foi a vez dela corrigir.

– Tudo bem, queríamos muito. Mas nunca prometi que ele ficaria longe das drogas, porque isso é algo que nem eu nem ninguém poderia garantir.

Falei que tentaríamos o máximo. Fiz disso parte do acordo. Dei a você o direito de fazer um exame surpresa nele, a qualquer momento.

– Você me *deu* o direito? Eu exigi! E você relutou a cada passo da negociação.

– Compartilhamos o risco – retrucou Myron. – O salário estava vinculado à obrigatoriedade de ficar longe das drogas. Deixei você incluir uma cláusula de teor estritamente moral.

Ela sorriu e cruzou os braços.

– Sabe o que você está parecendo? Um desses comerciais hipócritas de automóveis em que a General Motors ou a Ford se vangloriam de todos os dispositivos ecológicos que colocaram nos carros. Como se tivessem tomado a iniciativa por vontade própria. Como se um belo dia tivessem acordado mais preocupadas com o meio ambiente que com a margem de lucro. Elas não mencionam que o governo as forçou a instalar esses dispositivos e que elas lutaram contra com unhas e dentes até o final.

– Ele era meu cliente – disse Myron outra vez.

– E você acha que isso é desculpa para tudo?

– Era meu trabalho conseguir para ele a melhor negociação.

– Continue dizendo isso para si mesmo, Myron.

– Não posso impedir um homem de recair no vício. Você sabia disso.

– Mas você disse que ia ficar de olho nele. Que ia trabalhar para mantê-lo sóbrio.

Myron engoliu em seco e se mexeu outra vez na cadeira.

– Sim.

– Mas você não ficou de olho nele, Myron. Ficou?

Silêncio.

– Você saiu de férias e não disse a ninguém. Deixou Clu sozinho. Agiu com irresponsabilidade, e parte da culpa é sua por ele ter pisado na bola.

Myron abriu a boca para falar alguma coisa, mas desistiu. Ela estava certa, claro, mas não se deu o prazer de reconhecer isso justo naquele momento. Mais tarde. Pensaria em seu papel nisso depois. A dor da surra da noite anterior estava voltando. Enfiou a mão no bolso e tirou dois analgésicos extrafortes.

Satisfeita – ou talvez saciada –, Sophie Mayor foi sentar-se. Ao ver o remédio, ofereceu:

– Quer um pouco de água?

– Por favor.

Ela fez um sinal para Jared, que encheu um copo e o entregou a Myron. Ele agradeceu e engoliu o remédio. O efeito placebo foi imediato, e ele sentiu um alívio.

Antes que Sophie Mayor atacasse outra vez, Myron tentou mudar de assunto:

– Me fale sobre o antidoping de Clu.

Sophie Mayor pareceu intrigada:

– O que há para falar?

– Clu disse que estava limpo.

– E você acreditou?

– Quero examinar a questão.

– Por quê?

– Porque, quando Clu foi pego no passado, implorou perdão e prometeu procurar ajuda. Nunca alegou que o resultado estivesse errado.

Ela cruzou os braços.

– E o que isso prova exatamente?

– Nada. Só queria fazer umas perguntas.

– Então faça.

– Com que frequência você o submetia aos testes?

Sophie olhou para o filho. Era a vez dele de falar. Jared abriu a boca pela primeira vez desde que cumprimentara Myron na porta.

– No mínimo uma vez por semana – disse.

– Exame de urina? – perguntou Myron.

– Sim – respondeu Jared.

– E todos deram negativo? Exceto o último, quero dizer.

– Sim.

Myron balançou a cabeça.

– Toda semana? E nenhum outro positivo? Só esse?

– Exato.

Ele olhou para Sophie.

– Você não achou estranho?

– Por quê? – perguntou ela. – Ele estava tentando não se drogar, mas vacilou. Acontece todos os dias, não é?

Acontece, pensou Myron, mas mesmo assim havia algo ali que não se encaixava.

– Mas Clu sabia que vocês o estavam monitorando?

– Acho que sim. Ele era testado pelo menos uma vez por semana.

— E como eram feitos os exames?

Sophie olhou novamente para Jared, que perguntou:

— Como assim?

— Passo a passo – falou Myron. – O que ele fazia?

Sophie não deixou essa passar:

— Fazia pipi no potinho, Myron. Muito simples.

Nada era muito simples.

— Alguém o via urinando?

— O quê?

— Alguém realmente testemunhava o pipi ou ele entrava no reservado? – perguntou Myron. – Ficava nu para isso ou usava short?

— Que diferença isso faz?

— Muita. Clu passou a vida enfrentando esses exames. Se sabia que ia se submeter a um, estaria preparado.

— Preparado como? – perguntou Sophie.

— De várias formas, dependendo da sofisticação do exame – respondeu Myron. – Se for um mais primitivo, é só passar óleo para motor nos dedos e deixar a urina tocá-los a caminho do pote. Os fosfatos alteram os resultados. Alguns médicos sabem disso e ficam de olho nos fosfatos. Se deixam o cara urinar num reservado, ele pode trazer urina limpa dentro do calção e usá-la. Ele traz numa camisinha ou num balão de encher e esconde no forro do short. Ou dentro do tênis. Debaixo do braço. Até dentro da boca.

— Você está falando sério?

— Pode ser pior. Se o atleta fica sabendo que um teste mais sofisticado está para vir, em que alguém vai observar cada movimento seu, ele esvazia a bexiga e usa um cateter para bombear urina limpa para dentro.

Sophie Mayor parecia horrorizada:

— Ele bombeia a urina de outra pessoa para dentro da própria bexiga?

— Sim – respondeu Myron.

— Meu Deus! – exclamou ela e depois cravou os olhos nele. – Você parece saber um bocado sobre isso, Myron.

— E Clu também.

— O que você quer dizer?

— Que isso levanta algumas questões, mais nada.

— Ele provavelmente foi pego de surpresa.

— Talvez – disse Myron. – Mas, se vocês o testavam toda semana, não seria tanta surpresa assim.

– Ele pode ter se enrolado – continuou Sophie. – Os viciados são peritos nisso.

– Pode ser. Mas eu gostaria de falar com a pessoa que aplicou o teste.

– Foi o Dr. Stilwell – falou Jared. – É o médico do time. Ele que cuidou disso, e Sawyer Wells foi o assistente.

– Sawyer Wells, o guru de autoajuda?

– Ele é psicólogo especializado em comportamento humano e excelente terapeuta motivacional – corrigiu Jared.

Terapeuta motivacional. Ai, ai!

– Algum dos dois está aqui agora?

– Acho que não. Mas vão estar mais tarde. Temos um jogo em casa.

– Quem no time era mais amigo de Clu? O técnico, algum jogador?

– Realmente não sei – respondeu Jared.

– Com quem dividia o quarto quando viajava?

Sophie quase sorriu:

– Vocês estavam mesmo um pouco afastados, não?

– Cabral – disse Jared. – Enos Cabral. É um arremessador cubano.

Myron o conhecia. Balançou a cabeça, olhou em torno e foi quando viu. O coração ficou pequeno e precisou de toda a força de vontade para não gritar.

Estava vasculhando a sala com os olhos, como as pessoas fazem quando observam, mas sem se deter em nada especial, quando um objeto lhe prendeu o olhar feito um gancho enferrujado. Myron ficou paralisado. Sobre uma cômoda. No lado direito da cômoda, misturada a outras fotos emolduradas, troféus, condecorações dentro de cubos de acrílico, a primeira edição de um produto da Mayor Software e coisas do gênero. Bem ali. Uma foto emoldurada.

Uma foto emoldurada da garota que aparecia no arquivo que estava no disquete.

Myron tentou manter as aparências. Inspirou, expirou. Porém sentiu o pulso acelerar. A cabeça lutava contra um nevoeiro, buscava clarear o pensamento. Vasculhou os bancos de memória internos. *Tudo bem. Calma. Respire. Continue respirando.*

Não era de admirar que a garota tivesse lhe parecido familiar.

Mas qual era a questão? Mais busca no banco de memória. Ela era a filha de Sophie Mayor, claro. Irmã de Jared. Como era mesmo seu nome? Suas lembranças eram vagas. O que acontecera com ela? Havia fugido, certo?

Fazia dez, quinze anos. Houvera uma discussão ou algo assim. Não se suspeitava de nenhum crime. Ou sim? Não se lembrava.

– Myron?

Precisava pensar. Com calma. Precisava de espaço, de tempo. Não podia simplesmente despejar: "Ah, recebi um disquete suspeito com uma imagem da sua filha derretendo em sangue." Tinha que sair dali. Fazer umas pesquisas, pensar no assunto. Levantou-se, olhando desajeitado para o relógio.

– Preciso ir – disse.

– O quê?

– Gostaria de falar com o Dr. Stilwell o mais rápido possível – falou.

Os olhos de Sophie permaneciam grudados nele:

– Não vejo a importância disso.

– Acabei de explicar...

– Que diferença vai fazer? Clu está morto agora. O exame antidoping não é mais relevante.

– Pode haver alguma ligação.

– Entre a morte e o exame antidoping?

– Sim.

– Não sei se concordo.

– Ainda assim, gostaria de checar. Tenho esse direito.

– Que direito?

– Se o antidoping tiver sido inconclusivo, isso muda as coisas.

– Muda o quê? – Sophie se calou, deu um meio sorriso e fez que sim com a cabeça. – Acho que agora estou entendendo.

Myron não disse nada.

– Você está se referindo ao contrato, não?

– Tenho que ir – repetiu ele.

Ela se recostou na cadeira e cruzou os braços.

– Bem, Myron, tenho que lhe dizer: você de fato é um agente. Tentando ganhar mais uma comissão em cima de um cadáver, hein?

Ele ignorou o insulto.

– Se Clu estava mesmo longe das drogas, o contrato ainda seria válido. Você deveria à família pelo menos 3 milhões de dólares.

– Isso é uma extorsão? Você está aqui por causa do dinheiro?

Ele olhou de relance o retrato da moça. Lembrou-se do disquete, da gargalhada, do sangue.

– Por enquanto – falou ele –, só gostaria de conversar com o médico do time.

Sophie Mayor olhou para ele como se fosse um pedaço de cocô no tapete:

– Saia da minha sala, Myron.

– Vai me deixar falar com o médico?

– Você não tem nenhuma prerrogativa legal.

– Acho que tenho.

– Não, pode acreditar em mim. O dinheiro sujo de sangue secou. Saia, Myron. Agora.

Ele deu mais uma olhada na fotografia. Não era a hora de mexer naquilo. Saiu apressado pela porta.

18

A DOR ESTAVA VOLTANDO. O analgésico simples não estava dando conta do recado. Ele tinha outro, com codeína, no bolso de trás, mas evitava usá-lo. Precisava permanecer alerta, e aquilo o fazia dormir mais rápido do que, hum, sexo. Catalogou rapidamente os piores pontos. A canela cortada era onde doía mais, seguida de perto pelas costelas machucadas. O restante era uma distração quase bem-vinda. A dor, contudo, deixava-o ciente de cada movimento.

No escritório, Big Cyndi lhe entregou uma pilha enorme de recados.

– Quantos repórteres ligaram? – perguntou ele.

– Parei de contar, Sr. Bolitar.

– Algum recado de Bruce Taylor?

– Sim.

Bruce cobria os Mets, não os Yankees. Todos os repórteres, porém, queriam estar por dentro da história. Bruce era também uma espécie de amigo e devia saber algo sobre a filha de Sophie Mayor. A questão era, claro, como entrar no assunto sem deixá-lo curioso demais.

Myron fechou a porta da sala, sentou-se e discou um número. Uma voz atendeu ao primeiro toque.

– Taylor.

– Olá, Brucie.

– Myron? Meu Deus! Cara, obrigado por retornar a ligação.

– Claro, Bruce. Adoro cooperar com meu repórter preferido.

Pausa. Então:

– Hum...

– O quê? – perguntou Myron.

– Essa foi fraca.

– Desculpe.

– Tudo bem, Myron, vamos pular a parte em que você destrói minhas defesas com seu carisma sobrenatural. Direto ao ponto.

– Quero fazer um trato.

– Estou escutando.

– Não quero dar nenhuma declaração ainda. Mas, quando fizer, você vai ter em primeira mão. Uma exclusiva.

– Exclusiva? Uau, Myron, você está mesmo por dentro do jargão midiático, não?

– Poderia ter dito um "furo". É uma das minhas palavras favoritas.

– Ok, Myron, ótimo. E o que você ganha em troca de *não* me contar nada?

– Apenas algumas informações. Mas você não vai tentar inferir em nada e não vai publicar nada. Fica apenas como minha fonte.

– Ou como a alma que você comprou – disse Bruce.

– Se é o que você prefere.

– Hoje não, querido, estou com dor de cabeça. Me deixe ver se entendi. Você não me conta nada. Eu não publico nada. Em troca tenho que lhe dizer tudo. Desculpe, garotão, não tem trato nenhum.

– Tchau, Brucie.

– Espere, Myron, não desligue. Meu Deus, não sou nenhum executivo de coisa nenhuma. Não venha com essa coisa de negociação para cima de mim. Ouça, vamos parar com esse cabo de guerra. Vamos fazer o seguinte: você me dá alguma coisa. Uma declaração, qualquer coisa. Pode ser inócua. Mas quero ser o primeiro a publicar uma declaração de Myron Bolitar. Aí digo o que você quer, fico na minha, e você me dá o furo de reportagem exclusivo antes de qualquer outro repórter. Fechado?

– Fechado – disse Myron. – Aí vai sua declaração: Esperanza Diaz não matou Clu Haid. Confio nela cem por cento.

– Ela estava tendo um caso com Clu?

– Essa é minha declaração, Bruce. Ponto final.

– Tudo bem, mas e essa história de você estar fora do país no momento do assassinato?

– Uma declaração, Bruce. Como em "sem mais comentários". Ou em "não vou mais responder perguntas hoje".

– Ei, mas isso já é de conhecimento público. Só quero uma confirmação. Você estava no Caribe, certo?

– Certo.

– Onde no Caribe?

– Sem comentários.

– Por quê? Você estava mesmo nas Ilhas Cayman?

– Não, não estava nas Ilhas Cayman.

– Onde, então?

É assim que os repórteres trabalham.

– Sem comentários.

– Liguei para você logo depois que o antidoping de Clu deu positivo. Esperanza disse que você estava na cidade, mas não fez mais comentários.

– E eu também não vou fazer – disse Myron. – Agora é sua vez, Bruce.

– Espere aí, Myron, você ainda não me deu nada.

– Fizemos um trato.

– Tudo bem, vou ser justo – falou ele, num tom que deixava claro que aquilo ia recomeçar mais tarde. – Pergunte.

Casual, casual. Não podia sair logo perguntando pela filha de Sophie Mayor. Sutileza. Essa era a chave. A porta da sala se abriu e Win entrou. Myron lhe fez sinal pedindo um instante. O amigo assentiu e abriu a porta de um armário. Lá dentro havia um espelho de corpo inteiro. Ele contemplou a própria imagem e sorriu. Uma boa forma de passar o tempo.

– O que falavam sobre Clu? – perguntou Myron.

– Antes do resultado positivo?

– Sim.

– Que era uma bomba-relógio – falou Bruce.

– Explique.

– Ele estava arremessando pra caramba, sem dúvida. E parecia bem. Tinha emagrecido, dava a impressão de estar focado. Mas aí, mais ou menos uma semana antes do exame antidoping, começou a parecer acabado. Meu Deus, você deve ter visto, não é? Ou você também estava fora do país?

– Continue, Bruce.

– Que mais posso dizer? Você viu isso acontecer com Clu umas cem vezes. O cara partia o coração da gente. O braço dele foi tocado por Deus. O resto, bem, só apalpado, se você entende o que quero dizer.

– Então houve algum sinal antes do resultado positivo?

– Acho que sim. Olhando para trás, claro que houve muitos sinais. Soube que a esposa o botou para fora. Ele estava com a barba por fazer, os olhos vermelhos, essas coisas.

– Não tem a ver necessariamente com drogas – falou Myron.

– É verdade. Podia ser bebida.

– Ou apenas o estresse da crise conjugal.

– Ouça, Myron, talvez caras como Orel Hershiser tenham o benefício da dúvida. Mas, quando se trata de Clu Haid ou Steve Howe ou qualquer outro desajustado incorrigível, você pensa logo em uso de drogas, e em onze a cada dez casos é isso mesmo.

Myron olhou para Win, que havia terminado de ajeitar as mechas louras e estava usando o espelho para praticar diferentes sorrisos. Naquele exato momento, experimentava o de malandro.

Sutil, Myron pensou, sutil...

– Bruce?

– Sim?

– O que você tem a me dizer sobre Sophie Mayor?

– O que você quer saber exatamente?

– Nada específico.

– Você só está curioso, hein?

– Exato, apenas curioso.

– Sei.

– Que prejuízo ela teve com o exame antidoping de Clu?

– Um prejuízo tremendo. Mas você sabe disso. Sophie Mayor se colocou sob os holofotes e, por um tempo, foi considerada um gênio. Depois o exame de Clu deu positivo e, pronto, ela virou uma perua idiota que devia deixar os homens controlarem as coisas.

– Fale um pouco sobre a história dela.

– História?

– Sim. Quero ter uma opinião sobre ela.

– Por quê? – perguntou Bruce. – Ah, que se dane! Ela é do Kansas, acho, ou Iowa, Indiana, Montana. Um lugar desses. Como uma dessas garotas de comercial de sabonete, só que velha. Gosta de pescar, caçar, todas essas atividades na natureza. Foi também uma espécie de prodígio da matemática. Veio para o Leste estudar no Instituto de Tecnologia de Massachusetts, onde conheceu Gary Mayor. Se casaram e trabalharam a maior parte da vida como professores de matemática. Ele dava aula na Brandeis, e ela em Tufts. Os dois criaram um programa de software para finanças pessoais no início dos anos 1980 e passaram de repente de professores de classe média a milionários. Tornaram a companhia pública em 1994 e trocaram de *m* para *b*.

– De *m* para *b*?

– De milionário para bilionário.

– Ah.

– Aí os Mayor fizeram o que fazem os super-ricos: compraram uma franquia esportiva. Nesse caso, os Yankees. Gary Mayor cresceu fissurado por eles. Seria um bom brinquedinho para ele, mas infelizmente nunca pôde desfrutar.

Myron limpou a garganta:

– E eles, ah, têm filhos? – perguntou o Sr. Sutil.

– Tiveram dois. Você conhece Jared. É um ótimo garoto na verdade, esperto. Mas todos o odeiam porque conseguiu o emprego por nepotismo. Sua função ali é ficar de olho nos investimentos da mãe. Na minha opinião, ele é muito bom nisso e deixa o beisebol para quem entende de beisebol.

– Entendi.

– Eles também têm uma filha. Ou tinham.

Com grande esforço, Win suspirou e fechou a porta do armário. Era tão difícil para ele sair da frente de um espelho. Foi sentar-se em frente ao amigo aparentando, como sempre, perfeita calma. Myron limpou a garganta e disse ao telefone:

– O que você quer dizer com *tinham* uma filha?

– Ela se afastou. Você não se lembra da história?

– Vagamente. Ela fugiu, foi isso?

– Foi. Lucy. Se mandou com o namorado, um músico grunge, semanas antes de fazer 18 anos. Isso foi há, não sei, dez ou quinze anos. Antes de os Mayors terem dinheiro.

– E onde ela está hoje?

– O problema é esse. Ninguém tem ideia.

– Não entendo.

– Ela fugiu, é tudo o que se sabe. Deixou um bilhete, acho. Ia cair na estrada com o namorado e fazer fortuna, essas coisas de adolescente. Sophie e Gary Mayor eram professores universitários típicos da Costa Leste, que leram muito *Dr. Spock* e deram à filha "espaço", achando, é claro, que ela fosse voltar.

– Mas não voltou.

– Óbvio.

– E eles nunca mais souberam dela?

– Óbvio outra vez.

– Mas me lembro de ler alguma coisa sobre o assunto uns anos atrás. Eles não começaram uma busca por ela ou algo no gênero?

– Sim. Descobriram que o namorado voltou para casa meses depois. Eles terminaram e cada um foi para o seu lado. Foi um grande choque. Bem, ele não sabia para onde ela tinha ido, então os Mayors chamaram a polícia, que não deu importância para o caso. Lucy já tinha 18 anos àquela altura e fugira por vontade própria, estava claro. Não havia indício nenhum de crime ou qualquer outra coisa, mas lembre-se de que isso foi antes dos Mayors ficarem ricos.

– E depois que ficaram?

– Sophie e Gary tentaram outra vez encontrá-la. Fizeram uma espécie de busca pela herdeira desaparecida. Os tabloides adoraram isso durante um tempo. Surgiram notícias loucas, mas nada de concreto. Alguns dizem que Lucy se mudou para o exterior. Outros, que vive numa comunidade alternativa em algum lugar. E há os que digam que ela morreu. Sabe-se lá. Nunca a encontraram, e ainda não existe nenhum sinal de crime, e aí a história foi esfriando.

Silêncio. Win olhou para o amigo e levantou as sobrancelhas. Myron balançou a cabeça.

– Por que esse interesse? – perguntou Bruce.

– Só quero conhecer os Mayors.

– Entendi.

– Nada de mais.

– Tudo bem, vou engolir essa. Só que não.

– É verdade – mentiu Myron. – E que tal usar uma gíria mais atual? Ninguém mais diz "só que não".

– Não? – Pausa. – Acho que tenho que assistir mais MTV. Mas Vanilla Ice ainda está na moda, certo?

– *Ice Ice Baby*.

– Está bem, vamos deixar assim por enquanto, Myron. Mas não sei de mais nada sobre Lucy Mayor. Tente uma busca em dados jurídicos. Ou talvez os jornais tenham mais detalhes.

– Boa ideia, obrigado. Escute, Bruce, tem alguém me ligando.

– O quê? Você vai desligar na minha cara?

– Foi o nosso trato.

– Então por que essas perguntas todas sobre os Mayors?

– Como já disse, quero conhecê-los um pouco melhor.

– A expressão *me engana que eu gosto* quer dizer alguma coisa para você?

– Tchau, Bruce.

– Espere. Tem alguma coisa séria acontecendo aí, certo?

– Clu Haid foi assassinado. Esperanza foi presa pelo crime. Eu diria que isso é bastante sério.

– Tem mais coisa aí. Me conte. Não vou publicar, prometo.

– Verdade, Bruce. Não sei de nada ainda.

– E quando souber?

– Você vai ser o primeiro a ouvir.

– Você acha mesmo que Esperanza é inocente? Mesmo com essas provas todas?

– Acho.

– Myron, me ligue se precisar de alguma coisa. Gosto de Esperanza. Quero ajudar se puder.

Myron desligou e olhou para Win, que parecia imerso em pensamentos profundos, batendo no queixo com o dedo indicador. Os dois ficaram em silêncio por alguns segundos.

Win parou de bater no queixo e perguntou:

– O que aconteceu com a família King?

– Aquela do especial de Natal?

Win assentiu.

– Todo ano as pessoas assistiam ao *Especial de Natal da Família King*. Eram uns cem Kings, de barba, calção, a mamãe, o papai, tio, tia, primos. Um belo dia, desapareceram. Todos. O que aconteceu?

– Não sei.

– Estranho, não?

– É.

– E o que o clã King fazia durante o resto do ano?

– Se preparava para o próximo especial de Natal?

– Que vida, hein? – disse Win. – O Natal passa e você já começa a pensar no próximo. Acaba vivendo numa redoma de Natal cheia de neve.

– Imagino.

– Por onde andarão agora todos esses Kings, desempregados de repente? Será que vendem carros? Seguros? Viraram traficantes? Ficam tristes todo Natal?

– Sim, é uma história muito triste, Win. Por falar nisso, você veio aqui por algum motivo?

– Discutir a família King não é motivo suficiente? Você foi até meu escritório uma vez porque não entendia o significado de uma música da Sheena Easton.

– Você está comparando a família King com Sheena Easton?

– Bem, na verdade, vim para informar que anulei as citações judiciais contra a Lock-Horne.

Aquilo não surpreendia Myron.

– O poder da propina – disse, balançando a cabeça. – Sempre me espanta.

– *Propina* é uma palavra tão ofensiva – retrucou Win. – Prefiro o termo mais politicamente correto "dar uma contribuição". – E se recostou, cruzando as pernas daquela maneira tão sua, as mãos sobre o colo, e fez um gesto na direção do telefone. – Explique.

Myron contou com todos os detalhes, em especial o incidente envolvendo Lucy Mayor. Quando terminou, Win disse:

– Intrigante.

– Concordo.

– Mas ainda não consigo ver a ligação.

– Alguém me manda um disquete pelo correio com a imagem de Lucy Mayor e logo depois Clu é assassinado. Você acha que é só coincidência?

Win pensou um pouco.

– É cedo demais para dizer – concluiu. – Vamos fazer uma pequena recapitulação, tudo bem?

– Vá em frente.

– Vamos começar com a linha do tempo principal: Clu é vendido para um time de Nova York, arremessa bem, é expulso de casa por Bonnie, começa a degringolar, o exame antidoping dá positivo, ele procura desesperadamente por você, vem até mim e saca 200 mil dólares, bate em Esperanza, é assassinado. – Win se calou. – Isso soa plausível?

– Sim.

– Agora vamos explorar algumas tangentes possíveis dessa linha do tempo.

– Vamos.

– Primeira, nosso velho colega de fraternidade Billy Lee Palms parece ter desaparecido. Clu supostamente entrou em contato com ele pouco antes de ser morto. Além disso, existe alguma razão para se colocar Billy Lee nessa história?

– Na verdade, não. E, de acordo com a própria mãe, o filho não é lá muito confiável.

– Então talvez o desaparecimento dele não tenha nada a ver com isso.

– Talvez.

– Mas seria outra coincidência bizarra – observou Win.

– E como seria.

– Muito bem. Vamos em frente. Tangente dois: esse lugar, a Imagine Só.

– Tudo o que sabemos é que Clu ligou para lá.

Win balançou a cabeça:

– Sabemos muito mais que isso.

– Por exemplo?

– Eles exageraram na reação a sua visita. Pôr você para fora seria uma coisa; lhe dar umas bofetadas seria outra. Mas esse tipo de interrogatório com direito a corte de faca e choque elétrico... isso foi um exagero.

– E isso significa...?

– Que você tocou num ponto delicado, mexeu em casa de marimbondo, pisou no calo deles... Escolha seu clichê favorito.

– Você acha que estão metidos nessa história toda?

– Lógico – respondeu Win, fazendo sua melhor personificação de Spock.

– Mas como?

– Não faço ideia.

Myron refletiu um pouco.

– Pensei que talvez Clu e Esperanza tivessem se pegado lá.

– E depois?

– Vamos supor que tenham se pegado lá. Qual seria o problema? Por que o exagero?

– Porque tem mais coisa aí.

Myron balançou a cabeça:

– Mais alguma tangente?

– A principal – respondeu Win. – O desaparecimento de Lucy Mayor.

– Que aconteceu há mais de dez anos.

– E temos de admitir que a ligação dela com a história é no mínimo tênue.

– Admitido.

Win fez sua pirâmide com os dedos e a ergueu.

– Mas o disquete estava endereçado a você.

– Sim.

– Portanto, não temos certeza de que Lucy Mayor esteja ligada de alguma forma a Clu Haid...

– Certo.

– ... mas temos certeza de que está ligada a você, só não sabemos como.

– A mim? – Myron fez uma careta. – Não consigo imaginar como.

– Pense bem. Talvez você a tenha encontrado alguma vez.

Ele balançou a cabeça:

– Nunca.

– Talvez você não tenha percebido. A mulher está vivendo numa espécie de clandestinidade faz muito tempo. Quem sabe você não a conheceu num bar, uma aventura de uma noite.

– Não tenho aventuras de uma noite.

– É verdade – falou Win, com um olhar desanimado. – Meu Deus, queria ser como você!

Myron o ignorou.

– Mas vamos supor que você esteja certo. Que eu realmente a conheci, mas sem saber. E daí? Ela decide retribuir me mandando um disquete com a sua cara derretendo numa poça de sangue?

Win concordou com o argumento:

– Intrigante.

– Como ficamos, então?

– Intrigados.

O interfone tocou. Myron atendeu:

– Sim?

Big Cyndi disse:

– Seu pai na linha um, Sr. Bolitar.

– Obrigado – respondeu ele, pegando o telefone. – Oi, pai.

– Ei, Myron. Tudo bem?

– Tudo.

– Está se readaptando bem?

– Sim, estou.

– Feliz por estar de volta?

O pai estava protelando algo.

– Sim, pai, estou ótimo.

– Toda essa história envolvendo Esperanza. Deve estar deixando você ocupado, hein?

– Acho que sim.

– Então – falou o pai, esticando o som da palavra –, acha que tem um tempo para almoçar com seu velho?

Havia tensão na voz.

– Claro, pai.

– Pode ser amanhã, no clube?

Myron sufocou um gemido. O clube, não.

– Claro. Meio-dia, pode ser?

– Que bom, filho, está ótimo.

O pai não o chamava de filho com muita frequência. Na verdade, nunca. Myron trocou o telefone de mão:

– Algum problema, pai?

152

– Não, não – respondeu ele, rápido demais. – Está tudo bem. Só quero conversar com você.

– Sobre o quê?

– Você vai saber, nada de mais. Até amanhã.

Ligação cortada.

Myron olhou para Win.

– Era meu pai.

– Sim, deu para entender quando Big Cyndi disse que seu pai estava na linha. E você reforçou isso quando disse "pai" quatro vezes durante a conversa. Tenho um pouco de inteligência.

– Ele quer almoçar comigo amanhã.

Win balançou a cabeça.

– E isso me interessa por quê?

– Só estou contando para você.

– Vou escrever sobre isso no meu diário hoje à noite – falou Win. – Nesse meio-tempo, tive outra ideia com relação a Lucy Mayor.

– Estou escutando.

– Se é que você se lembra, estamos tentando descobrir quem foi prejudicado nessa história toda.

– Lembro.

– Clu, obviamente. Esperanza. Você. Eu.

– Sim.

– Bem, temos que acrescentar uma pessoa: Sophie Mayor.

Myron pensou naquilo. Depois assentiu:

– Essa pode muito bem ser a ligação. Se você quisesse destruir Sophie Mayor, o que faria? Primeiro, tentaria enfraquecer o apoio que ela recebe dos fãs e da direção dos Yankees.

– Clu Haid – disse Win.

– Certo. Depois teria que atingi-la num ponto vulnerável: a filha desaparecida. Se tiverem enviado para ela um disquete igual, dá para imaginar o horror?

– Isso levanta uma questão muito interessante – comentou Win.

– Qual?

– Você vai contar para ela?

– Sobre o disquete?

– Não, sobre o movimento recente de tropas na Bósnia. Sim, sobre o disquete.

Myron pensou, mas não por muito tempo.

– Não tenho escolha. Preciso contar.

– Talvez isso também faça parte do hipotético plano para destruí-la – aventou Win. – Pode ser que a pessoa que mandou o disquete soubesse que ele acabaria indo parar nas mãos dela.

– Talvez. Ainda assim, ela tem o direito de saber. Não cabe a mim decidir se Sophie Mayor é forte o suficiente para suportar uma coisa dessas.

– Concordo plenamente – falou Win, levantando-se. – Coloquei algumas pessoas em busca dos relatórios oficiais sobre o assassinato de Clu: necropsia, cena do crime, depoimentos de testemunhas, laboratórios e o que mais houver. Mas todo mundo está de boca fechada.

– Tenho uma possível fonte – disse Myron.

– Ah, é?

– A médica-legista do Condado de Bergen é Sally Li. Eu a conheço.

– Através do pai de Jessica?

– Sim.

– Corra atrás, então – falou Win.

Myron o observou dirigindo-se para a porta:

– Win?

– Sim?

– Você tem alguma sugestão de como dou a notícia a Sophie Mayor?

– Não tenho a menor ideia.

Win saiu. Myron olhou para o telefone. Pegou-o e digitou o número de Sophie Mayor. Levou um tempo, mas a secretária conseguiu por fim transferi-lo para ela, que não pareceu nem um pouco encantada ao ouvir a voz de Myron.

Ela foi direta:

– O que é?

– Precisamos conversar – respondeu ele.

Havia distorção na linha. Parecia um telefone celular ou de automóvel.

– Já conversamos.

– É sobre outro assunto.

Silêncio. Depois:

– Estou no carro agora, a cerca de um quilômetro de casa, em Long Island. É muito importante?

Ele pegou uma caneta:

– Me dê seu endereço – pediu. – Daqui a pouco estou aí.

19

NA RUA, O HOMEM CONTINUAVA lendo o jornal.

O elevador parou diversas vezes até o térreo. Nada atípico. Ninguém falava, é claro, todos ocupados em contemplar a luzinha vermelha dos números, como se esperassem a chegada de um disco voador. Na rua, juntou-se à massa de engravatados e nadou na direção da Park Avenue, como um salmão subindo o rio contra a correnteza até, bem, até morrer. Muitos dos engravatados andavam de cabeça erguida, com a expressão "olhem como sou foda"; outros caminhavam com as costas curvadas, versões em carne e osso da estátua de Atlas na Quinta Avenida, carregando o mundo nos ombros, simplesmente pesado demais para eles.

Meu Deus, estava sendo profundo de novo.

Parado exatamente na esquina da Rua 46 com a Park Avenue, de pé, segurando um jornal mas de forma que conseguisse observar todos que entravam ou saíam do prédio da Lock-Horne, estava o homem que Myron tinha notado ali quando entrou.

Hum...

Ele pegou o celular e apertou um botão.

– Articule – disse Win.

– Acho que arranjei uma sombra.

– Espere um instante, por favor. – Talvez dez segundos tivessem se passado. – O cara lendo jornal na esquina.

Win tinha vários telescópios e binóculos no escritório. Não pergunte por quê.

– Sim.

– Meu Deus – falou Win. – Não dava para ele ser menos óbvio?

– Tenho minhas dúvidas.

– Não sente orgulho do próprio trabalho? Onde está o profissionalismo?

– Triste.

– Esse, meu amigo, é o problema deste país.

– Detetives ruins?

– É só um exemplo. Olhe para ele. Alguém fica parado numa esquina lendo jornal desse jeito? Só faltou fazer dois buracos na folha para enfiar os olhos.

– Isso aí – comentou Myron. – Você está com tempo?

– Mas claro. Como vamos gastá-lo?

– Preciso de apoio – respondeu Myron.

– Me dê cinco minutos.

Myron esperou os cinco minutos parado ali, evitando cuidadosamente olhar para o homem. Conferiu o relógio e bufou um pouco, como se estivesse esperando alguém e ficando impaciente. Quando os minutos passaram, caminhou direto até o detetive, que percebeu a aproximação e enfiou a cara no jornal.

Continuou a andar até se pôr ao lado do cara, que manteve o rosto enterrado no jornal. Myron lhe deu um sorriso número 8. Largo, com todos os dentes à mostra. Como um pastor na televisão recebendo um cheque polpudo. O detetive continuou enfiado no jornal. Myron continuou a sorrir, os olhos esbugalhados como os de um palhaço. O homem o ignorou. Ele chegou mais perto, inclinando o sorriso de alta voltagem a poucos centímetros do rosto do homem, franzindo as sobrancelhas.

O detetive aproximou mais o jornal e suspirou:

– Muito bem, bacana, você me descobriu. Parabéns.

– E obrigado por participar do nosso programa! – disse Myron, ainda com aquele sorriso. – Mas não se preocupe, não vamos deixar você ir para casa de mãos vazias! Vai ganhar o jogo Detetive Incompetente e uma assinatura anual do *Palerma Moderno*.

– Está bem, certo, a gente se vê.

– Espere! Última rodada. Qual é a pergunta para a resposta: foi ele ou ela que contratou você para me seguir.

– Caia fora.

– Que pena! Você precisava dar a resposta em forma de pergunta.

O detetive começou a se afastar. Quando olhou para trás, Myron lhe deu um sorriso e um aceno nada discreto.

O homem balançou a cabeça e continuou a caminhar, misturando-se a outro fluxo de pessoas. Muitas pessoas, inclusive Win. O detetive ia procurar um local aberto e ligar para o patrão. Win ouviria tudo e ficaria sabendo quem era. Que plano!

Myron se dirigiu a seu carro alugado e deu a volta no quarteirão. Não havia mais detetives. Pelo menos nenhum tão óbvio quanto aquele. Mas não seria um problema. Ia à propriedade dos Mayors, em Long Island. Não tinha muito problema se alguém soubesse.

Enquanto dirigia, fez algumas ligações. Tinha dois meios-campos de futebol americano de arena – para quem não sabe, é jogado em quadra fechada, num espaço menor – e os dois tentavam um lugar no banco na Liga Nacional antes do fim da janela de transferências. Myron ligou para vários times, mas ninguém se interessou. Muitas pessoas lhe perguntaram sobre o crime. Ele desconversou. Sabia que seus esforços eram inúteis, mas insistiu. Com bravura. Tentava se concentrar no trabalho, mergulhar no êxtase entorpecente do que fazia para ganhar a vida. O mundo, porém, continuava a se intrometer. Pensava em Esperanza na cadeia. Em Jessica na Califórnia. Em Bonnie Haid e seus filhos órfãos de pai em casa. Em Clu impregnado de formol. No telefonema do pai. E, estranhamente, continuava a pensar em Terese sozinha naquela ilha.

Bloqueou o resto.

Chegou a Muttontown, uma zona de Long Island da qual tinha esquecido, e dobrou à direita numa rua muito arborizada. Dirigiu cerca de três quilômetros, passando por apenas três entradas de garagem. Parou por fim diante um portão de ferro, com uma pequena placa onde se lia MAYORS. Havia várias câmeras de segurança e um interfone. Ele apertou o botão. Ouviu uma voz de mulher perguntar:

– Em que posso ajudar?

– Aqui é Myron Bolitar. Quero falar com Sophie Mayor.

– Pode entrar com o carro. Estacione na frente da casa.

O portão se abriu. Ele subiu por uma rampa bastante íngreme. Sebes altas se estendiam ao longo dos dois lados do acesso, dando-lhe a sensação de ser um rato num labirinto. Viu mais algumas câmeras de segurança. Nenhum sinal da casa ainda. Ao chegar ao topo da rampa, deu com uma clareira. Viu uma quadra de tênis com a grama um pouco alta demais e um campo de croqué. Muito *Crepúsculo dos Deuses*. Fez outra curva. A casa estava bem em frente. Era uma mansão, é claro, embora não tão grande quanto outras que Myron conhecera. Heras cobriam a parede amarelo-clara. As janelas pareciam lacradas. O cenário lembrava os anos 1920. Só faltava ver Scott e Zelda Fitzgerald pararem num conversível reluzente.

Essa parte do acesso era pavimentada com seixos soltos, que os pneus esmagavam. No meio do caminho circular havia um chafariz, que ficava a cerca de cinco metros da porta da frente, com um Netuno nu segurando um tridente. Myron percebeu que se tratava de uma versão menor do chafariz da Piazza della Signoria, em Florença. A água jorrava, mas não muito alto nem com entusiasmo, como se alguém tivesse ajustado a pressão para "urinando lentamente".

Ele estacionou. Viu uma piscina perfeitamente quadrada à direita, com lírios de borracha flutuando na superfície. Uma espécie de Giverny dos pobres. Havia estátuas no jardim, cópias da antiguidade italiana, grega ou coisa do gênero, do tipo Vênus de Milo, mas com todos os membros.

Ele desceu do carro e parou. Ponderou sobre o que estava prestes a desenterrar e, por um breve momento, pensou em dar meia-volta. *Como*, perguntou-se outra vez, *falo a essa mulher sobre a filha desaparecida derretendo num disquete de computador?*

Não lhe ocorria nenhuma resposta.

A porta se abriu. Uma mulher vestindo roupas comuns o levou por um corredor até um salão grande, de teto alto, metálico, com várias janelas e uma vista meio decepcionante de mais estátuas brancas e árvores. O interior era art déco, mas não exageraram dessa vez. Ficara bom. Exceto, é claro, pelos troféus de caça. Viam-se pássaros empalhados sobre prateleiras. Incomodados, talvez. Provavelmente. Quem os culparia por isso?

Myron se virou e deu com um veado empalhado. Esperou por Sophie Mayor. O veado também. E parecia muito paciente.

– Pode falar – disse uma voz.

Myron se voltou e deparou com Sophie Mayor. Vestia jeans sujos de terra e camisa xadrez, a própria imagem da jardineira de fim de semana.

Sempre com uma tirada brilhante, ele rebateu:

– Pode falar o quê?

– Sua observação sarcástica sobre caça.

– Não disse nada.

– Vamos lá, Myron. Vai dizer que você não acha que caçar é um ato bárbaro?

Ele deu de ombros.

– Nunca pensei no assunto.

Não era verdade, mas e daí?

– Mas não aprova.

– Não é da minha conta aprovar.

– Que tolerante! – Ela sorriu. – Mas claro que você jamais caçaria, estou errada?

– Caçar? Isso não é para mim.

– Você acha desumano – continuou ela, apontando para o veado empalhado. – Matar a mãe do Bambi e tal.

– Só não é para mim.

– Entendo. Você é vegetariano?

– Só não como muita carne vermelha – disse Myron.

– Não estou falando sobre a sua saúde. Você come animais mortos?

– Sim.

– Então acha que é mais humano matar, digamos, uma galinha ou uma vaca que matar um veado?

– Não.

– Sabe as torturas terríveis que a vaca enfrenta antes de ser abatida?

– Para virar comida – falou ele.

– Perdão?

– Abatida para virar comida.

– Como o que mato, Myron. Seu amigo ali – disse Sophie, apontando com a cabeça o veado paciente – foi desentranhado e comido. Sente-se melhor agora?

Myron pensou no assunto.

– Não vamos almoçar, vamos?

Ela deu uma risada.

– Não vou destrinchar toda a questão da cadeia alimentar – replicou Sophie Mayor. – Mas Deus criou um mundo onde a única forma de sobreviver é matando. Ponto final. Todos nós matamos. Mesmo o vegetariano mais radical tem que arar o campo. Você não concorda que o arado mata animais pequenos e insetos?

– Nunca havia pensado nisso.

– Caçar exige participação ativa, é mais honesto. Quando você se senta para comer um animal, não tem a compreensão do processo todo, do sacrifício feito para que você possa sobreviver. Você deixa que outra pessoa mate. Não quer pensar nisso. Quando como um animal, tenho um entendimento maior. Não faço isso casualmente. Não despersonalizo a coisa.

– Certo – disse Myron –, já que estamos falando no assunto, e os caçadores que não matam para comer?

– A maioria come o que matou.

– Mas e os que matam por esporte? Quero dizer, isso também faz parte da caça, não é?

– Sim.

– E então? O que significa matar simplesmente por esporte?

– Em comparação com o quê, Myron? Com matar por um par de sapatos? Ou por um bom casaco? Será que uma carteira de couro vale mais que passar um dia todo ao ar livre, aprendendo como a natureza funciona e apreciando sua imensa glória? Se é justo matar um animal porque você prefere um cinto feito de couro a outro material, produzido pelo homem, não é justo então matar simplesmente pelo prazer que isso dá?

Ele permaneceu calado.

– Me desculpe pelo discurso. Mas é que a hipocrisia disso tudo me enlouquece. Todos querem salvar as baleias, mas e os milhares de peixes e camarões que comem todo dia? A vida deles vale menos porque não são tão fofos? Já percebeu como ninguém quer salvar os animais feios? E as mesmas pessoas que acham que caçar é um ato de barbárie instalam cercas especiais para que os veados não comam seus preciosos jardins. Aí eles procriam, mas depois morrem de fome. Isso é melhor? E nem venha me falar dessas tais de ecofeministas. Os homens caçam, todo mundo diz, mas as mulheres são delicadas demais para isso. Uma grande bobagem sexista. Querem ser ambientalistas? Querem ficar o mais perto possível da natureza? Então que entendam a verdade universal da natureza: ou você mata ou morre.

Os dois se viraram e contemplaram o veado empalhado. Prova cabal.

– Bem, você não veio aqui para assistir a uma palestra – disse ela.

Myron tinha gostado de protelarem, mas havia chegado a hora.

– Não, senhora.

– Senhora? – falou Sophie Mayor, dando uma risada sem graça. – Isso soa cruel, Myron.

Ele se voltou e olhou para ela, que lhe devolveu o olhar.

– Me chame de Sophie – disse.

Ele concordou.

– Posso lhe fazer uma pergunta muito pessoal, talvez dolorosa, Sophie?

– Pode tentar.

– Você teve alguma notícia sobre a sua filha desde que ela desapareceu?

– Não.

A resposta veio rápido. O olhar permaneceu firme, a voz forte. O rosto, contudo, perdeu um pouco da cor.

– Não faz ideia de onde ela possa estar?

– Nenhuma.

– Nem se ela...

– Está viva ou morta – ela terminou a frase. – Nada.

A voz se tornara tão inexpressiva que ela parecia abafar um grito. Havia um tremor perto da boca, uma falha abrindo-se. Sophie Mayor se levantou, esperando uma explicação, receosa talvez de dizer qualquer coisa mais.

– Recebi um disquete pelo correio – começou ele.

Ela franziu o cenho.

– O quê?

– Um disquete. Veio pelo correio. Eu o coloquei no meu computador e ele iniciou sozinho. Não tive que dar nenhum comando.

– Programa autoiniciável – disse ela, transformando-se de repente na perita em computadores. – Não é uma tecnologia complicada.

Myron limpou a garganta:

– Apareceu uma imagem. Começava com uma fotografia da sua filha.

Sophie Mayor deu um passo para trás.

– Era a mesma fotografia que está no seu escritório. Do lado direito da cômoda.

– Foi no primeiro ano de Lucy no ensino médio – explicou ela. – O retrato da escola.

Myron balançou a cabeça, embora não soubesse por quê.

– Depois de alguns segundos a imagem começou a derreter na tela.

– Derreter?

– Sim. Meio que se dissolveu numa poça de, ah, sangue. Depois surgiu um som. De uma adolescente rindo, acho.

Os olhos de Sophie Mayor estavam úmidos.

– Não entendo.

– Nem eu.

– Veio pelo correio?

– Sim.

– Num disquete?

– Sim – respondeu ele, acrescentando, sem nenhuma razão aparente: – Um disquete de três polegadas e meia.

– Quando?

– Chegou no meu escritório há umas duas semanas.

– Por que esperou tanto para me contar? – perguntou ela, logo levantando a mão. – Ah, espere. Você estava fora do país.

– Sim.

– E quando você o viu?

– Ontem.

– Mas você me encontrou hoje de manhã. Por que não me contou?

– Eu não sabia quem era a garota. Não a princípio, pelo menos. Quando fui ao seu escritório, vi a foto em cima do móvel. Fiquei confuso. Não sabia ao certo o que dizer.

Ela balançou a cabeça vagarosamente.

– Isso explica então a sua saída súbita.

– Sim, peço desculpas.

– Você está com o disquete? Meu pessoal vai analisá-lo.

Ele enfiou a mão no bolso e o pegou.

– Não acho que vá ser de grande ajuda.

– Por que não?

– Levei-o a um laboratório policial. Eles disseram que ele se reformatou automaticamente.

– Então está vazio?

– Sim.

Foi como se seus músculos tivessem de repente decidido tirar férias. As pernas amoleceram. Ela caiu numa cadeira e apoiou a cabeça nas mãos. Myron esperou. Não se ouvia nenhum som. Ficou ali sentada, segurando a cabeça. Depois levantou os olhos cinzentos, já meio vermelhos.

– Você falou sobre um laboratório policial.

Ele assentiu.

– Você costuma trabalhar para a polícia?

– Na verdade, não.

– Lembro de Clip Arnstein dizer algo sobre isso.

Myron ficou calado. Clip Arnstein era o cara que o escolhera para o Boston Celtics na primeira rodada de contratações. Também tinha a língua grande.

– Você ajudou Clip quando Greg Downing desapareceu – continuou ela.

– Sim.

– Há anos contrato detetives particulares para encontrar Lucy. Os melhores do mundo, supostamente. Às vezes, parece que chegamos perto, mas... – Sua voz sumiu e os olhos se tornaram distantes.

Olhou para o disquete, que estava segurando, como se ele tivesse se materializado de repente ali.

– Por que alguém enviaria isso para você?

– Não sei.

– Você conheceu minha filha?

– Não.

Sophie respirou fundo algumas vezes.

– Quero mostrar uma coisa. Espere aqui um minuto.

Ela levou talvez metade desse tempo. Quando retornou, Myron estava olhando nos olhos de um pássaro morto, notando com certo desânimo que se pareciam com o de certos seres humanos que ele conhecia. Ela lhe entregou uma folha de papel.

Myron a examinou. Era o esboço de uma mulher chegando aos 30 anos.

– É do Instituto de Tecnologia de Massachusetts – explicou ela. – A faculdade em que me formei. Um cientista de lá criou um programa que ajuda a simular a passagem dos anos. Para pessoas desaparecidas. Você pode ver como elas estariam hoje. Ele criou isso para mim há alguns meses.

Myron olhou para a imagem de como a Lucy adolescente seria ao chegar aos 30 anos. O efeito era espantoso. Parecia com ela, ele achava, mas aquilo o levava a pensar em fantasmas, na vida como uma série de perguntas e dúvidas, nos anos que passam, maltratando as pessoas. Contemplou a imagem, o corte de cabelo mais conservador, as pequenas rugas de expressão. Como devia ser doloroso para Sophie Mayor ver aquilo.

– Parece familiar? – perguntou ela.

Myron balançou a cabeça.

– Não, lamento.

– Tem certeza?

– A certeza que se pode ter numa situação dessas.

– Você me ajudaria a encontrá-la?

Ele não sabia como responder.

– Não vejo como posso ajudar.

– Clip disse que você é bom nisso.

– Não sou. Mesmo que fosse, não vejo o que poderia fazer. Você já contratou especialistas. Tem a polícia...

– A polícia tem sido inútil. Eles veem Lucy como fugitiva e ponto final.

Myron não disse nada.

– Você acha que é impossível? – perguntou ela.

– Não sei o suficiente sobre o caso.

– Era uma boa garota, sabe? – falou Sophie Mayor, sorrindo para ele, os olhos enevoados pela viagem no tempo. – Teimosa, claro. Mais aventureira do que seria recomendável. Mas criei Lucy para ser independente. A polícia, eles acham que ela era só uma criança problemática. Não era. Apenas confusa. Quem não era naquela idade? E não foi como se tivesse fugido no meio da noite sem falar para ninguém.

Contrariando o bom senso, Myron perguntou:

– O que aconteceu, então?

– Lucy era uma adolescente, Myron. Era fechada e infeliz, não se adaptava. Os pais eram professores universitários viciados em computadores. O irmão mais novo era considerado gênio. Ela odiava a escola. Queria ver o mundo e viver na estrada. Toda aquela fantasia rock'n'roll. Um dia nos disse que ia embora com Owen.

– Owen era o namorado?

Ela assentiu.

– Um músico mediano que tinha uma banda de garagem e achava que os colegas impediam que seu talento imenso fosse notado. – Ela fez uma cara de desgosto. – Os dois queriam ir embora, conseguir um contrato com uma gravadora e ficar famosos. Então Gary e eu dissemos que tudo bem. Lucy era como um pássaro selvagem preso numa gaiola pequena. Nunca parava de bater as asas, não importava o que fizéssemos. Gary e eu sentimos que não tínhamos escolha. Chegamos a pensar que seria ser bom para ela. Vários dos colegas de escola tinham ido para a Europa como mochileiros. Qual a diferença?

Ela se calou e olhou para Myron, que apenas aguardou. Como Sophie não disse mais nada, ele perguntou:

– E?

– E nunca mais soubemos dela.

Silêncio.

Ela se virou para o veado empalhado, que pareceu retribuir o olhar com algo semelhante a piedade.

Myron retomou o assunto:

– Mas Owen voltou, certo?

– Sim – respondeu ela, ainda com os olhos fixos no veado. – Ele é vendedor de carros em Nova Jersey. Faz parte de uma banda que toca em casamentos nos fins de semana. Dá para imaginar? Veste um smoking barato e canta "Tie a Yellow Ribbon" e "Celebration" a plenos pulmões e apresenta os noivos. – Ela balançou a cabeça imaginando a cena. – Quando Owen voltou, a polícia o interrogou, mas ele não sabia de nada. A história dos dois foi tão típica: foram para Los Angeles, não conseguiram nada, começaram a brigar e terminaram depois de seis meses. Owen ainda ficou lá mais três meses, convencido de que dessa vez tinha sido Lucy quem encobrira o seu talento. Quando fracassou outra vez, voltou para casa com o rabo entre as pernas. Disse que não tinha mais visto Lucy desde a separação.

– A polícia verificou isso?

– Disseram que sim. Mas caíram num beco sem saída.

– Você suspeita de Owen?

– Não – respondeu ela, amarga. – Ele é absolutamente insignificante.

– Apareceu alguma pista sólida?

– Sólida? – Ela pensou um pouco. – Realmente não. Vários dos investigadores que contratamos achavam que ela havia entrado para alguma seita.

Myron fez uma careta.

– Seita?

– A personalidade dela se encaixa nesse perfil, segundo eles. Apesar das minhas tentativas de torná-la independente, os detetives diziam que ela era exatamente o contrário: alguém que precisava de orientação, sozinha, sugestionável, afastada dos amigos e da família.

– Não concordo – falou Myron.

Ela o encarou.

– Mas você disse que não conheceu Lucy.

– O perfil psicológico pode estar correto, mas duvido que tenha entrado para uma seita.

– Por quê?

– Seitas gostam de dinheiro. Lucy Mayor é filha de uma família milionária. Talvez vocês não tivessem dinheiro na época em que ela supostamente entrou, mas, acredite em mim: a esta altura já saberiam. E teriam feito contato para extorquir grandes somas.

Sophie começou a piscar outra vez. Os olhos se fecharam, e ela lhe deu as costas. Myron deu um passo à frente e depois parou, sem saber ao certo o que fazer. Preferiu ser discreto, manter distância e esperar.

– Não saber – disse Sophie Mayor depois de algum tempo. – Isso corrói você. O dia inteiro, a noite inteira, durante doze anos. Nunca para. Nunca vai embora. Quando o coração do meu marido não aguentou mais, todos ficaram chocados. Um homem tão rico, diziam. Tão jovem. Até hoje não sei como consigo passar o dia sem ele. Mas raramente falávamos sobre Lucy depois que ela desapareceu. Simplesmente deitávamos na cama à noite, fingindo que o outro estava dormindo, olhando para o teto e imaginando todos os horrores que só quem tem um filho desaparecido pode conceber.

Mais silêncio.

Myron não fazia ideia do que dizer. O silêncio, todavia, estava ficando tão pesado que ele mal conseguia respirar.

– Lamento – disse por fim.

Ela não ergueu a cabeça.

– Vou até a polícia – continuou ele. – Contar sobre o disquete.

– De que vai adiantar?

– Eles vão investigar.

– Já fizeram isso. Disse a você. Acham que ela fugiu.

– Mas agora temos essa nova pista. Vão levar o caso mais a sério. Posso ir até a mídia. Vão trazer a história de volta à tona.

Ela balançou a cabeça. Myron esperou. Sophie se ergueu e limpou as palmas da mão na calça jeans.

– O disquete – falou. – Foi enviado para você.

– Sim.

– Endereçado a você.

– Sim.

– Então alguém está tentando entrar em contato com você.

Win fizera um comentário semelhante.

– Não dá para saber – replicou ele. – Não quero acabar com suas esperanças, mas tudo pode não passar de uma brincadeira.

– Não é brincadeira.

– Você não tem certeza.

– Se fosse uma brincadeira, teria sido enviado para mim. Ou para Jared. Ou alguém que a tivesse conhecido. Não foi. Mandaram para você. Alguém está tentado fazer contato especificamente com você. Pode ser a própria Lucy.

Ele respirou fundo.

– Mais uma vez, não quero acabar com suas...

– Não me trate com condescendência, Myron. Diga o que tem a dizer.

– Certo... Se fosse Lucy, por que ela enviaria uma imagem dela derretendo numa poça de sangue?

Desta vez, em vez de recuar, Sophie chegou mais perto:

– Não sei. Talvez você esteja certo e não seja ela. Talvez seja seu assassino. Em qualquer uma das hipóteses, estão procurando *você*. É a primeira pista sólida em anos. Se tornarmos isso público e notório, temo que quem enviou isso volte a se esconder. Não posso arriscar que isso aconteça.

– Não sei o que posso fazer – retrucou Myron.

– Pagarei o que você quiser. Diga um preço. Cem mil? Um milhão?
– Não é uma questão de dinheiro. Não consigo ver como posso ajudar.
– Pode investigar.
Ele balançou a cabeça.
– Minha melhor amiga e sócia está na cadeia, acusada de cometer um assassinato. Meu cliente foi morto a tiros dentro da própria casa. Tenho outros clientes que confiaram a mim a segurança de seus empregos.
– Entendo. Você não tem tempo, não é?
– Não é uma questão de tempo também. Não tenho nem por onde começar. Nenhuma pista, ligação, fonte. Não tenho um ponto de partida.
Os olhos de Sophie se cravaram nele.
– Pode começar com você mesmo. Você é minha pista, minha ligação, minha fonte – disse ela, estendendo a mão e pegando a dele. Sua pele era fria e rígida. – Só peço que examine mais.
– Examinar o quê?
– Talvez você mesmo.
Silêncio. Ficaram ali, ela segurando-lhe a mão.
– Parece uma boa ideia, Sophie, mas não sei o que significa.
– Você não tem filhos, tem?
– Não – respondeu Myron. – Isso não quer dizer que eu não me solidarize.
– Então me deixe perguntar uma coisa, Myron: o que você faria se estivesse no meu lugar? Se a primeira pista de verdade em dez anos acabasse de entrar por sua porta?
– O mesmo que você está fazendo.
Assim, sob a sombra do veado empalhado, ele falou que ia ficar de olhos abertos. Que pensaria no assunto. Tentaria descobrir a ligação.

20

De volta ao escritório, Myron colocou o *headset* e começou a fazer ligações. Muito Jerry Maguire. Não só na aparência, mas porque seus clientes estavam abandonando a agência a torto e a direito. E ele nem sequer havia redigido a missão da empresa.

Win ligou:

– O cara do jornal é Wayne Tunis. Mora em Staten Island e trabalha na construção civil. Fez uma ligação para um tal de John McClain contando que tinha sido descoberto. É isso aí. Eles são bem cuidadosos.

– Então não sabemos ainda quem o contratou?

– Correto.

– Na dúvida – disse Myron –, melhor ficar com a escolha mais óbvia.

– FJ?

– Quem mais? Está me seguindo há meses.

– Linha de ação?

– Gostaria que ele saísse do meu pé.

– Posso sugerir uma bala bem colocada na nuca?

– Já temos problemas suficientes. Não precisamos de mais um.

– Muito bem. Linha de ação?

– Vamos confrontá-lo.

– Ele está sempre numa Starbucks da Rua 49 – falou Win.

– Starbucks?

– Pois é. Os antigos bares de café *espresso* frequentados por gângsteres viraram lugares onde as pessoas usam roupas dos anos 1970 e ouvem música disco.

– As duas coisas estão voltando.

– Não – interpôs Win –, mutações bizarras delas estão voltando.

– Como café comum em vez de *espresso*?

– Agora você entendeu.

– Vamos então fazer uma visita a FJ.

– Me dê vinte minutos – pediu Win antes de desligar.

Imediatamente, a linha interna começou a chamar.

– Sr. Bolitar? – disse Big Cyndi.

– Sim?

– A Srta. ou o Sr. Thrill está querendo falar com o senhor.

Myron fechou os olhos.

– Aquela pessoa da noite passada?

– A menos que o senhor conheça mais alguém chamado Thrill, Sr. Bolitar.

– Anote o recado.

– As palavras e o tom de voz sugerem urgência, Sr. Bolitar.

Sugerem urgência?

– Está bem. Pode passar a ligação dela... ou dele.

– Sim, Sr. Bolitar.

Ouviu-se um clique.

– Myron?

– Ah, sim, oi, Thrill.

– Que saída a sua ontem à noite, grandão – disse Thrill. – Você sabe mesmo como impressionar uma garota.

– É, em geral só atravesso espelhos depois do segundo encontro.

– Por que você não me ligou?

– Estive muito ocupado.

– Estou aqui embaixo – falou Thrill. – Fale com o segurança para me deixar subir.

– Não é uma boa hora. Como disse antes...

– Os homens não costumam dizer não a Thrill. Acho que já não sou mais a mesma.

– Não é isso – retrucou ele. – Só não é um bom momento.

– Myron, meu nome na verdade não é Thrill.

– Detesto decepcioná-la, mas eu já suspeitava que esse não fosse o nome na sua certidão de nascimento.

– Não, não é isso que quero dizer. Ouça, deixe-me subir. Precisamos conversar sobre a noite passada. Sobre uma coisa que aconteceu depois que você foi embora.

Ele deu de ombros, ligou para a portaria e disse ao segurança que deixasse subir qualquer pessoa que se identificasse como Thrill. O guarda ficou meio intrigado, mas concordou. Myron ainda estava com o *headset* e ligou rapidamente para uma empresa de acessórios esportivos. Antes de desaparecer no Caribe, estava prestes a fechar um contrato entre essa empresa e um atleta que representava. Colocaram-no em espera. O assistente de um assistente surgiu por fim na linha. Myron perguntou sobre a negociação. Havia sido cancelada, disseram-lhe.

– Por quê? – perguntou.

– Pergunte ao seu cliente – sugeriu o assistente. – Ah, ou pergunte ao novo empresário dele.

Clique. Myron fechou os olhos e tirou o *headset*. Droga!

Ouviu uma batida na porta. Aquele som incomum lhe causou um estremecimento de dor. Esperanza nunca batia. Nunca. Orgulhava-se de interrompê-lo. Preferiria cortar um braço a bater à porta.

– Entre.

A porta se abriu. Alguém entrou e disse:

– Surpresa!

Myron tentou não olhar. Largou o *headset* sobre a mesa:

– Você é...?

– Thrill, sim.

Nada estava igual. O traje de Mulher-Gato havia sumido, a peruca loura, o salto alto e, bem, os peitos prodigiosos. Felizmente, Thrill ainda era mulher. E muito atraente no conservador tailleur azul-marinho, com a blusa combinando, o cabelo curto e moderno, os olhos menos luminosos atrás de óculos com armação de tartaruga e uma maquiagem muito mais leve. A silhueta estava mais fina, discreta; menos, ah, curvilínea. Não era de se jogar fora, porém. Apenas diferente.

– Respondendo sua primeira pergunta – disse ela. – Quando me visto de Thrill, uso o Melhoramento de Seios Raquel Wonder.

Myron balançou a cabeça.

– Um negócio que parece massinha de modelar?

– Exato. Você enfia no sutiã. Já deve ter visto o comercial na TV.

– Visto? Comprei o vídeo.

Thrill riu. Na noite anterior, sua risada – sem mencionar o jeito de andar, os movimentos, o tom de voz, a escolha de palavras – era pura ambiguidade. À luz do dia, o som era melódico e quase infantil.

– Também uso um sutiã maravilha – continuou ela. – Ele deixa tudo bem alto.

– Um pouco mais alto – comentou Myron – e funcionariam como brincos.

– É verdade – concordou ela. – As pernas e a bunda, no entanto, são minhas. E, só para constar, não tenho pênis.

– Certo, anotado.

– Posso sentar?

Myron olhou para o relógio:

– Detesto ser mal-educado, mas...

– Você vai querer ouvir isso, acredite em mim – falou ela, sentando-se na cadeira em frente a sua mesa.

Myron cruzou os braços e os apoiou na mesa.

– Meu nome verdadeiro é Nancy Sinclair. Não me visto de Thrill por prazer. Sou jornalista e estou escrevendo uma matéria sobre a Imagine Só. O ponto de vista do frequentador sobre o que acontece ali, o tipo de pessoa que vai, o que as motiva. Para que se abram, vou disfarçada de Thrill.

– Você faz isso tudo por causa de uma matéria?

– Tudo isso o quê?

– Se veste e, ah... – respondeu ele, fazendo gestos incompreensíveis.

– Não que seja sequer ligeiramente da sua conta, mas a resposta é não. Eu visto uma personagem. Puxo conversa. Flerto. Ponto final. Gosto de observar a reação das pessoas a mim.

– Ah – fez Myron, limpando a garganta. – Só por curiosidade, não vou estar na sua matéria, vou? É que nunca estive lá antes. Eu estava...

– Relaxe. Reconheci você assim que passou pela porta.

– Sério?

– Acompanho basquete. Tenho entradas para toda a temporada.

– Entendi.

Os Dragons eram o time profissional de Nova Jersey. Myron tentara retornar às quadras jogando por eles não fazia muito.

– Foi por isso que abordei você.

– Para ver se, ah, ambiguidade de gêneros era a minha praia?

– Todo mundo ali gosta. Por que não você?

– Mas expliquei que estava lá para perguntar sobre alguém.

– Clu Haid, certo. Mesmo assim, a sua reação a mim foi curiosa.

– Você tem uma conversa muito interessante – disse Myron.

– Sei.

– E também tenho um fetiche pela Mulher-Gato de Julie Newmar.

– Você ia ficar surpreso de ver quantas pessoas têm esse mesmo fetiche.

– Não, não acho que ficaria – replicou Myron. – Então, por que você está aqui, Nancy?

– Pat nos viu conversando ontem à noite.

– O barman?

– É também um dos donos. Ele tem participação nuns dois outros lugares aqui na cidade.

– E?
– Depois que a poeira baixou, Pat veio falar comigo.
– Porque nos viu conversando?
– Porque me viu dando meu número de telefone a você.
– E o que isso tem de mais?
– Eu nunca tinha feito isso antes.
– Me sinto lisonjeado.
– Não precisa. Só estou explicando. Entro em contato com um monte de garotas, caras ou seja lá o que forem. Mas nunca dou o telefone.
– Então por que me deu?
– Porque fiquei curiosa para ver se você ia me ligar. Você rejeitou Thrill, então não estava lá atrás de sexo. Fiquei me perguntando o que estaria procurando.

Myron franziu o cenho.
– Essa foi a única razão?
– Sim.
– E meu charme rude e meu corpo musculoso não tiveram nada a ver com isso?
– Ah, claro. Já ia esquecendo.
– E o que Pat queria?
– Que eu levasse você até outro bar hoje à noite.
– Hoje à noite?
– Sim.
– Como ele sabia que eu iria ligar?

Outra vez, um sorriso.
– Nancy Sinclair talvez não consiga que liguem no dia seguinte...
– Mas Thrill consegue?
– Peito é poder. E, se você não me ligasse, ele me disse para procurar o número da sua empresa no catálogo telefônico.
– O que você já fez.
– Sim. Ele também me prometeu que ninguém vai machucar você.
– Que reconfortante. E qual é seu interesse nisso tudo?
– Não está claro? Uma matéria. O assassinato de Clu Haid dá o que falar. Agora você está vinculando o "assassinato do século" desta semana a uma casa noturna excêntrica de Nova York.
– Não acho que possa ajudá-la.
– Bosta de vaca!

– Bosta de vaca?

Ela deu de ombros.

– Que mais Pat disse? – perguntou Myron.

– Não muito. Só que queria conversar.

– Se queria conversar, ele podia ter procurado meu número de telefone.

– Thrill, que não é a luzinha mais brilhante da árvore de Natal, não percebeu isso.

– Mas Nancy Sinclair percebeu.

Ela sorriu outra vez, e foi um sorriso lindo.

– Pat também estava batendo papo com Zorra.

– Com quem?

– O segurança psicopata. Uma *cross-dresser* de peruca loura.

– Aquela em estilo mulher fatal?

Ela assentiu.

– Ele é completamente louco. Levante sua camisa.

– Como?

– Ele pode fazer qualquer coisa com aquele salto. A preferida é uma marca em forma de Z no lado direito. Você esteve no quartinho dos fundos com ele.

Fazia sentido. Myron não o deixara perder a oportunidade. Zorra – *Zorra?* – só queria marcá-lo.

– Estou com a marca.

– Ele é totalmente maluco. Teve algum tipo de participação na guerra do Golfo. Disfarçado. Trabalhou para os israelenses também. Existem várias histórias sobre ele, e, se cinco por cento delas são verdade, já matou dezenas de pessoas.

Era tudo de que ele precisava: uma *cross-dresser* do Mossad.

– Eles falaram alguma coisa sobre Clu?

– Não. Mas Pat falou algo sobre você ter tentado matar alguém.

– Eu?

– Sim.

– Eles acham que matei Clu?

– Não. Me parece que eles acharam que você estava no bar para encontrar alguém e matar.

– Quem?

– Não faço ideia. Só disseram que você estava lá para matar.

– Não disseram quem?

– Se disseram, não ouvi – falou ela, sorrindo. – Então, temos um encontro?
– Acho que sim.
– Você não está com medo?
– Vou ter apoio.
– Alguém bom?
– Não tenha dúvida – Myron assentiu.
– Então é melhor eu ir para casa e colocar o enchimento.
– Precisa de ajuda?
– Meu herói. Mas não, Myron, acho que posso fazer isso sozinha.
– E se você não conseguir?
– Tenho seu telefone – disse ela. – Vejo você à noite.

21

WIN FRANZIU O CENHO.

— Enchimento em vez de cirurgia?

— Sim, uma espécie de acessório.

— Acessório? Como uma bolsa combinando?

— De certa forma — respondeu Myron, pensando no assunto. — Deve chamar mais atenção.

Win fez seu olhar de decepção. Myron encolheu os ombros.

— Propaganda enganosa — disse Win.

— O quê?

— Sutiã de enchimento. É propaganda enganosa. Devia ser contra a lei.

— Certo, Win. Os políticos de Washington... Onde estão quando se trata de questões importantes?

— Agora você entendeu.

— Entendi que você é um porco nojento.

— Mil perdões, oh, Iluminado! — Win pôs a mão no ouvido e inclinou a cabeça para o lado. — Me diga outra vez, Myron: o que o atraiu nessa tal de Thrill?

— A roupa de Mulher-Gato.

— Entendi. Digamos que Big Cyndi entre aqui com uma roupa dessas...

— Ei, chega. Acabei de lanchar.

— Exatamente.

— Muito bem, também sou um porco. Feliz?

— Sim, exultante. Talvez você tenha me interpretado mal. Talvez eu queira banir esse tipo de acessório pelo mal que faz à autoestima da mulher. Talvez esteja cansado dessa sociedade que impõe a elas uma beleza inalcançável: vestidos 38 e sutiãs extragrandes.

— A palavra-chave aqui é *talvez*.

Win sorriu.

— Me ame com todos os meus defeitos.

— O que mais temos?

Win ajeitou a gravata.

— FJ e as duas glândulas hormonais superdesenvolvidas que o protegem estão na Starbucks. Vamos?

– Vamos. Depois quero ir ao estádio dos Yankees. Preciso fazer perguntas a duas pessoas.

– Soa quase como um plano – comentou Win.

Eles foram andando pela Park Avenue. O sinal fechou, e eles esperaram na esquina que abrisse. Ao lado de Myron estava um homem de terno falando ao celular. Nada de incomum, se ele não estivesse fazendo sexo pelo telefone. Esfregava os, digamos, países baixos e dizia "Isso, benzinho, assim" e outras coisas que não valem a pena repetir. O sinal abriu, e o homem atravessou, ainda esfregando e falando. *I Love New York.*

– Sobre esta noite – disse Win.

– Sim.

– Você confia nessa Thrill?

– Ela parece confiável.

– Existe é claro a possibilidade de eles simplesmente matarem você com um tiro ao chegar.

– Duvido. Esse Pat é sócio do lugar. Não ia querer confusão no seu estabelecimento.

– Então você acha que o convite é para um drinque?

– Pode ser – respondeu Myron. – Com meu incrível magnetismo, sou sempre cobiçado para fazer sexo grupal.

Win preferiu não discutir.

Eles continuaram pela Rua 49. A Starbucks ficava a quatro quarteirões, do lado direito. Quando chegaram, Win fez sinal a Myron para que esperasse. Inclinou-se e deu uma olhada pelo vidro.

– FJ está numa mesa com alguém. Hans e Franz – disse Win, numa referência aos halterofilistas de *Saturday Night Live* – estão sentados duas mesas depois. Só tem mais uma mesa ocupada.

Myron balançou a cabeça.

– Entramos?

– Você primeiro – disse Win. – Estou atrás de você.

Myron tinha parado de questionar os métodos do amigo já fazia muito tempo. Entrou e caminhou diretamente para a mesa de FJ.

Hans e Franz, os dois Mister Universo, ainda vestiam calças de pijama, que pareciam de uma estampa indiana borrada. Ergueram-se imediatamente quando Myron entrou, os punhos cerrados, os pescoços parecendo que iam explodir.

FJ usava um casaco esportivo com estampa em zigue-zague, camisa de colarinho abotoada até o alto, calça com bainha dobrada e mocassim com franja. A imagem da elegância. Ele viu Myron e levantou a mão na direção dos brutamontes. Hans e Franz ficaram imóveis.

— Oi, FJ – cumprimentou.

FJ bebericava algo espumoso, que lembrava creme de barbear.

— Ah, Myron – disse ele, com o que pensava ser educação.

Fez um gesto para o companheiro de mesa, que se levantou sem uma palavra e caminhou até a saída, como um rato do deserto.

— Sente-se, Myron, por favor. Que coincidência mais estranha.

— Ah?

— Você me poupou uma caminhada. Estava indo fazer uma visita a você – falou FJ, dando-lhe um sorriso de cobra.

Myron o ignorou e observou o estranho desaparecer.

— Acho que foi o *kismet*, hein? Você ter vindo até aqui. Puro *kismet*.

FJ soltou uma gargalhada. Hans e Franz também riram.

— *Kismet* – repetiu Myron. – O destino? Essa é boa.

FJ fez um gesto de modéstia com a mão, como se dissesse: *tem muito mais de onde saiu esta.*

— Sente-se, por favor.

Myron puxou uma cadeira.

— Toma alguma coisa?

— Um *latte* gelado cairia bem. Grande, com um pouco de baunilha.

FJ fez sinal ao garçom atrás do balcão.

— Ele é novo – confidenciou.

— Quem?

— O cara que cuida da máquina de *espresso*. O que trabalhava antes dele fazia um *latte* maravilhoso. Mas saiu por questões morais.

— Questões morais?

— Começaram a vender CDs do Kenny G – contou FJ. – E de repente ele não conseguia mais dormir à noite. Aquilo estava torturando o cara. Imagine se um garoto impressionável comprasse um desses CDs? Como ele poderia pôr a cabeça no travesseiro com a consciência tranquila? Vender cafeína, tudo bem. Mas Kenny G! O cara tinha escrúpulos.

— Edificante – observou Myron.

Win escolheu aquele momento para entrar. FJ o viu e olhou para Hans e Franz. Win não hesitou, foi direto até a mesa de FJ, e Hans e Franz entraram em ação. Colocaram-se em seu caminho e estufaram o peito – os brutamontes ficaram tão largos que pareciam dois carros estacionados na cafeteria. Win continuou a andar. Os dois usavam golas rulê tão altas e largas que precisavam ser circuncidadas.

Hans lhe deu um sorriso afetado:

– Você... Win?

– Sim, eu, Win.

– Você não parece muito parrudo – disse Hans, olhando para Franz. – Ele parece parrudo, Keith?

– Não muito.

Win não se deteve. Quase que casualmente e sem a menor advertência, golpeou Hans atrás do ouvido com a lateral da mão. O corpo do gigante endureceu e depois desabou, como se alguém tivesse arrancado seu esqueleto. Franz ficou boquiaberto diante da cena, mas não por muito tempo. No mesmo movimento, Win deu uma pirueta e atingiu Franz na sempre vulnerável garganta. Um ruído pavoroso saiu de seus lábios, como se tivesse engasgado com um monte de ossos. Win procurou a carótida e a apertou entre o indicador e o polegar. Os olhos de Franz se fecharam e ele também caiu na terra dos sonhos.

O casal da outra mesa saiu às pressas. Win sorriu olhando os corpos dos dois brutamontes e depois se virou para Myron, que balançava a cabeça. Win encolheu os ombros e se dirigiu ao cara no balcão:

– Barista – chamou ele. – Um *mocha*.

– Que tamanho?

– Grande, por favor.

– Com espuma ou leite integral?

– Espuma. Tenho que cuidar da silhueta.

– É para já.

Win se juntou a Myron e FJ. Sentou-se e cruzou as pernas.

– Belo casaco, FJ.

– Que bom que você gostou, Win.

– Realça o vermelho demoníaco dos seus olhos.

– Obrigado.

– Onde estávamos mesmo?

Myron entrou em cena:

– Eu ia dizer a FJ que já estou cansado daquela sombra atrás de mim.

– E eu ia dizer a Myron que estou cansado de ele se enxerindo nos meus negócios – retrucou FJ.

Myron olhou para Win.

— Me enxerindo? Alguém ainda usa essa palavra?

Win pensou no assunto:

— O velho que aparece no final de *Scooby Doo*.

— Certo. "Vocês, garotos enxeridos", uma coisa assim.

— Você nem imagina quem faz a voz do Salsicha original — disse Win.

— Quem?

— Casey Kasem.

— Você está brincando — disse Myron. — O cara das quarenta mais do rádio?

— O próprio.

— Vivendo e aprendendo.

No chão, Hans e Franz começaram a se mexer. Win mostrou a FJ a arma que trazia semiescondida numa das mãos.

— Para segurança de todos os presentes — disse ele —, peça, por favor, a seus empregados que não se mexam.

FJ obedeceu. Não estava com medo. Seu pai era Frank Ache, isso era proteção suficiente. Aqueles músculos todos eram só para aparecer.

— Você vem me seguindo há semanas — disse Myron. — Quero que isso acabe.

— Então sugiro que você pare de interferir nos meus negócios.

Myron suspirou.

— Muito bem, FJ. Como estou interferindo na sua empresa?

— Você visitou ou não os Mayors hoje de manhã? — perguntou FJ.

— Você sabe que sim.

— Com que propósito?

— Não tinha nada a ver com você, FJ.

— Resposta errada.

— Resposta errada?

— Você visitou a dona do New York Yankees mesmo sem no momento representar nenhum jogador do time.

— E daí?

— Por que foi lá, então?

Myron olhou para Win, que deu de ombros.

— Não que eu tenha que me explicar para você, FJ, mas, só para acalmar seus delírios paranoicos, estava lá por causa de Clu Haid.

— Por quê?

– Queria saber dos exames antidoping.

Os olhos de FJ se estreitaram.

– Isso é interessante.

– Fico feliz por você achar isso, FJ.

– Veja, sou apenas um cara novo tentando aprender esse negócio confuso.

– Sei.

– Sou jovem e inexperiente.

– Ah, quantas vezes ouvi essa frase – disse Win.

Myron apenas balançou a cabeça.

FJ se inclinou para a frente, suas feições sórdidas se aproximando de Myron. Ele teve medo de que FJ o lambesse.

– Quero aprender, Myron. Então me diga, por favor: que importância o resultado dos exames antidoping poderiam ter agora?

Myron pensou rapidamente se responderia e se decidiu: que mal havia?

– Se eu puder provar que os exames foram comprometidos, o contrato vai estar ainda em vigor.

FJ balançou a cabeça, percebendo por fim a linha de pensamento.

– Você conseguiria que pagassem o valor estipulado no contrato.

– Exato.

– Você tem alguma razão para acreditar que o exame foi comprometido?

– Acho que isso é confidencial, FJ. Sigilo profissional entre empresário e cliente ou como você quiser chamar. Tenho certeza de que entendeu.

– Entendi – falou FJ.

– Bom.

– Mas você não é o agente dele, Myron.

– Ainda sou o responsável pela saúde financeira dos seus bens. A morte de Clu não altera minhas obrigações.

– Resposta errada.

Myron olhou para Win.

– Outra vez resposta errada?

– Você não é o responsável – disse FJ, esticando a mão para baixo e pegando uma pasta.

Ele a abriu com o máximo de estilo. Remexeu numa pilha de papéis até tirar aquele que buscava. Sorriu e o entregou a Myron. Ele fixou os olhos de FJ e se lembrou outra vez dos olhos do veado empalhado.

Ele examinou o documento. Leu a primeira linha, sentiu um tranco e verificou a assinatura.

– Que porra é essa?

O sorriso de FJ era como uma vela derretendo.

– Exatamente o que parece. Clu Haid mudou de representante. Abandonou a MB Representações Esportivas e contratou a TruPro.

Recordou-se do que Sophie Mayor dissera no escritório, sobre ele não ter nenhuma prerrogativa legal.

– Ele nunca nos disse.

– Nunca *nos* disse, Myron? Ou nunca disse a *você*?

– O que você quer dizer?

– Você não estava por aqui. Talvez ele tenha tentado dizer. Talvez tenha dito a sua sócia.

– E ele simplesmente procurou você, FJ?

– Como recruto meus clientes não é da sua conta. Se você os mantivesse felizes, nenhum esforço funcionaria.

Myron verificou a data.

– Que estranha coincidência, FJ.

– O quê?

– Ele morrer dois dias depois de assinar o contrato com você.

– Sim, Myron, concordo. Mas não acho que seja coincidência. Felizmente para mim, isso significa que eu não tinha nenhum motivo para matá-lo. Infelizmente para a bela Esperanza, o mesmo não se aplica.

Myron se virou para Win, que estava de olho em Hans e Franz. Os brutamontes já estavam conscientes, de rosto virado para o chão e mãos na cabeça. Ocasionalmente, entravam clientes no café. Alguns saíam correndo quando viam os dois deitados. Outros permaneciam inabaláveis, passando pelos brutamontes como se fossem apenas mais dois pedintes de Manhattan.

– Muito conveniente – falou Myron.

– O quê?

– Clu assinar o contrato tão perto de morrer. Aparentemente isso elimina você da lista de suspeitos.

– Aparentemente?

– Afasta o foco de você, faz parecer que a morte dele prejudicou seus interesses.

– E prejudicou meus interesses.

Myron balançou a cabeça.

– Ele foi pego no exame antidoping. Seu contrato se tornou nulo e inválido. Ele tinha 35 anos e várias suspensões. Como investimento financeiro, Clu não tinha valor nenhum.

– Ele já tinha dado a volta por cima antes – replicou FJ.

– Não assim. Estava acabado.

– Se ficasse na MB, sim, seria provavelmente verdade. Mas a TruPro é influente. Teríamos encontrado uma forma de revitalizar sua carreira.

Improvável. Porém, tudo aquilo levantava questões interessantes. A assinatura parecia verdadeira, o contrato legítimo. Talvez Clu tivesse de fato deixado a MB. Por quê? Bem, havia várias razões. Sua vida estava indo pelo ralo enquanto Myron vagabundeava pelas areias do Caribe. Certo, mas por que a TruPro? Clu sabia da reputação deles. Conhecia os Aches. Por que os escolheria?

A menos que fosse obrigado.

A menos que ele lhes devesse algo. Myron se lembrou dos 200 mil dólares desaparecidos. Clu estaria devendo a FJ? Teria se afundado tanto que precisara assinar com a TruPro? Se fosse esse o caso, porém, por que não sacar mais dinheiro? Ainda tinha mais na conta.

Não, talvez fosse mais simples. Ele podia ter se metido numa encrenca séria. Procurou Myron em busca de ajuda, mas ele não estava lá. Sentiu-se abandonado. Não havia mais ninguém. Desesperado, procurou o velho amigo Billy Lee Palms, que também estava enrascado demais para ajudar alguém. Foi outra vez atrás de Myron, que continuava fora, possivelmente o evitava. Clu estava frágil e sozinho, e FJ estava por perto com promessas e poder.

Então talvez Clu e Esperanza não tivessem um caso, no final das contas. Talvez ele tivesse dito a ela que estava deixando a agência, aí ela ficou chateada e depois ele também ficou chateado. E então lhe deu uma bofetada de adeus no estacionamento.

Hum...

Porém havia problemas com essa hipótese também. Se não existisse caso nenhum, como explicar os pelos de Esperanza na cena do crime? Como explicar o sangue no carro, a arma no escritório e seu silêncio obstinado?

FJ ainda sorria.

– Vamos ao que interessa – disse Myron. – Como faço para você sair do meu pé?

– Fique longe dos meus clientes.

– Da mesma forma que você ficou longe dos meus?

– Vou dizer uma coisa a você, Myron – falou FJ, bebericando mais creme de barbear. – Se eu abandonar meus clientes durante mais de três semanas, dou a você carta branca para persegui-los com todo o entusiasmo de que for capaz.

Myron olhou para Win. Nenhum consolo. Por mais assustador que fosse, FJ tinha razão.

– Esperanza está sendo acusada de ter matado Clu – disse Myron. – Estou envolvido nisso até ela ser inocentada. De resto, vou ficar longe do seu negócio. E você do meu.

– E se ela não for inocentada? – perguntou FJ.

– O quê?

– Já considerou a possibilidade de Esperanza ter matado Clu?

– Você sabe algo que não sei, FJ?

Ele pôs a mão no peito.

– Eu? – perguntou, como uma inocente ovelhinha ao lado de um leão. – O que eu poderia saber?

FJ terminou o café ou o que aquilo fosse e se levantou. Olhou para os capangas e depois para Win, que balançou a cabeça. FJ mandou Hans e Franz se porem de pé. Os dois obedeceram. Depois lhes disse que saíssem. Eles se retiraram, de cabeça erguida e peito estufado, olhando para cima, mas ainda parecendo ter o rabo entre as pernas.

– Se você descobrir alguma coisa que possa me ajudar a revalidar o contrato de Clu, pode me avisar?

– Claro – respondeu Myron. – Aviso a você.

– Ótimo. Vamos ficar em contato, Myron.

– Ah. Vamos.

22

Eles tomaram o metrô até o estádio dos Yankees. A linha 4 ficava quase vazia àquela hora. Após sentarem-se, Myron perguntou:
— Por que você nocauteou aqueles dois brutamontes?
— Você sabe.
— Porque provocaram você?
— Não dá para chamar aquilo de provocação.
— Então por que bateu neles?
— Porque foi fácil.
— O quê?
Win odiava repetir.
— Sua reação foi exagerada — falou Myron. — Como sempre.
— Não, reagi na medida certa.
— Como assim?
— Tenho uma reputação, não?
— De psicopata violento.
— Exatamente. Reputação que criei e cultivei através do que você chama de reação exagerada. Às vezes você tira proveito dessa reputação, não tira?
— Acho que sim.
— Isso nos ajuda?
— Acho que sim.
— Você acha — disse Win. — Amigos e inimigos acham que eu perco a cabeça muito fácil. Que reajo de forma exagerada, como você disse. Que sou instável, descontrolado. Estão todos errados, claro. Nunca perco o controle. Pelo contrário. Cada agressão é muito bem pensada, os prós e os contras avaliados.
— E nesse caso os prós ganharam?
— Sim.
— Então você sabia que ia bater naqueles dois antes de entrarmos?
— Tinha cogitado. Quando percebi que estavam desarmados e que colocá-los fora de combate seria fácil, tomei a decisão final.
— Só para reforçar a sua reputação?
— Resumindo, sim. Minha reputação nos mantém a salvo. Por que você acha que o pai de FJ mandou o garoto não matar você?

– Porque sou um raio de sol? Porque torno o mundo um lugar melhor para todos?

Win sorriu.

– Já vi que entendeu.

– Isso não o incomoda, Win?

– O quê?

– Agredir alguém assim.

– Eles são capangas, Myron, não santas.

– Mesmo assim. Você acabou com eles sem ser provocado.

– Ah, entendo. Você não gostou do fator-surpresa. Preferia uma luta mais limpa?

– Acho que não. Mas, e se você tivesse calculado mal?

– Altamente improvável.

– Imagine se um deles fosse melhor do que você pensou e não fosse à lona tão fácil. Imagine se tivesse que aleijar ou matar alguém.

– Eles são capangas, Myron, não santas.

– Teria feito?

– Você sabe a resposta.

– Acho que sei.

– Quem lamentaria a morte deles? – perguntou Win. – Dois exemplos de escória da humanidade, que escolheram por vontade própria a tarefa de intimidar e machucar os outros.

Myron não contestou. O metrô parou. Passageiros saltaram. Ele e Win permaneceram em seus assentos.

– Mas você gosta disso – falou Myron.

Win não disse nada.

– Você tem outras razões, claro, mas gosta de violência.

– E você não, Myron?

– Não como você.

– Não, não como eu. Mas sente o barato.

– Mas costumo me sentir mal depois que acaba.

– Bem, Myron, deve ser por causa de seu lado humanitário.

Os dois desceram do metrô na Rua 161 e caminharam em silêncio até o estádio. Faltavam quatro horas para o jogo começar, mas já se viam algumas centenas de fãs fazendo fila para assistir ao aquecimento. Um bastão de beisebol gigante lançava uma sombra longa. Dezenas de policiais dividiam o espaço com grupos de cambistas despreocupados, numa trégua clássica.

Havia carrocinhas de cachorro-quente, algumas ostentando guarda-sóis – uau! – da marca favorita de achocolatado de Myron. Hum... Na entrada de imprensa, Myron mostrou seu cartão profissional, o guarda fez uma ligação e os dois receberam permissão para entrar.

Desceram a escada da direita, chegaram ao túnel do estádio e emergiram sob o sol brilhante, pisando a grama verde. Haviam acabado de discutir a natureza da violência, e agora Myron pensava no telefonema do pai. Vira-o, o homem mais tranquilo que conhecia, tornar-se violento apenas uma vez. E fora ali, no estádio dos Yankees.

Quando Myron tinha 10 anos, o pai o levara, junto com o irmão menor, Brad, então com 5 anos, a um jogo. Tinham comprado quatro assentos na fileira mais alta, mas no último minuto um colega de trabalho lhe dera outros dois, três fileiras atrás do banco dos Red Sox. Brad era fanático por eles. O pai sugeriu então que seus garotos fossem se sentar um pouco lá para verem algumas jogadas de perto. Ele ficaria na fileira do alto. Myron pegou Brad pela mão, e os dois desceram até a terceira fila. Os lugares eram simplesmente maravilhosos.

Brad empurrava o time com seus pulmões de garoto de 5 anos. Gritando enlouquecidamente. Viu Carl Yastrzemski no banco dos rebatedores e não conseguiu se refrear, gritando "Yaz! Yaz!". O cara sentado na frente deles se virou. Devia ter uns 25 anos, barbudo, lembrava um pouco uma imagem de Jesus.

"Chega", rosnou ele para Brad. "Fique quieto."

Brad pareceu magoado.

"Não dê ouvidos a ele" – disse Myron. "Pode gritar o quanto quiser."

As mãos do barbudo se moveram rápido. Ele agarrou o menino de 10 anos pela camisa, segurando o emblema dos Yankees com a mão que para Myron parecia gigantesca, e o puxou para mais perto. Tinha hálito de cerveja. "Ele está deixando minha namorada com dor de cabeça. É melhor ele calar a boca."

O medo tomou conta de Myron. Os olhos se encheram de lágrimas, mas o cara não o soltava. Lembrava-se de ter ficado abalado, assustado e principalmente, por alguma razão desconhecida, envergonhado. O barbudo olhou com raiva para ele durante mais alguns segundos e depois o empurrou de volta. Myron pegou a mão de Brad e voltou correndo para a última fileira. Tentou fingir que estava tudo bem, mas meninos de 10 anos não são bons atores, e o pai o entendia como se lesse seus pensamentos.

"O que houve?", perguntou ele. Myron hesitou. O pai perguntou outra vez, e ele contou por fim o que tinha acontecido. Algo ocorreu com o pai, algo que nunca tinha visto antes nem depois. Uma explosão em seus olhos. O rosto ficou vermelho, os olhos negros. "Fiquem aqui que eu já volto", disse ele.

Myron assistiu ao resto de binóculo. O pai desceu até o assento atrás do banco dos Red Sox, com o rosto ainda vermelho. Fez uma concha com as mãos ao redor da boca, inclinou-se para a frente e começou a gritar a plenos pulmões. Seu rosto ficou quase roxo. E continuou gritando. O cara barbudo tentou ignorá-lo. O pai se inclinou para perto de seu ouvido, à maneira Mike Tyson, e gritou um pouco mais. Quando o barbudo se voltou, ele fez algo que deixou Myron realmente chocado. Empurrou o homem. Duas vezes, depois apontou para a saída, o signo universal para "vamos resolver isso lá fora". O cara se recusou. O pai o empurrou de novo.

Dois seguranças desceram correndo a arquibancada e interromperam o embate. Ninguém foi expulso. O pai voltou para a fileira de cima. "Podem volta para lá", disse ele. "Ele não vai mais incomodar vocês."

Myron e Brad, porém, balançaram as cabeças. Preferiam os assentos dali de cima.

– Viajando no tempo outra vez? – perguntou Win.

Myron assentiu.

– Você tem consciência, espero, de que é jovem demais para tantos surtos de reflexão.

– É, eu sei.

Um grupo de jogadores dos Yankees estava sentado na grama da lateral do campo, pernas abertas, mãos para trás, ainda garotos aguardando o jogo da Liga Infantil começar. Um homem, num terno bem-cortado demais para o lugar, conversava com eles. Gesticulava vigorosamente, sorridente e entusiástico, a imagem de quem acabou de descobrir as belezas da vida. Myron o reconheceu. Sawyer Wells, o palestrante motivacional, o trapaceiro do momento. Dois anos antes, Wells era um charlatão desconhecido, recitando dogmas reformulados – conheça a si mesmo, explore seu potencial, faça algo por si –, como se as pessoas não fossem suficientemente autocentradas. Sua grande chance surgiu quando os Mayors o contrataram para dar palestras para seus funcionários. Os discursos, se não eram originais, ao menos tinham êxito, e Sawyer Wells entrou na moda. Publicou um livro – brilhantemente intitulado *Guia Wells para o bem-estar* –, com propaganda na TV, fita cassete, vídeo, calendário, um aparato completo de autoajuda. Empresas que apareciam na lista das quinhentas mais bem-sucedidas da *Fortune* começaram a contratá-lo. Quando os Mayors compraram os Yankees, trouxeram-no a bordo como consultor psicológico motivacional ou outra baboseira qualquer.

Quando viu Win, Sawyer Wells pareceu ofegar.

– Está farejando um cliente novo – observou Myron.

– Ou talvez nunca tenha visto alguém tão bonito.

– Ah, é. Provavelmente.

Wells se voltou outra vez para os jogadores, pedindo aos gritos um pouco mais de entusiasmo, fazendo gestos espasmódicos. Bateu palmas uma última vez e depois se despediu. Olhou de novo para Win. Acenou. Com mais força. Depois começou a dar pulinhos como um filhote atrás de um osso ou um político caçando um doador para sua campanha.

Win franziu o cenho:

– Resumindo, descafeinado.

Myron concordou com a cabeça.

– Devo ser simpático com ele? – perguntou Win.

– Supostamente ele acompanhou os exames antidoping. E era também o psicólogo do time. Deve ter ouvido um bocado de histórias.

– Muito bem – disse Win. – Você pega o colega de quarto. Eu fico com Sawyer.

Enos Cabral era um cubano bonito e esguio, dono de um arremesso rápido como um raio e bolas curvas que ainda precisavam ser trabalhadas. Tinha 24 anos, mas ainda devia ter que mostrar a carteira de identidade para tomar uma cerveja. Estava assistindo ao aquecimento de um rebatedor, o corpo relaxado, exceto a boca. Como a maioria dos lançadores, mastigava chiclete ou tabaco com a ferocidade de um leão devorando uma gazela.

Myron se apresentou.

Enos apertou sua mão:

– Sei quem você é.

– Sabe?

– Clu falava muito de você. Achava que eu deveria assinar com você.

Sentiu uma pontada.

– Clu disse isso?

– Eu queria uma mudança – continuou Enos. – Meu agente. Ele me trata bem, na verdade. E me deixou rico.

– Não quero negar a importância de um bom representante, mas você se deixou rico. O agente só facilita. Não cria.

Enos balançou a cabeça.

– Você conhece a minha história?

A descrição típica. A viagem de barco tinha sido dura. Muito dura. Durante uma semana, acharam que estavam perdidos no mar. Quando chegaram por fim, apenas dois dos oito cubanos ainda estavam vivos. Um dos mortos era seu irmão Hector, considerado o melhor jogador a sair de Cuba nos últimos dez anos. Enos, considerado menos talentoso, estava quase morto de desidratação.

– Foi o que li nos jornais – falou Myron.

– Meu agente. Estava lá quando cheguei. Eu tinha família em Miami. Ao saber de mim e do meu irmão, emprestou dinheiro a minha família. Pagou minha conta do hospital. Me deu dinheiro, joias e carro. Me prometeu mais grana. E ganhei.

– Qual o problema, então?

– Ele não tem alma.

– Você quer um empresário com alma?

Enos deu de ombros.

– Sou católico – disse ele. – Acreditamos em milagres.

Os dois riram.

Ele parecia estudar Myron.

– Clu sempre desconfiava das pessoas. Até de mim. Tinha uma espécie de casca dura.

– Sei disso – disse Myron.

– Mas acreditava em você. Dizia que era um cara bom. Que tinha confiado a vida dele a você e faria tudo de novo.

Outra pontada.

– Clu era péssimo analista de caráter.

– Não acho.

– Enos, quero falar com você sobre as últimas semanas de Clu.

Ele levantou uma sobrancelha.

– Pensei que tivesse vindo me recrutar.

– Não – disse Myron. – Mas você já ouviu a expressão *matar dois coelhos com uma só cajadada*?

Enos riu.

– O que você quer saber?

– Você ficou surpreso quando Clu caiu no antidoping?

Ele pegou um taco. Abria e fechava a mão, buscando a pegada certa. Engraçado. Era lançador da Liga Americana. Nunca teria a oportunidade de rebater.

– Não consigo entender o vício – falou ele. – No lugar de onde venho, sim, um cara pode tentar se afogar na bebida, se puder pagar. Você vive no meio de tanta merda, por que não se matar? Mas aqui, quando se tem tanto quanto Clu tinha...

Ele não concluiu o pensamento. Não precisava dizer o óbvio.

– Uma vez Clu tentou me explicar – continuou Enos. – "Às vezes", disse ele, "você não está fugindo do mundo, mas de você mesmo." – Ele inclinou a cabeça para o lado. – Você acredita nisso?

– Na verdade não – respondeu Myron. – Como várias frases feitas, essa soa bem. Mas também soa como uma tentativa de se justificar para si mesmo.

Enos sorriu.

– Você está com raiva dele.

– Acho que sim.

– Não fique. Ele era um homem muito infeliz, Myron. Que precisava cometer muitos excessos... Tinha alguma coisa estragada dentro dele, sabe?

Myron permaneceu calado.

– Clu tentou. Com todas as forças, você não faz ideia. Não saía à noite. Quando nosso quarto tinha frigobar, mandava que tirassem. Não andava mais com os antigos camaradas, por medo do que poderia fazer. Estava sempre assustado. Lutou duro e durante muito tempo.

– E perdeu – acrescentou Myron.

– Nunca o vi usando drogas. Nem bebendo.

– Mas percebeu mudanças.

Enos concordou com a cabeça.

– A vida dele começou a desmoronar. Aconteceu tanta coisa ruim.

– Que tipo de coisa ruim?

Uma música de órgão começou a tocar muito alto, a lendária abertura de Eddie Layton, com sua interpretação do clássico dos ginásios esportivos "Garota de Ipanema". Enos pôs o taco no ombro e depois o abaixou novamente.

– Não me sinto confortável falando sobre isso.

– Não estou me intrometendo por prazer. Só quero descobrir quem o matou.

– Os jornais disseram que foi a sua secretária.

– Estão errados.

Enos contemplou o taco como se existisse uma mensagem oculta nele. Myron tentou provocá-lo.

– Clu sacou 200 mil dólares um pouco antes de morrer – contou. – Ele estava com problemas financeiros?

– Se estava, eu não sabia.

– Ele apostava?

– Nunca vi.

– Você sabia que ele tinha trocado de agente?

Enos pareceu surpreso.

– Despediu você?

– Aparentemente era o que ia fazer.

– Não sabia – falou ele. – Sabia que ele estava procurando você. Mas não, disso não sabia.

– O que foi, então, Enos? O que o fez desistir?

Ele levantou os olhos para o sol e piscou. Tempo perfeito para um jogo noturno. Logo os torcedores chegariam, recordações marcantes nasceriam. Acontecia todas as noites nos estádios mundo afora. Sempre havia um garoto assistindo a seu primeiro jogo.

– O casamento dele – disse Enos. – Isso era o mais importante, acho. Você conhece Bonnie?

– Sim.

– Clu a amava muito.

– Tinha um modo estranho de demonstrar.

Enos sorriu.

– Dormindo com todas aquelas mulheres – disse ele. – Acho que era mais para se machucar do que para ferir qualquer outra pessoa.

– Isso soa outra vez como uma gigantesca tentativa de se justificar, Enos. Clu pode ter feito da autodestruição uma forma arte, mas isso não é desculpa para o que ele a fez passar.

– Acho que ele concordaria com você. Mas Clu antes de tudo feria a si mesmo.

– Não se engane. Feria Bonnie também.

– Sim, você está certo, claro. Mas a amava mesmo assim. Quando ela o pôs para fora, aquilo o magoou muito. Você não faz ideia.

– O que você pode me contar sobre esse rompimento?

Outra hesitação.

– Não tem muito o que contar. Clu se sentiu traído, ficou furioso.
– Você sabe que ele já tinha feito besteira antes.
– Tinha.
– Qual foi a diferença dessa vez? Bonnie estava acostumada com as escapadas dele. O que a fez estourar? Quem era a namorada?

Enos pareceu intrigado.

– Você acha que Bonnie o mandou embora por causa de alguma garota?
– Não foi por isso?

Enos balançou a cabeça.

– Tem certeza?
– O problema de Clu não eram as garotas. Elas faziam parte daquela coisa de drogas e álcool. Era fácil para ele se livrar delas.

Myron ficou confuso.

– Então ele não estava tendo um caso?
– Não – respondeu Enos. – *Ela* é que estava.

Foi quando a ficha caiu. Myron sentiu uma onda de frio percorrer seu corpo, contrair seu estômago. Mal se despediu. Saiu correndo.

23

Myron sabia que Bonnie estaria em casa.

O carro mal tinha parado quando ele abriu a porta do motorista. Havia talvez uma dezena de veículos estacionados na rua. Pessoas de luto. A porta da frente estava aberta, e Myron entrou sem bater. Queria encontrar Bonnie, confrontá-la e acabar com aquilo tudo de uma vez, mas ela não estava na sala. Ali só havia gente aos prantos. Algumas pessoas se aproximaram, detendo o passo. Ele ofereceu suas condolências à mãe de Clu, que trazia o rosto devastado pelo sofrimento. Apertou outras mãos, tentando abrir caminho por aquele denso mar de sentimentos falsos e verdadeiros e encontrar Bonnie. Viu-a por fim no jardim atrás da casa. Estava sentada sozinha no deque, o queixo apoiado nos joelhos, observando os filhos brincarem. Ele tomou coragem e abriu a porta de vidro.

Havia uma varanda de cedro, que dava para uma fileira de balanços. Os garotos de Clu estavam lá, ambos usando gravatas vermelhas e camisas de manga curta para fora da calça. Corriam e gargalhavam. Versões em miniatura do falecido pai, sorrisos tão parecidos com o dele, as feições como ecos das de Clu. Bonnie olhava para eles. Estava de costas para Myron, com um cigarro na mão. Não se virou enquanto ele se aproximava.

– Não era Clu quem estava tendo um caso – disse ele –, mas você.

Bonnie deu uma tragada profunda e soltou a fumaça.

– Que excelente momento, Myron.

– Não tem outro jeito.

– Não podemos falar sobre isso mais tarde?

Ele esperou um segundo.

– Sei com quem você estava dormindo.

Ela se retesou. Myron ficou observando. Bonnie por fim virou para ele.

– Vamos dar uma volta – disse.

Esticou a mão, e Myron a ajudou a ficar de pé.

Eles atravessaram o quintal até uma área arborizada. Uma estrutura instalada no alto do morro filtrava o ruído do tráfego. A casa era nova em folha, grande, típica de novos-ricos. Arejada, com várias janelas, tetos abobadados, sala de estar pequena, cozinha grande ligada a uma enorme varanda aberta só na frente, quarto de casal amplo, armários espaçosos o bastante para servir de *outlet* para a Gap. Linda, estéril e sem alma. Precisando ser um pouco mais vivida, envelhecer como um bom Merlot.

– Não sabia que você fumava – comentou ele.

– Você não sabe uma porção de coisas sobre mim, Myron.

Touché. Ele olhou seu perfil e viu de novo aquela estudante descendo até o porão da fraternidade. Voltou àquele exato momento em que Clu respirou fundo ao pôr os olhos nela. E se ela tivesse chegado um pouco mais tarde, depois de Clu já ter caído de bêbado ou ficado com outra garota? E se tivesse ido à festa de outra fraternidade aquela noite? Pensamentos idiotas – as encruzilhadas arbitrárias da estrada da vida, aquela série de "e se".

– Por que você acha que era eu quem estava tendo um caso?

– Clu contou para Enos.

– Ele mentiu.

– Não – falou Myron.

Continuaram andando. Bonnie deu uma última tragada e jogou o cigarro no chão.

– É minha casa – disse ela. – Posso fazer isso.

Myron não disse nada.

– Clu contou a Enos com quem ele achava que eu estava dormindo?

– Não.

– Mas você acha que sabe quem era esse misterioso amante.

– Sim – retrucou Myron. – Era Esperanza.

Silêncio.

– Você acreditaria em mim se insistisse que você está enganado? – perguntou ela.

– Teria que se esforçar bastante para me convencer.

– Por quê?

– Vamos começar com a sua ida a meu escritório depois da prisão de Esperanza.

– Certo.

– Você queria saber o que havia contra ela. Essa era a verdadeira razão. Fiquei me perguntando por que você me alertou para não procurar a verdade. Disse que eu inocentasse minha amiga, mas sem ir muito fundo.

Ela balançou a cabeça.

– E você acha que falei isso por não querer que soubesse do caso?

– Sim. Porém tem mais coisa. Como o silêncio de Esperanza, por exemplo. Win e eu achamos que ela não queria que soubéssemos que tinha um caso com Clu. Pegaria mal, de várias formas, ter um caso com um cliente. Mas ser amante da esposa de um cliente? Tem burrice maior?

– Isso não prova nada, Myron.

– Ainda não terminei. Veja bem, todas as evidências que sugerem um caso entre Esperanza e Clu na verdade indicam um caso entre vocês duas. As provas materiais, por exemplo. Os pelos pubianos e o DNA encontrados no apartamento de Fort Lee. Comecei a pensar sobre isso. Você e Clu moraram ali pouco tempo. Depois se mudaram para esta casa. Mas o imóvel ainda estava alugado em nome de vocês. Então, antes de você pôr Clu para fora daqui, o apartamento estava vazio, certo?

– Certo.

– Que lugar melhor para encontrar um amante? Não eram Clu e Esperanza que se encontravam lá, mas vocês duas.

Bonnie apenas ouvia.

– Os registros do pedágio mostram que ela cruzava a ponte nos dias em que os Yankees estavam fora da cidade. Então Esperanza não ia encontrar Clu, mas você. Chequei os registros das ligações telefônicas do escritório. Ela nunca mais ligou para o apartamento depois que você pôs Clu para fora. Só ligava para cá. Por quê? Porque Clu não estava mais morando aqui, só você.

Ela pegou outro cigarro e riscou um fósforo.

– E, para terminar, a briga no estacionamento, quando Clu bateu em Esperanza. Aquilo me deixou muito intrigado. Por que daria uma bofetada nela? Porque ela teria terminado o caso? Não fazia sentido. Porque ele queria me encontrar ou estava drogado? Também não. Eu não conseguia descobrir uma resposta. Mas agora está tudo claro. Porque Esperanza estava tendo um caso com a mulher dele. Ele a culpava pelo fim do casamento. Enos disse que ele surtou com o rompimento. O que poderia ser pior para uma psique tão frágil quanto a de Clu do que a esposa ter um caso com outra mulher?

A voz de Bonnie subiu um tom:

– Está me acusando da morte dele?

– Isso depende. Você o matou?

– Adiantaria se eu dissesse que não?

– Seria um começo.

Ela sorriu, mas sem alegria. Como a casa, era um sorriso bonito, estéril e quase sem alma.

– Você quer ouvir uma coisa engraçada? – perguntou Bonnie. – A luta de Clu contra as drogas e a bebida não ajudou nosso casamento. Acabou com ele. Durante tanto tempo Clu foi, não sei, uma obra inacabada. Eu punha a culpa pelos seus defeitos nas drogas, na bebida e no que fosse. Mas, quando ele exorcizou por fim seus demônios, o que sobrou foi só... – Ela levantou as mãos e encolheu os ombros. – Só ele. Vi Clu com clareza pela primeira vez, Myron, e sabe o que percebi? Que não o amava.

Ele ficou calado.

– E não acuse Esperanza. Não foi culpa dela. Eu aguentava tudo só por causa das crianças, e quando ela surgiu... – Bonnie se calou, e desta vez o sorriso pareceu mais verdadeiro. – Quer ouvir outra coisa engraçada? Não sou lésbica. Nem sequer bissexual. Foi só porque... ela me tratava com carinho. Fizemos sexo, claro, mas não era uma coisa sexual. Sei que isso soa estranho, mas o gênero dela era irrelevante. Esperanza é uma pessoa linda, e me apaixonei por isso. Dá para entender?

– Você sabe o que isso parece – retrucou Myron.

– Claro que sei. A esposa sapatão se junta a outra mulher e dá cabo do marido. Por que acha que estamos fazendo o possível para manter isso em segredo? O ponto fraco da defesa dela no momento é a motivação. Mas se descobrirem que fomos amantes...

– Vocês o mataram?

– O que você espera que eu responda, Myron?

– Gostaria de ouvir.

– Não, não o matamos. Eu estava deixando Clu. Por que o colocaria para fora e daria entrada nos papéis se planejasse matá-lo?

– Para impedir um escândalo que iria certamente afetar seus filhos.

– Espere aí, Myron! – reclamou ela.

– Como você explica então a arma no escritório e o sangue no carro?

– Não sei.

Myron tentou pensar. Sua cabeça doía – não sabia se por causa dos recentes combates corpo a corpo ou dessa última revelação. Tentava se concentrar em meio àquele atordoamento.

– Quem mais sabe do caso?

– Só a advogada de Esperanza, Hester Crimstein.

– Ninguém mais?

– Ninguém. Fomos muito discretas.

– Tem certeza?

– Sim. Por quê?
– Porque – respondeu Myron – se eu fosse matar Clu e quisesse incriminar alguém, a amante da esposa seria minha primeira escolha.

Bonnie percebeu aonde ele queria chegar.

– Você acha que o assassino sabia de nós?
– Isso explicaria muita coisa.
– Eu não contei a ninguém. E Esperanza disse que também não.

Aquilo foi um direto bem na cara de Myron.

– Não creio que vocês tenham sido tão cuidadosas.
– Por que diz isso?
– Clu descobriu, não?

Ela pensou no assunto e balançou a cabeça.

– Você contou a ele? – perguntou Myron.
– Não.
– O que você disse quando o pôs para fora de casa?
– Que não havia ninguém – falou ela, dando de ombros. – O que de certa forma era verdade. Não fiz isso por causa de Esperanza.
– Como ele descobriu, então?
– Não sei. Acho que ficou obcecado. Que me seguia.
– E descobriu a verdade?
– Sim.
– E depois foi atrás de Esperanza e a agrediu.
– Sim.
– E, antes que tivesse tempo de contar para outra pessoa, antes que surgisse uma chance de o caso transparecer e prejudicar alguma de vocês duas, ele acaba morto. E a arma do crime aparece com Esperanza. O sangue de Clu é encontrado no carro que ela estava dirigindo. E o registro do pedágio mostra que Esperanza voltou para Nova York uma hora depois do assassinato.
– Mais uma vez, sim.

Myron balançou a cabeça.

– Não é um bom cenário, Bonnie.
– É o que venho tentando dizer a você – falou ela. – Se nem você acredita em nós, como acha que o júri vai reagir?

Não havia necessidade de responder. Os dois retornaram à casa. Os meninos continuavam brincando, inconscientes do que se passava ali. Myron os observou por um instante. *Órfãos de pai*, pensou, estremecendo. Deu uma última olhada e se virou, afastando-se.

24

Thrill, E NÃO NANCY SINCLAIR, encontrou-o do lado de fora de um bar chamado Falso Motoqueiro. Propaganda honesta. Algo apreciável.

– E aí – disse Myron, o texano.

O sorriso dela estava repleto de promessas pornográficas. Totalmente Thrill.

– E aí, companheiro – gemeu ela. Em certas mulheres, cada sílaba é um gemido. – Como estou?

– Muito apetitosa, madame. Mas acho que prefiro você como Nancy.

– Mentiroso.

Ele deu de ombros, sem ter certeza se dizia a verdade ou não. Aquilo tudo o lembrava de quando Barbara Eden fazia o papel da irmã malvada em *Jeannie é um gênio*. Myron ficava muitas vezes em dúvida se torcia para Larry Hagman ficar com Jeannie ou fugir com a sedutora irmã malvada. Aquilo sim era um dilema.

– Pensei que você fosse trazer uma equipe de apoio – comentou Thrill.

– E trouxe.

– Onde está?

– Se tudo der certo, você não vai vê-la.

– Que misterioso.

– Não é?

Os dois entraram e sentaram a uma mesa ao fundo. Sim, *falsos motoqueiros*. Um monte de caras com o mesmo objetivo de parecer um cabeludo que veio direto da guerra do Vietnã para rodar o país numa Harley Davidson. O jukebox tocava "God Only Knows (What I'd Be Without You)", dos Beach Boys, diferente de qualquer outra canção deles: um lamento queixoso que, apesar de sua apreensão juvenil, sempre emocionava Myron profundamente. Aquele receio quanto ao que o futuro pode trazer, tão claro na voz de Brian, a letra simples mas sugestiva. Em especial naquele momento.

Thrill estava observando seu rosto.

– Você está bem? – perguntou.

– Sim. E o que vai acontecer agora?

– Pedimos um drinque, acho.

Cinco minutos se passaram. O jukebox começou a tocar "Lonely Boy".

Andrew Gold. Um daqueles terríveis sucessos da rádio AM dos anos 1970. Refrão: "Oh, oh, oh... oh, que rapaz solitário... oh, que rapaz solitário... oh, que rapaz solitário." Quando o trecho foi repetido pela oitava vez, Myron já tinha conseguido decorá-lo e cantou junto. Memória prodigiosa. Talvez valesse anunciar esse talento na TV.

Os caras das mesas próximas olhavam para Thrill, alguns disfarçadamente, mas a maioria não. Seu sorriso era de pura malícia, muito empenhada no papel.

– Você dá tudo de si mesmo – falou Myron.

– Faz parte. Somos todos atores num palco, e essas coisas todas.

– Mas você gosta da atenção.

– E daí?

– Só estava dizendo.

Ela deu de ombros.

– Acho fascinante.

– O quê?

– O que um peito grande provoca num homem. Ficam obcecados.

– Você acha que os homens são obcecados por glândulas mamárias? Odeio lhe dar essa notícia, Nancy, mas essa pesquisa já foi feita.

– Mas é estranho quando se pensa nisso.

– Tento não pensar.

– Seios provocam reações muito esquisitas nos homens – retorquiu ela –, mas também não gosto do que eles fazem com as mulheres.

– Como assim?

Thrill pôs as palmas da mão sobre a mesa:

– Todo mundo sabe que nós, mulheres, colocamos muito da nossa autoestima no corpo. Notícia velha, certo?

– Certo.

– Eu sei, você sabe, todo mundo sabe disso. E, ao contrário das minhas colegas mais feministas, não culpo os homens por isso.

– Não?

– *Vogue, Bazaar, Mademoiselle, Glamour* são todas editadas por mulheres e têm um público totalmente feminino. Se querem transformar essa imagem, que comecem por lá. Por que pedir aos homens que mudem um sentimento que as próprias mulheres não conseguem?

– Um ponto de vista renovador – observou Myron.

– Os peitos causam reações engraçadas nas pessoas. Nos homens, óbvio.

Ficam idiotizados. É como se duas colheres de sobremesa saíssem dos nossos mamilos, entrassem no lobo frontal dos homens e retirassem toda a capacidade cognitiva.

Myron olhou para cima, subitamente pensativo.

– Mas, para as mulheres, bem, a coisa começa quando se é jovem. A menina se desenvolve mais cedo. Os garotos começam a desejá-la. Como as amigas reagem? Elas a perseguem. Ficam com inveja da atenção ou começam a se sentir inadequadas. Perseguem uma garota que não tem culpa do que está acontecendo. Está me entendendo?

– Sim.

– Agora mesmo. Veja os olhares femininos que recebo aqui dentro. São de puro ódio. Imagine um grupo de mulheres juntas e uma colega peituda passa. Todas suspiram: "Ai, por favor." No trabalho, por exemplo, as mulheres sentem vontade de usar roupas menos chamativas. Não é só por causa das cantadas dos homens, mas por causa das outras mulheres. Uma mulher de negócios que vê outra, de peito grande, num cargo melhor pensa logo: "Ah, ela só conseguiu o emprego por causa dos peitos." Simples assim. Pode ser verdade, pode não ser. De onde vem essa animosidade? De uma inveja latente, de um sentimento de inadequação? Ou é porque elas injustamente associam peito grande a burrice? De qualquer lado que se aborde o problema, é uma coisa feia.

– Nunca tinha pensado nisso – falou Myron.

– E, para terminar, não gosto do que provoca em mim.

– Sua reação ao ver um peito grande ou por ter um?

– Essa última hipótese.

– Por quê?

– Porque a mulher de peito grande se acostuma com isso. Acha que é natural. Tira proveito disso.

– E daí?

– Como e daí?

– Todas as pessoas bonitas fazem isso – disse Myron. – Não é só uma questão de peito grande. Se uma mulher é linda, sabe disso e tira proveito. Não tem nada de mau. Os homens também fazem isso, quando podem. Às vezes, tenho até vergonha de admitir, eu mesmo dou uma rebolada para conseguir as coisas.

– Chocante.

– Na verdade, não. Porque nunca funciona.

– Acho que está sendo modesto. Mas, de qualquer forma, você não vê nada de errado nisso?
– Nisso o quê?
– Em usar um atributo físico para conseguir as coisas?
– Não disse que não via nada de errado nisso. Só estou observando que não é simplesmente um fenômeno mamário.
Ela fez uma careta.
– Fenômeno mamário?
Myron deu de ombros, e felizmente a garçonete chegou para atendê-los. Ele fez questão de não olhar para o peito dela, o que era mais ou menos como tentar manter os dedos longe de uma coceira irritante. Ela estava com uma caneta atrás da orelha. O cabelo tingido pretendia ser de um ruivo claro, mas estava mais perto de algodão-doce.
– Podem pedir – disse ela, eliminando preliminares como "Olá" e "Do que vocês gostariam?".
– Um Rob Roy – pediu Thrill.
Ela tirou a caneta da orelha, anotou o pedido e a recolocou no lugar, como um xerife do velho Oeste.
– E você? – perguntou a Myron.
Duvidava que tivessem achocolatado.
– Um refrigerante diet, por favor.
A mulher o encarou como se ele tivesse pedido um urinol.
– Talvez uma cerveja – falou Myron.
A garçonete recitou a lista:
– Bud, Michelob ou alguma cerveja de maricas?
– Qualquer uma de maricas, obrigado – respondeu ele. – Pode colocar uma daquelas sombrinhas de coquetel no copo?
A garçonete revirou os olhos e se afastou.
Eles continuaram a conversa. Myron acabara de relaxar e, sim, até se divertia quando Thrill disse:
– Atrás de você. Perto da porta.
Ele não estava muito para joguinhos. Queriam-no ali por alguma razão. Não fazia sentido ficar com rodeios. Virou-se sem uma gota de sutileza e viu Pat, o barman, com Mulher Fatal, também conhecida como Zorra, vestindo outra vez um suéter de caxemira – pêssego, caso queiram saber –, saia comprida e um colar de pérolas simples. Zorra, a Debutante Bombada. Myron balançou a cabeça. Nenhum sinal de Mãe Corajosa nem da Patricinha.

Ele deu um grande aceno:

– Aqui, amigos!

Pat franziu a testa, fingindo surpresa, e olhou para Zorra, o Homem-Mulher do Salto de Sabre, que não demonstrou nada. Os melhores nunca o fazem. Myron sempre se perguntava se essa indiferença era calculada ou se nada os surpreendia de fato. Provavelmente, um pouco dos dois.

Pat se dirigiu até a mesa deles, agindo como se estivesse chocado – chocado! – por ver Myron naquele bar. Zorra o seguiu, mais deslizando que andando, os olhos absorvendo tudo. Como Win, ela se deslocava com economia – embora sobre elegantes escarpins vermelhos –, sem nenhum desperdício de movimento. Pat ainda tinha o cenho franzido quando chegou à mesa.

– Que diabo você está fazendo aqui, Bolitar? – perguntou.

Myron balançou a cabeça.

– Não foi mal, mas podia ser mais bem trabalhado. Me faça um favor. Tente de novo. Mas acrescente uma expressão de susto. Vamos lá: susto, depois: "Que diabo você está fazendo aqui, Bolitar?" Assim. Melhor ainda, você balança a cabeça, irônico, e diz algo como: "Entre todas as espeluncas do mundo, você tem que vir justamente na minha, e duas vezes seguidas."

Zorra estava sorrindo.

– Você é louco – disse Pat.

– Pat – disse Zorra, olhando-o e balançando a cabeça, como se dissesse: "Pare com esses joguinhos."

Pat se virou para Thrill.

– Me faça um favor, querida.

– Claro, Pat – falou ela, toda ofegante.

– Vá retocar a maquiagem ou qualquer outra coisa, tudo bem?

Myron fez uma careta.

– Vá retocar a maquiagem? – repetiu, com um olhar suplicante para Zorra, que encolheu ligeiramente os ombros, desculpando-se. – O que vem depois, Pat? Vai ameaçar me fazer dormir com os peixes? Me fazer uma oferta que eu não possa recusar. Vá retocar a maquiagem?

Pat ficoy furioso. Ele olhou para Thrill:

– Por favor, querida.

– Sem problema, Pat – replicou ela, levantando-se da mesa.

Ele e Zorra imediatamente se sentaram em volta de Myron, que franziu a testa diante daquela mudança de cenário.

– Precisamos de algumas informações – disse Pat.

– É, entendi isso ontem à noite – retrucou ele.
– Aquilo ficou fora de controle. Lamento.
– Aposto que sim.
– Ei, deixamos você ir, certo?
– Depois que fui eletrocutado com um bastão, cortado duas vezes com um salto agulha, chutado nas costelas e atravessei um espelho. Sim, vocês me deixaram ir.

Pat sorriu.

– Se Zorra quisesse, você não teria escapado. Está me entendendo?

Myron olhou para Zorra, que devolveu o olhar.

– Suéter pêssego com escarpim vermelho? – comentou.

Zorra sorriu e deu de os ombros.

– Zorra poderia ter matado você com a maior facilidade – continuou Pat.

– Certo, que bom, Zorra é um cara durão, vocês foram supergenerosos comigo. Agora vamos ao que interessa.

– Por que estava fazendo perguntas sobre Clu Haid?

– Lamento decepcionar vocês, mas estava falando a verdade ontem à noite. Estou tentando descobrir quem o matou.

– E o que meu bar tem a ver com isso?

– Antes de ser arrastado para aquela sala dos fundos, eu teria dito: "Nada." Mas agora, bem, é o que gostaria de saber.

Pat olhou outra vez para Zorra, que não se mexeu.

– Queremos levar você para dar um passeio – falou Pat.

– Porra.

– O quê?

– Já fazia uns três minutos que você não vinha com nenhum clichê de gângster. Agora me sai com essa de levar para um passeio. Que tristeza. Posso retocar a maquiagem antes?

– Você quer bancar o engraçadinho ou quer vir com a gente?

– Posso fazer as duas coisas – respondeu Myron. – Tenho muitos talentos.

Pat balançou a cabeça.

– Vamos.

Myron começou a se levantar da mesa.

– Não – disse Zorra.

Todos pararam.

– Qual o problema? – perguntou Pat.

Zorra olhou para Myron.

– Não queremos machucar você – disse.

Mais garantias.

– Mas você não pode saber aonde vamos, gostosão – continuou ela. – Vai ter que ir vendado.

– Vocês estão brincando, certo?

– Não.

– Muito bem. Podem me vendar. Vamos.

– Não – disse Zorra outra vez.

– O que foi agora?

– Seu amigo Win. Zorra acha que ele está por perto.

– Quem?

Zorra sorriu. Não era uma beldade. Muitas travestis são. Muitas vezes não dá nem para notar. Zorra, no entanto, tinha um sombreado de barba (aparência que Myron achava nada sedutora numa mulher), mãos enormes com pelos nas juntas (idem), uma peruca espetada (pela qual se notava como era minucioso), uma voz bastante masculina, mais ou menos murmurante (que até enganava) e, apesar dos trajes, parecia, vamos dizer, um cara vestido de mulher.

– Não insulte a inteligência de Zorra, gostosão.

– Está vendo Win por aqui?

– Se Zorra estivesse – falou ela –, então ele não mereceria a reputação que tem.

– O que faz você achar que Win está aqui?

– Outra vez – disse Zorra.

– Outra vez o quê?

– Você está insultando a inteligência de Zorra.

Nada como um psicopata que se refere a si mesmo na terceira pessoa.

– Por favor, diga a ele para aparecer – continuou Zorra. – Não queremos machucar ninguém. Mas Zorra sabe que seu amigo vai segui-lo aonde quer que vá. Isso vai acabar em conflito. Nenhum de nós quer isso.

Do celular de Myron surgiu a voz de Win. Devia ter desligado a tecla *mudo*. "Que garantia temos de que Myron vai retornar?"

Myron ergueu o telefone para que todos vissem.

– Você e Zorra vão sentar e tomar um drinque, gostosão – falou Zorra no celular. – Myron vai com Pat.

– Vai aonde? – perguntou Myron.

– Não podemos dizer.

Myron franziu o cenho.

– Para que todo esse mistério?

Pat se recostou e deixou Zorra responder:

– Você tem perguntas, nós também. Esse encontro é a única forma de satisfazer a todos.

– Por que não podemos conversar aqui?

– Impossível.

– Por quê?

– Você tem que ir com Pat.

– Aonde?

– Zorra não pode dizer.

– A quem vocês vão me levar?

– Zorra também não pode dizer.

Myron disse:

– O destino do mundo livre depende do silêncio de Zorra?

Zorra ajustou os lábios, formando o que provavelmente achava que era um sorriso.

– Você zomba de Zorra. Mas Zorra já ficou em silêncio antes. Zorra já viu horrores que você nem sequer pode imaginar. Zorra já foi torturada. Semanas a fio. Zorra já sentiu dores que fazem aquele bastão elétrico parecer um beijo apaixonado.

Myron balançou solenemente a cabeça.

– Uau.

Zorra estendeu as mãos. Dedos cabeludos e esmalte cor-de-rosa. Meu Deus.

– Podemos seguir cada um seu caminho, gostosão.

Pelo telefone, Win disse: "Boa ideia."

Myron levantou o celular.

– O quê?

"Se concordarmos com os termos deles", falou Win, "não posso garantir que não vão matar você."

– Zorra garante isso – disse ela. – Com a própria vida.

– Como? – perguntou Myron.

– Zorra fica aqui com Win – continuou Zorra, novamente com aquele brilho no olho supermaquiado, demonstrando que havia algo ali e não era lucidez. – Zorra vai ficar desarmada. Se você não retornar incólume, Win mata Zorra.

– Que garantia! – exclamou Myron. – Já pensou em trabalhar como mecânico?

Win entrou nesse momento no bar. Foi direto até eles, sentou-se e deixou as mãos sob a mesa.

– Queiram ter a bondade – disse a Zorra e Pat. – Ponham as mãos em cima da mesa, por favor.

Eles obedeceram.

– Srta. Zorra, se não se importa, tire os saltos.

– Claro, gostosão.

Win mantinha os olhos em Zorra, que mantinha os seus nele. Ninguém piscava.

– Ainda não posso garantir a segurança dele – disse Win. – Sim, tenho a opção de matar você se ele não retornar. Mas, pelo que vejo, Pat não está nem aí para você.

– Ei – contestou Pat –, você tem minha palavra.

Win apenas o olhou por um instante e depois se voltou para Zorra.

– Myron vai armado. Pat dirige. Myron o mantém sob a mira.

Zorra balançou a cabeça:

– Impossível.

– Então não tem conversa.

Zorra deu de ombros.

– Então Zorra e Pat dão *adieu*.

Os dois se levantaram para sair. Myron sabia que Win não os chamaria de volta e murmurou:

– Preciso saber o que está acontecendo.

Win deu de ombros.

– É um erro, mas a decisão é sua.

Myron levantou a cabeça.

– Concordamos.

Zorra sentou de novo. Embaixo da mesa, Win manteve a arma apontada para ele.

– Myron deixa o celular ligado – falou Win. – Quero escutar cada palavra.

Zorra concordou.

– É justo.

Pat e Myron se levantaram para partir.

– Pat? – chamou Win.

Pat se deteve.

A voz de Win saiu tão casual quanto se anunciasse a previsão do tempo:
– Se Myron não retornar, posso matar ou não Zorra. Vou decidir no momento certo. De qualquer forma, vou usar toda a minha considerável influência, dinheiro e tempo para encontrar você. Vou oferecer recompensa. Procurar. Não vou dormir. Vou encontrá-lo. E, quando conseguir, *não* vou matar você. Está entendendo?

Pat engoliu em seco e fez que sim com a cabeça.

– Vão – ordenou Win.

25

Quando chegaram no carro, Pat o revistou. Nada. Depois entregou um capuz preto a Myron:

– Enfie na cabeça.

Myron fez uma careta.

– Diga que é brincadeira.

– Coloque. Depois deite no banco de trás. Não levante a cabeça.

Ele revirou os olhos, mas obedeceu. Seus quase 2 metros não couberam muito bem, mas ele suportou. Que generoso. Pat sentou no banco do motorista e ligou o carro.

– Uma sugestão rápida.

– O que você disse?

– Da próxima vez que fizer isso, procure passar o aspirador antes. Está horrível aqui atrás.

Pat dirigia. Myron tentava se concentrar, buscando sons que lhe dessem uma pista do caminho que faziam. Isso sempre funcionava na TV. O cara ouvia o apito de um navio e sabia que estava no Píer 12 ou algo parecido, e todo mundo corria lá para resgatá-lo. Porém tudo o que Myron escutava eram ruídos de tráfego: uma buzinada ocasional, carros passando ou sendo ultrapassados, rádios em alto volume, esse tipo de coisa. Tentou prestar atenção em curvas e distâncias, mas logo percebeu que era inútil. O que pensava que era, uma bússola humana?

O percurso durou talvez dez minutos. Tempo insuficiente para deixar a cidade. Pista: ainda estava em Manhattan. Que coisa útil. Pat desligou o motor.

– Pode sentar – disse ele. – Mas não tire o capuz.

– Tem certeza de que combina com minha roupa? Quero estar com a melhor aparência possível para conhecer o Poderoso Chefão.

– Alguém já disse que você é engraçado, Bolitar?

– Você está certo. Preto combina com tudo.

Pat suspirou. Quando estão nervosas, algumas pessoas correm. Outras se escondem, ficam em silêncio, começam a falar sem parar. E tem as que fazem piadas idiotas.

Pat o ajudou a sair do carro e o levou pelo braço. Myron tentou outra vez distinguir algum barulho. Quem sabe o som de uma gaivota. Isso também sempre acontecia na TV. Em Nova York, porém, as gaivotas não chiam, elas tossem. E quando você ouve uma, é mais provável que esteja perto de alguma caçamba de lixo do que de um píer. Tentou se lembrar da última vez que vira uma gaivota em Nova York. Havia o retrato de uma na placa de sua loja preferida de rosquinhas. Pensamento interessante.

Os dois caminharam – para onde, Myron não fazia ideia. Tropeçou numa calçada irregular, mas Pat o segurou. Outra pista. Encontrar um local em Manhattan com calçamento irregular. Meu Deus, já estava com o cara praticamente encurralado!

Passaram pelo que pareciam ser degraus e entraram num recinto aquecido e ligeiramente mais sufocante que uma floresta em Mianmar. Myron ainda estava vendado, mas a luz de uma lâmpada nua se infiltrava pelo pano. O lugar cheirava a mofo, vapor e suor seco – como uma sauna abandonada. Era difícil respirar com o capuz. Pat pôs a mão no ombro de Myron.

– Sente-se – disse Pat, empurrando-o com suavidade para baixo.

Myron sentou. Ouviu as passadas de Pat, depois vozes baixas. Sussurros, na verdade. A maior parte de Pat. Uma espécie de discussão. Passos outra vez. Aproximando-se de Myron. Um corpo ficou entre ele e a lâmpada nua, deixando Myron em escuridão total. Mais um passo. Alguém parou bem em frente a ele.

– Olá, Myron – disse uma voz.

Havia um tremor nela, uma vibração nasalada quase maníaca. Não havia, porém, nenhuma dúvida. Myron não era bom com nomes e rostos, mas vozes eram como marcas. Um dilúvio de lembranças desabou sobre ele. Depois de todos aqueles anos, a recordação foi instantânea.

– Oi, Billy Lee.

O desaparecido Billy Lee Palms, para ser exato. Ex-colega de fraternidade e astro do beisebol na Duke. Ex-melhor amigo de Clu Haid. Filho da Sra. Minha-Vida-É-um-Papel-de-Parede.

– Posso tirar o capuz agora? – perguntou Myron.

– De jeito nenhum.

Myron ergueu a mão, agarrou a parte de cima do capuz e o puxou. Billy Lee estava parado na sua frente. Ao menos achou que se tratava do velho amigo. Era como se o rapaz bonito tivesse sido raptado e substituído por uma cópia mais gorda. As maçãs do rosto salientes pareciam maleáveis, uma pele pálida e solta se agarrava a feições moles, os olhos enterrados mais fundo que um tesouro de pirata, a pele de um cinza de rua após uma pancada de chuva. O cabelo era oleoso, despenteado e sujo como o de um apresentador da MTV.

Billy Lee segurava o que parecia uma espingarda de cano serrado, a um palmo do rosto de Myron.

– Ele está segurando o que parece uma espingarda serrada a 15 centímetros da minha cara – falou para que o ouvissem pelo celular.

Billy Lee deu uma risadinha. Aquele som era familiar.

– A mãe corajosa de *One Day at a Time* – disse Myron.

– O quê?

– Ontem à noite. Foi você que me acertou com o bastão elétrico.

Billy Lee abriu as mãos o máximo que pôde.

– Bingo, querido!

Myron balançou a cabeça.

– Definitivamente, você fica melhor de maquiagem, Billy Lee.

Billy Lee deu outra risadinha e apontou a espingarda de novo na direção de Myron. Depois estendeu a mão livre.

– Me dê o telefone.

Myron hesitou, mas não por muito tempo. Conseguiu ver bem os olhos fundos. Estavam úmidos e vermelhos, e não conseguiam focar em nada. O corpo de Billy Lee era um só tremor. Myron examinou as mangas curtas e viu a trilha das picadas. O antigo colega de faculdade parecia o mais louco e imprevisível dos animais: um viciado encurralado. Entregou-lhe o telefone. Billy Lee o levou ao ouvido.

– Win?

A voz do outro lado soou clara.

– Sim, Billy Lee.

– Vá para o inferno.

Ele deu outra risadinha. Depois desligou o telefone, isolando-os do mundo lá fora, e Myron sentiu o medo crescendo no peito.

Billy Lee enfiou o telefone no bolso do antigo colega e olhou para Pat.

– Amarre-o na cadeira.

– O quê? – questionou Pat.

– Amarre-o na cadeira. Tem uma corda bem atrás dela.

– Amarrá-lo agora? Pareço um escoteiro por um acaso?

– É só passar em volta dele e dar um nó. Não quero que tente nenhuma burrice antes de matá-lo.

Pat se aproximou de Myron, Billy Lee ficou de olho nele.

– Não acho uma boa ideia perturbar Win – disse Myron.
– Ele não me assusta.
Myron balançou a cabeça.
– O que foi? – perguntou Billy Lee.
– Eu sabia que você estava na pior – respondeu Myron. – Mas não tinha ideia de quanto.
Pat começou a passar a corda em torno do peito de Myron.
– Talvez você deva ligar de novo para ele – disse Pat. Sua voz tremia tanto que, se fosse a falha de San Andreas, seria necessário evacuar a Califórnia.
– Não queremos o cara procurando por nós, entende o que quero dizer?
– Não se preocupe com isso – replicou Billy Lee.
– E Zorra ainda está lá...
– *Não se preocupe com isso!* – berrou ele, desta vez num grito agudo e desagradável.
A espingarda se aproximou do rosto de Myron, que retesou o corpo, preparando-se para um movimento antes de a corda ser amarrada. Mas Billy Lee pulou subitamente para trás, como se percebesse pela primeira vez que Myron estava ali.
Ninguém falou. Pat apertou a corda e deu um nó. Não muito bem-feito, mas serviria para o propósito – ou seja, impedir que ele tentasse qualquer burrice para que Billy Lee tivesse bastante tempo para estourar seus miolos.
– Você está tentando me matar? – perguntou Billy Lee.
Pergunta estranha.
– Não – respondeu Myron.
O punho de Billy Lee atingiu a barriga de Myron. Ele se dobrou, sem ar, sentindo um espasmo no pulmão, pura necessidade de oxigênio. Seus olhos se encherem de lágrimas.
– Não minta para mim, idiota.
Myron tentava respirar.
Billy Lee fungou e limpou o rosto na manga.
– Por que está tentando me matar?
Myron tentou responder, mas levou tempo de mais. Billy Lee deu um golpe violento com o cabo da espingarda, justo no local onde Zorra havia feito seu Z na noite anterior. Os pontos se romperam e o sangue inundou sua camisa. A cabeça começou a rodar. Billy Lee deu mais uma risadinha. Depois ergueu o cabo da espingarda e o baixou em direção à cabeça de Myron.

– Billy Lee! – gritou Pat.

Myron viu o cabo aproximando-se, mas não havia como escapar. Conseguiu apenas inclinar a cadeira para trás com a ponta dos pés. O golpe apenas chegou a ferir seu o couro cabeludo. A cadeira virou e sua cabeça bateu contra o chão de madeira. O crânio formigou.

Ai, Cristo...

Ele olhou para cima. Billy Lee estava levantando mais uma vez o cabo da espingarda. Um golpe direto esmagaria seu crânio. Myron tentou rolar, em vão. Billy Lee sorriu e ergueu a espingarda bem alto, estendendo o momento, enquanto via Myron lutar, como certas pessoas observam uma formiga ferida antes de esmagá-la.

De repente, franziu o cenho e abaixou a arma, estudando-a por um instante.

– Hum. Assim vou acabar quebrando minha arma.

Myron foi agarrado pelos ombros e Billy Lee pôs a cadeira de novo em pé. A espingarda estava na altura dos olhos de Myron.

– Seu desgraçado! – falou ele. – Se eu quiser, dou um tiro nessa sua cara, entendeu?

Desta vez, Myron mal ouviu a risadinha. Quando se tem uma arma tão perto do rosto, a tendência é bloquear todo o resto. Os orifícios do cano duplo crescem, aproximam-se e envolvem a pessoa até aquela boca negra absorver tudo o que ela é, vê e ouve.

Pat tentou outra vez:

– Billy Lee...

Myron sentiu o suor brotar nas axilas. Calma. Mantenha a tranquilidade na voz. Não o incite.

– Me diga o que está acontecendo. Quero ajudar.

Billy Lee deu um sorriso de escárnio, a espingarda ainda tremendo em sua mão.

– Você quer me ajudar?

– Sim.

Aquilo o fez rir.

– Conversa, Myron. Pura conversa.

Myron se mantinha imóvel.

– Nunca fomos amigos, fomos? Éramos só colegas de fraternidade, saíamos juntos, essas coisas. Mas nunca fomos amigos de verdade.

Myron tentava manter os olhos fixos nos dele.

– Este é um péssimo momento para lembrar o passado, Billy Lee.

– Estou tentando deixar as coisas claras, seu babaca. Você aí com essa história de que quer me ajudar. Nunca fomos amigos. Isso é puro papo furado. Não somos amigos. Você nunca gostou de mim.

Nunca gostou de mim. Como se fossem alunos do terceiro ano conversando no intervalo das aulas.

– Ajudei a livrar a sua cara algumas vezes, Billy Lee.

O sorriso.

– A minha cara não, Myron. A de Clu. Tudo girava em torno dele, não? Aquela coisa de dirigir bêbado em Massachusetts. Não foi para livrar a minha cara. Você veio correndo por causa de Clu. E aquela briga no bar? Também foi por causa dele.

Billy Lee inclinou de repente a cabeça, como um cão ouvindo um ruído novo.

– Por que não éramos amigos, Myron?

– Porque você não me convidou para seu aniversário na pista de patinação?

– Não fode com a minha paciência, seu merda!

– Eu gostava de você. Era um cara engraçado.

– Mas depois de um tempo você cansou, não foi? Do meu showzinho, digamos. Enquanto fui uma estrela no colégio, era um cara legal, certo? Mas quando fracassei no profissional, já não era mais bonitinho e engraçado. De repente, me tornei patético. Estou mentindo, Myron?

– Você é que está dizendo.

– E Clu?

– Que tem ele?

– Você era amigo dele.

– Sim.

– Por quê? Clu também vivia em festas. Talvez até mais que eu. Estava sempre se metendo em encrenca. Por que você era amigo dele?

– Isso é bobagem, Billy Lee.

– É?

– Baixe essa arma.

O sorriso de Billy Lee era largo, astucioso e bem longe da sanidade.

– Vou dizer por que você era amigo de Clu. Porque ele jogava beisebol melhor que eu. Tinha futuro. E você sabia disso. Era a única diferença entre Clu Haid e Billy Lee Palms. Ele ficava bêbado, se drogava e trepava com um monte de garotas, mas era tudo muito engraçado porque ele era profissional.

– O que você quer dizer, Billy Lee? – perguntou Myron. – Que os atletas profissionais são mais bem tratados que o resto de nós? Que descoberta incrível.

A revelação, porém, caiu mal em Myron. Provavelmente porque as palavras de Billy Lee, embora totalmente irrelevantes, eram pelo menos em parte verdadeiras. Clu era encantador e interessante só porque era atleta profissional. Se, no entanto, a velocidade de seu arremesso diminuísse alguns quilômetros por hora, se a rotação do braço fosse um pouco desalinhada ou se a posição dos dedos não permitisse uma boa trajetória nos lançamentos, Clu acabaria como Billy Lee. Universos alternativos – vidas e destinos totalmente diversos – estão bem aí, separados por uma fina membrana. No caso dos atletas, todavia, é possível enxergar as vidas alternativas com muita clareza. Quando alguém tem a habilidade de lançar a bola com um pouco mais de rapidez que o cara ao lado, acaba se transformando num deus, diferente da grande maioria dos mortais. Chovem garotas, chegam a fama, a mansão e o dinheiro, em vez de miséria, do anonimato, do apartamento apertado, do emprego servil. Você vai à televisão falar sobre a vida. As pessoas querem estar perto e ouvir o que a pessoa tem a dizer, tocar a barra do manto. Só porque o cara sabe lançar aquele objeto de couro com grande velocidade ou colocar a bola laranja num círculo metálico. Ou balançar um taco no ângulo perfeito. Você é alguém especial.

Uma loucura, se você pensar bem.

– Você o matou, Billy Lee? – perguntou Myron.

Foi como se Billy Lee tivesse levado um tapa na cara.

– O quê?

– Você tinha inveja de Clu. Ele tinha tudo. E o abandonou.

– Era meu melhor amigo!

– Muito tempo atrás, Billy Lee.

Myron considerou de novo a possibilidade de fazer um movimento. Poderia tentar deslizar para fora da corda – não estava muito apertada –, mas levaria tempo e ainda estava muito longe de Billy Lee. Perguntou-se como Win estaria reagindo por terem lhe privado de tudo aquilo e estremeceu. Era algo em que não valia a pena pensar.

Uma linha engraçada, tranquila, cortou o rosto de Billy Lee. Ele parou de tremer, olhou fixo para Myron, sem se sacudir ou se contorcer. A voz ficou suave de repente.

– Basta – disse ele.

Silêncio.

– Tenho que matar você, Myron. É em defesa própria.
– Do que você está falando?
– Você matou Clu. E agora quer me matar.
– Isso é loucura.
– Talvez você tenha mandado sua secretária fazer o trabalho por você. E ela foi pega. Ou talvez Win o tenha matado. Esse cara sempre foi seu cãozinho de estimação. Ou talvez você mesmo tenha feito a coisa, Myron. A arma foi encontrada no seu escritório, certo? O sangue no seu carro?
– Por que eu mataria Clu?
– Você usa as pessoas. Usou Clu para começar seu negócio. Mas, depois que caiu no antidoping, ele estava acabado. Aí você pensou: por que não diminuir as perdas?
– Isso não faz o menor sentido – disse Myron. – E, mesmo que fizesse, por que eu iria querer matar você?
– Porque posso falar também.
– Falar o quê?
– Sobre como você era prestativo.

As lágrimas começaram a correr pelo rosto de Billy Lee. A voz sumiu. E Myron percebeu que estava numa grande encrenca.

A calmaria passou. O cano da arma se moveu. Myron testou as cordas. Nada. Apesar do calor, algo gelado circulava em suas veias. Estava preso. Nenhuma chance de fazer um movimento.

Billy Lee tentou dar outra risadinha, mas algo dentro dele havia se esgotado.

– Tchau.

O pânico contraiu as entranhas de Myron. Billy Lee estava a segundos de matá-lo. Ponto final. Não havia a menor chance de fazê-lo desistir. A mistura de drogas e paranoia retirara sua capacidade de pensar. Myron examinou todas as suas opções e não gostou de nenhuma.

– Win – disse.
– Já disse a você. Não tenho medo dele.
– Não estou falando com você – rebateu Myron, olhando para Pat.

O barman respirava com dificuldade, os ombros caídos como se carregassem algo pesado demais.

– Assim que ele apertar esse gatilho, você vai estar numa situação pior que a minha.

Pat foi até Billy Lee.

– Vamos nos acalmar um instante. Vamos pensar melhor, tudo bem?

– Vou matá-lo.

– Billy Lee, esse cara, Win, já soube de histórias...

– Você não está entendendo, Pat. Você simplesmente não consegue entender.

– Então me explique, cara. Estou aqui para ajudar.

– Depois que eu matá-lo.

Billy Lee deu um passo na direção de Myron, que contraiu os músculos, e encostou o cano da arma em sua têmpora.

– Não faça isso!

Pat estava perto o bastante agora. Ou ao menos era o que pensava. Fez um movimento, buscando as pernas de Billy Lee. Mas, dentro do corpo carcomido do viciado, escondia-se ainda um pouco dos reflexos do antigo atleta. O suficiente. Ele girou e disparou. A bala atingiu o peito de Pat, que, por um breve instante, pareceu surpreso, depois tombou.

– Pat! – gritou Billy Lee, caindo de joelhos e arrastando-se até o corpo imóvel.

O coração de Myron batia como as asas de uma águia engaiolada. Tentou se livrar das cordas. Sem sucesso. Deslizou para a frente, contorcendo-se freneticamente. A corda estava mais apertada do que imaginara, mas conseguiu algum progresso.

– Pat! – gritou outra vez Billy Lee.

Os joelhos de Myron estavam no chão agora, o corpo torcido, a coluna arqueada num ângulo que jamais imaginara possível. Billy Lee se lamentava sobre um Pat imóvel. A corda ficou enganchada no queixo de Myron, puxando sua cabeça para trás, quase estrangulando-o. Quanto tempo ele teria? Quanto tempo até Billy Lee recuperar a razão? Impossível dizer. Pôs o queixo mais para cima e a corda começou a passar. Estava quase solto.

Billy Lee se sobressaltou e deu meia-volta.

Myron ainda estava preso pela corda. Os dois se encararam. Tudo havia terminado. Billy Lee levantou a espingarda. Pouco mais de 2 metros os separavam. Myron olhou para o cano, viu os olhos do inimigo e a distância.

Nenhuma chance. Tarde demais.

Veio o disparo.

A primeira bala acertou a mão de Billy Lee, que gritou de dor e deixou a espingarda cair. A segunda atingiu seu joelho. Outro grito. O sangue jorrou. A terceira veio tão rápido que ele nem havia chegado ao chão. A cabeça se curvou para trás com o impacto, as pernas se abriram no ar. Billy Lee desapareceu como um pato no tiro ao alvo.

O lugar ficou em silêncio.

Myron se livrou do restante da corda e rolou para um canto.

– Win? – gritou.

Nenhuma resposta.

– Win?

Nada.

Não havia o menor movimento nos corpos de Pat e Billy Lee. Myron se pôs de pé. O único som que ouvia era o da própria respiração. Sangue. Por todos os lados. Eles estavam mortos, tinha certeza. Myron voltou para o canto. Alguém o observava. Sentia isso. Atravessou o cômodo e olhou por uma janela. Para a esquerda. Nada. Para a direita.

Havia alguém nas sombras. Uma silhueta. O medo tomou conta dele. A figura pareceu pairar e depois desapareceu na escuridão. Myron se virou e encontrou a porta. Abriu-a e começou a correr.

26

Três quarteirões depois, ele vomitou. Parou, encostou-se numa parede e pôs tudo para fora. Alguns sem-teto assistiram e aplaudiram. Myron deu um aceno, agradecendo aos fãs. Bem-vindo a Nova York.

Pegou o celular, mas ele havia sido destruído na confusão. Encontrou uma placa com nome da rua e viu que estava a apenas dez quarteirões do Falso Motoqueiro, na antiga região dos matadouros, próximo à West Side Highway. Ia devagar, apertando a ferida no abdome, tentando estancar o sangue. Encontrou um telefone público funcionando – o que, naquela parte de Manhattan, era como descobrir uma sarça ardente – e discou o número do celular de Win, que atendeu ao primeiro toque.

– Articule.

– Estão mortos – disse Myron. – Os dois.

– Explique.

Myron obedeceu.

– Estarei aí em três minutos – garantiu Win.

– Tenho que chamar a polícia.

– Imprudência.

– Por quê?

– Não vão acreditar na sua história comovente – disse Win –, especialmente a parte do salvador misterioso.

– Ou seja, vão pensar que foi você quem matou?

– Precisamente.

Win tinha razão.

– Mas conseguiríamos esclarecer a história – observou Myron.

– Sim, talvez, em algum momento. Mas iria levar um bom tempo.

– Tempo que não temos.

– Vejo que você entendeu.

Myron pensou no assunto.

– Mas há várias testemunhas que me viram sair do bar com Pat.

– E daí?

– E daí que a polícia vai interrogar essas pessoas, que vão contar que me viram, e os policiais vão conseguir me inserir na cena.

– Chega.

– O quê?

– Por telefone. Chega de discussão. Estarei aí em três minutos.

– E Zorra? O que você fez com ele?

Mas Win já desligara. Myron pôs o telefone no gancho. Um novo grupo de moradores de rua olhava para ele como se fosse um sanduíche sem dono. Ele os encarou até que desistissem. Não estava a fim de ficar com medo outra vez aquela noite.

Um carro chegou após os três minutos prometidos. Um Chevrolet antigo. Win tinha uma coleção deles – todos velhos, muito usados, impossíveis de rastrear. Carros descartáveis, era como os chamava. Gostava de usá-los para certas atividades noturnas. Nem queira saber.

A porta da frente do carona se abriu. Myron olhou para dentro e viu Win na direção. Entrou e sentou a seu lado.

– A sorte está lançada – falou Win.

– O quê?

– A polícia já chegou à cena do crime. Ficaram sabendo pelo rádio.

Má notícia.

– Ainda posso me apresentar.

– Sim, claro. E por que, Sr. Bolitar, o senhor não chamou a polícia? Por que ligou para seu amigo antes de contatar as autoridades? O senhor não é suspeito de ajudar a Srta. Esperanza Diaz no assassinato do velho amigo de Billy Lee Palms? Para início de conversa, o que estava exatamente fazendo naquele bar? Por que o Sr. Palms quereria matá-lo?

– Tudo isso pode ser explicado.

Win deu de ombros.

– A escolha é sua.

– Assim como foi minha escolha ir sozinho com Pat.

– Sim.

– Que foi uma má escolha.

– Sim. Você ficou muito vulnerável. Havia outras formas.

– Que outras formas?

– Poderíamos ter agarrado Pat em outro momento e tê-lo feito falar.

– Falar?

– Sim.

– Quer dizer, dando um aperto nele? Ou torturando?

– Sim.

– Não faço isso.

– Cresça – rebateu Win. – É uma simples análise de custo e benefício: ao causar um desconforto temporário a um malfeitor, você diminui muito o risco de ser morto. Moleza. – Win avaliou o amigo: – Por falar nisso, você está com uma aparência horrível.

– Você tinha que ver o outro cara – disse Myron. – Você matou Zorra?

Win sorriu.

– Até parece que você não me conhece.

– Não, Win, não conheço. Você o matou?

Win parou em frente ao Falso Motoqueiro e estacionou.

– Dê uma olhada lá dentro.

– Por que voltamos aqui?

– Por duas razões. Primeira: você nunca saiu daqui.

– Não?

– Sou capaz de jurar. Você esteve aqui a noite inteira. Só foi se despedir de Pat na porta. Thrill vai confirmar isso – sorriu ele. – Assim como Zorra.

– Você não o matou?

– Não a matei. Zorra prefere ser chamada de ela.

– Ela. Você não a matou?

– Claro que não.

Eles saíram do carro.

– Estou surpreso – disse Myron.

– Por quê?

– Em geral, quando você ameaça...

– Nunca ameacei Zorra. Ameacei Pat. Disse que *poderia* matar Zorra. Mas para quê? Você acha que Zorra deveria sofrer porque um psicótico drogado como Billy Lee Palms desligou um telefone? Eu acho que não.

– Você é uma surpresa constante – disse Myron, balançando a cabeça.

Win parou.

– E você tem sido de uma incompetência constante. Você teve sorte. Zorra disse que daria a vida para garantir sua segurança. Percebi que ela não tinha esse poder. Foi por isso que disse para você não ir.

– Não achei que tivesse escolha.

– Agora já sabe que tinha.

– Talvez.

Win colocou a mão de forma tranquilizadora no braço de Myron.

– Você ainda não está pronto. Esperanza tem razão quando diz isso.

Myron concordou.

– Tome isto – disse Win, passando-lhe um pequeno vidro – Por favor.

Era uma amostra grátis de antisséptico bucal. Sempre se podia contar com Win. Eles entraram no Falso Motoqueiro. Myron foi ao banheiro, enxaguou a boca, jogou água no rosto e verificou o ferimento. Doía. Olhou-se no espelho. O rosto continuava bronzeado das três semanas que passara com Terese, mas Win estava certo: sua aparência era horrível.

Encontrou-o na porta do banheiro.

– Você disse que havia duas razões para eu voltar aqui.

– Razão dois – disse Win. – Nancy... ou Thrill, se preferir. Estava preocupada com você. Achei melhor você vê-la.

Quando chegaram à mesa, Zorra e Thrill estavam conversando como, bem, duas mulheres solteiras num bar.

– Zorra sente muito, gostosão – falou ela, sorrindo.

– Não foi culpa sua – retrucou ele.

– Zorra sente pelos dois terem morrido – disse ela. – Zorra gostaria de algumas horas sozinha com eles antes.

– É – falou Myron. – Uma pena.

– Zorra já contou a Win tudo o que sabe, que é muito pouco. Zorra não passa de uma linda assassina de aluguel. Gosta de saber o mínimo possível.

– Mas você trabalhava para Pat?

Ela balançou a cabeça, mas a peruca não.

– Zorra era segurança e guarda-costas. Acredita? Zorra Avrahaim ter que trabalhar como mera segurança?

– É, os tempos estão difíceis. E qual era o negócio de Pat?

– Um pouco de cada coisa. Mas principalmente drogas.

– E qual era a ligação entre Billy Lee e ele?

– Billy Lee dizia que era seu tio. – Zorra deu de ombros. – Mas podia ser mentira.

– Você conheceu Clu Haid?

– Não.

– Sabe por que Billy Lee estava se escondendo?

– Ele andava aterrorizado. Achava que tinha alguém tentando matá-lo.

– E esse alguém seria eu?

– Parece que sim.

Myron não conseguia entender aquilo. Fez mais algumas perguntas, porém não havia mais o que descobrir. Win ofereceu a mão. Zorra a pegou e se levantou da mesa. Andava bem de salto alto. Nem todas conseguem.

Ela beijou Win no rosto.

– Obrigada por não matar Zorra, gostosão.

Ele se curvou ligeiramente:

– Um prazer, madame – Win, o galanteador. – Vou levá-la à porta.

Myron pulou para a cadeira ao lado de Thrill. Sem dizer nada, ela segurou seu rosto com as duas mãos e o beijou com força. Ele retribuiu o beijo. Win e seu antisséptico bucal. Que cara!

Quando pararam para respirar um pouco, Thrill disse:

– Você sabe como fazer uma garota se divertir.

– Idem.

– Você também me deixou muito assustada.

– Não era minha intenção.

Ela examinou-lhe o rosto.

– Você está bem?

– Vou ficar.

– Uma parte de mim quer convidar você para ir a minha casa.

Ele não disse nada, só baixou os olhos. Ela ainda olhava para ele.

– É o fim, não? – disse ela. – Você não vai me ligar, vai?

– Você é bonita, inteligente, engraçada...

– E vou receber o grande beijo de despedida.

– O problema não é você.

– Ah, que original. Não me diga. É você, certo?

Ele tentou sorrir.

– Você me conhece tão bem.

– Gostaria.

– Sou mercadoria danificada, Nancy.

– Quem não é?

– Acabo de sair de um relacionamento longo...

– Quem falou em relacionamento? Poderíamos só sair, certo?

– Não.

– O quê?

– Não funciono assim – replicou ele. – Não posso fazer nada. Quando começo a sair com alguém, já vou pensando em ter filho, em quintal com churrasqueira, numa cesta de basquete enferrujada sobre a porta da garagem. Começo imediatamente a avaliar todas essas possibilidades.

Ela o encarou.

– Meu Deus, como você é estranho!

Difícil negar.

Thrill começou a brincar com o canudo do drinque.

– E você não consegue me imaginar em nenhum desses cenários?

– Exatamente o contrário – respondeu ele. – Esse é o problema.

– Entendi. Ao menos acho que entendi – retrucou ela, mexendo-se na cadeira. – Melhor eu ir embora.

– Deixo você em casa.

– Não, pego um táxi.

– Não precisa.

– Acho que preciso. Boa noite, Myron.

Ela se afastou. Myron ficou de pé e se aproximou Win. Os dois observaram-na sair pela porta.

– Você garantiu que ela vá chegar em casa com segurança? – perguntou Myron.

Win assentiu:

– Já chamei um táxi para ela.

– Obrigado.

Silêncio. Depois Win pôs a mão no ombro do amigo.

– Posso fazer uma observação? – perguntou ele.

– Fale.

– Você é um débil mental.

◆ ◆ ◆

Eles passaram no prédio do médico, em Upper West Side. Ele fechou novamente o ferimento, enquanto demonstrava sua reprovação com breves ruídos. Quando chegaram ao apartamento de Win no Dakota, acomodaram-se com suas bebidas favoritas, em meio à decoração Luís Não-Sei--Quanto. Myron sorvia seu achocolatado e Win um uísque.

Win zapeava os canais. Parou na CNN. Myron olhou para a tela e pensou em Terese sozinha naquela ilha. Olhou para o relógio. Costumava ser o horário de seu programa. Uma apresentadora com o cabelo pessimamente tingido a substituía. Ele se perguntou quando e se Terese voltaria à TV. E por que ficava pensando nela.

Win desligou a TV.

– Quer mais?

Myron fez que não com a cabeça.

– E o que Sawyer Wells lhe contou?

– Não muito, infelizmente. Clu era dependente de drogas. Ele tentou ajudá-lo. Blá-blá-blá. Sawyer vai deixar os Yankees, sabia?

– Não.

– Reconhece que eles o tiraram da obscuridade. Mas, oh, agora é hora do querido Sawyer tomar as rédeas da própria vida e motivar mais times seguidores. Vai começar a excursionar em breve.

– Como um astro do rock?

Win assentiu.

– Igualzinho, até nas camisetas caríssimas.

– São pretas?

– Não sei. Mas, ao final de cada apresentação, ele volta para o bis depois que os fãs enlouquecidos sacodem suas canetas Bic e pedem "Mais uma!".

– Isso é tão 1977.

– Não é? Mas fiz uma pesquisa. Adivinha quem vai patrociná-lo?

– A Budweiser?

– Quase – respondeu Win. – Sua nova editora. A Riverton Press.

– Riverton de Vincent Riverton, antigo dono do New York Yankees?

– O próprio.

Myron assoviou, processou a informação e não chegou a nenhuma conclusão.

– Após todas essas aquisições no mercado editorial, Riverton é dono de metade dos livros da cidade. Provavelmente isso não significa nada.

– Provavelmente – concordou Win. – Se você quiser fazer mais perguntas, Sawyer vai dar um seminário amanhã no auditório Cagemore, na Universidade Reston. Ele me convidou. Com direito a acompanhante.

– Eu não transo no primeiro encontro.

– E se orgulha disso?

Myron deu um gole generoso. Talvez estivesse ficando velho, mas o achocolatado já não lhe dava mais a mesma satisfação. Estava com vontade de tomar um *latte* espumoso gelado extragrande com um pouco de baunilha, embora detestasse pedir isso na frente de outros homens.

– Vou tentar descobrir alguma coisa sobre a autópsia de Clu amanhã.

– Com Sally Li?

Myron assentiu.

– Ela estava no tribunal, mas deve voltar ao necrotério amanhã.

– Você acha que ela vai conversar com você?

– Não sei.

– Talvez você tenha que usar seu charme – sugeriu Win. – Ela é suscetível a uma persuasão heterossexual?

– No momento, é – respondeu Myron. – Mas assim que eu começar a usar meu charme...

– Tudo pode acontecer.

– Charme tão poderoso – continuou ele – que pode fazer uma mulher não gostar mais de homem.

– Você devia colocar isso no seu currículo – sugeriu Win, girando a taça com a mão espalmada sob ela. – Antes do nosso velho camarada Billy Lee morrer, ele soltou alguma informação importante?

– Não – respondeu Myron. – Só que achava que eu tinha matado Clu e quisesse matá-lo depois.

– Hum.

– Hum o quê?

– Mais uma vez seu nome aparece.

– Ele era um drogado destruído.

– Sei – disse Win. – Então estava delirando?

Silêncio.

– De alguma forma – ponderou Myron –, acabo sempre me vendo envolvido nessa história.

– É o que parece.

– Mas não entendo por quê.

– São os mistérios da vida.

– Também não entendo como Billy Lee se encaixa nisso: no assassinato de Clu, no caso de Esperanza com Bonnie, na expulsão de Clu do time, na assinatura de contrato com FJ, em tudo.

Win pousou a taça e se levantou:

– Sugiro dormirmos um pouco para refrescar a cabeça.

Bom conselho. Myron rastejou para debaixo das cobertas e mergulhou no mundo dos sonhos. Foi várias horas depois – após os ciclos de sono leve e pesado, quando começava a emergir para o estado de consciência e sua atividade cerebral se tornava caótica – que lhe ocorreu. Pensou outra vez em FJ e por que ele teria mandado segui-lo. Pensou naquela história de FJ tê-lo visto no cemitério antes de Myron ir para o Caribe.

Um grande clique soou em sua cabeça.

27

Ele ligou para FJ às nove da manhã. A secretária disse que o Sr. Ache não podia ser incomodado. Myron falou que era urgente. Uma pena, mas ele não se encontrava no escritório. Mas, lembrou-lhe Myron, você acabou de dizer que ele não podia ser incomodado. Ele não pode ser incomodado, respondeu a secretária, porque não está no escritório. Ah.

– Diga que quero vê-lo – falou ele. – E tem que ser hoje.
– Não posso prometer...
– Apenas diga isso a ele.

Myron consultou o relógio. Ia se encontrar com o pai no clube ao meio-dia, o que lhe dava tempo para tentar usar seu charme com Sally Li, legista-chefe do Condado de Bergen. Ligou para seu escritório e disse a ela que queria conversar.

– Aqui não – respondeu ela. – Você conhece o Fashion Center?
– É um shopping na Rota 17, não?
– Isso, no cruzamento com a Ridgewood Avenue. Tem uma loja no subsolo em frente à Bed, Bath and Beyond. Me encontre lá daqui a uma hora.
– Tem Bed, Bath and Beyond no Fashion Center? Uma loja de cama, mesa e banho num shopping de moda?
– Devem ser peças de cama, mesa e banho bem elegantes.

Sally desligou. Ele entrou no carro alugado e dirigiu para Paramus, em Nova Jersey. Lema: "Nada melhor do que comércio em excesso." A cidade parecia um elevador úmido e quente, lotado, com um idiota mantendo a porta aberta e gritando: "Venham, venham, ainda tem lugar para mais um shopping."

Nada no Fashion Center era exatamente *fashion*. O shopping era na verdade tão fora de moda que não havia nem adolescentes batendo perna. Sally Li estava sentada num banco, com um cigarro apagado pendurado na boca. Usava um jaleco verde de hospital e sapato de borracha – calçado favorito de muitos legistas porque dava para limpar sangue, tripas e outros restos humanos com uma simples mangueira de jardim.

Tudo bem, um pouco de contexto: Myron e Jessica Culver tiveram, durante dez anos ou mais, um romance de idas e vindas. Mais recentemente, os dois tinham se apaixonado. Foram morar juntos. E agora haviam terminado. Ou ele assim achava. Não tinha muita certeza sobre o que de fato acontecera. Observadores mais objetivos talvez sugerissem que foi Brenda. Ela surgiu e mudou um bocado de coisas. Myron, no entanto, não estava muito certo.

E o que isso tem a ver com Sally Li?

O pai de Jessica, Adam Culver, havia sido o chefe dos médicos-legistas do Condado de Bergen até ser morto, fazia alguns anos. Sally Li, assistente e amiga íntima, assumira seu posto. Foi assim que Myron a conheceu.

Ele se aproximou.

– Outro shopping onde é proibido fumar?

– Ninguém mais usa a palavra *proibido* – disse Sally. – Dizem *livre de*. Esse não é um shopping onde é *proibido* fumar. É uma zona *livre de* fumantes. Só falta chamarem o fundo do mar de área livre de oxigênio. Ou o Senado de zona livre de cérebro.

– Então por que você quis me encontrar aqui?

Sally suspirou e endireitou as costas.

– Porque você quer saber sobre a autópsia de Clu Haid, certo?

Myron hesitou, depois fez que sim com a cabeça.

– Bem, meus superiores, e uso esse termo sabendo que não tenho colegas, não iriam gostar de nos ver juntos. Na verdade, provavelmente tentariam me despedir.

– Por que correr o risco? – perguntou ele.

– Primeiro, vou mudar de emprego. Volto para o Oeste, possivelmente para a Universidade da Califórnia. Segundo, sou bonita, feminina e o que eles chamam agora de asiático-americana. Fica mais difícil me demitir. Eu poderia criar confusão e, como alguns têm ambições políticas, odeiam parecer que estão oprimindo alguma minoria. Terceiro, você é um cara legal. Farejou a verdade quando Adam foi morto. Acho que devo isso a você.

Ela tirou o cigarro da boca e o pôs de volta no maço, pegou outro e colocou entre os lábios.

– Então, o que você quer saber?

– Assim?

– Assim.

– Achei que ia precisar usar meu charme – disse Myron.

– Só se quiser que eu fique nua – replicou ela, fazendo um gesto com a mão. – Ah, quem estou enganando? Vá em frente, Myron, mande bala.

– Ferimentos? – perguntou ele.

– Quatro à bala.

– Pensei que fossem três.

– Nós também, a princípio. Foram dois na cabeça, a curta distância, qualquer um deles pode ter sido o fatal. A polícia pensava que fossem um só. Havia outro na panturrilha direita e mais um nas costas, entre os ombros.

– De uma distância maior?

– Sim, eu diria de no mínimo 1,5 metro. Me pareceram ser de um 38, mas não sou especialista em balística.

– Você esteve na cena do crime, não?

– Estive.

– Acha que entraram à força?

– A polícia disse que não.

Myron se recostou e balançou a cabeça, pensativo.

– Deixe-me ver se entendi a tese da promotoria. Me corrija se estiver errado.

– Com todo o prazer.

– Eles acham que Clu conhecia o assassino. Deixou por vontade própria que ele ou ela entrasse, conversaram ou sei lá o quê, e alguma coisa deu errado. O assassino saca a arma, Clu corre, o assassino dispara dois tiros. Um atinge a panturrilha, o outro as costas. Você saberia dizer qual veio primeiro?

– Qual o quê?

– O tiro na panturrilha ou nas costas.

– Não – respondeu Sally.

– Certo, aí Clu cai. Está ferido, mas vivo. O assassino encosta a arma na cabeça dele. Dois disparos.

Ela levantou as sobrancelhas.

– Estou impressionada.

– Obrigado.

– Até certo ponto.

– Como assim?

Ela suspirou e se mexeu no banco.

– Existem problemas.

– Tais como?

– O corpo foi movido.

Myron sentiu o pulso acelerar.

– Clu foi morto em outro lugar?

– Não. Mas moveram o corpo. Depois que estava morto.

– Não entendo.

– A lividez não foi afetada, então o sangue não teve tempo de coagular. Mas ele foi arrastado pelo chão, provavelmente logo depois da morte, embora isso possa ter acontecido até uma hora mais tarde. E o apartamento foi revirado.

– O assassino procurava algo – disse Myron. – Provavelmente os 200 mil dólares.

– Isso eu não sei. Mas havia manchas de sangue em tudo quanto era lugar.

– O que você quer dizer com manchas?

– Veja, sou uma médica-legista. Não interpreto cenas de crime. Mas o lugar estava uma bagunça. Móveis e estantes derrubadas, gavetas esvaziadas e sangue por todo lado. Na parede. No chão. Como se ele tivesse sido arrastado como uma boneca de pano.

– Talvez ele tivesse se arrastado. Depois de ser atingido na perna e nas costas.

– Pode ser, imagino. Mas é difícil se arrastar pelas paredes, a menos que você seja o Homem-Aranha.

Myron gelou. Tentava ordenar, peneirar e processar as informações. Como aquilo tudo se encaixava? O assassino estava enlouquecido atrás do dinheiro. Certo, fazia sentido. Mas por que arrastar o corpo? Por que manchar as paredes de sangue?

– Ainda não terminamos – falou Sally.

Myron piscou, como se saísse de um transe.

– Também fiz um exame toxicológico no morto. Sabe o que encontrei?

– Heroína?

Ela balançou a cabeça.

– *Niente.*

– O quê?

– *Rien*, nada, um grande zero.

– Clu não estava sob efeito de nada?

– Nem aspirina.

Myron franziu a testa.

– Deve ser algo temporário, certo? A droga devia ter acabado de sair do organismo dele.

– Não.

– Como assim não?

– Vou simplificar bastante como tudo funciona, tudo bem? Se um cara usou drogas ou ingeriu álcool, isso vai aparecer de alguma forma. Coração grande demais, danos no fígado, nódulos no pulmão, uma série de coisas. E apareceu. Não há nenhuma dúvida de que Clu Haid usou substâncias bem potentes. *No passado*, Myron. Existem outros exames, do cabelo, por exemplo, que mostram um panorama mais recente. Esses deram negativo, o que significa que ele estava afastado das drogas já fazia um tempo.

– Mas ele foi pego num exame antidoping duas semanas atrás.

Ela deu de ombros.

– Está me dizendo que o exame foi manipulado?

Sally levantou as duas mãos.

– Eu, não. Estou dizendo que os meus dados refutam esses dados. Não disse nada sobre manipulação. Pode ter sido um erro inocente. Existem falsos positivos.

A cabeça de Myron rodava. Clu estava longe das drogas. Seu corpo tinha sido arrastado após levar quatro tiros. Por quê? Nada daquilo fazia sentido.

Eles conversaram mais um pouco, dessa vez sobre o passado, e se dirigiram à saída dez minutos depois. Myron foi para o carro. Hora de encontrar o pai. Experimentou o celular novo – Win, claro, tinha vários sobressalentes espalhados pelo apartamento – ligando para o próprio dono do aparelho.

– Articule – atendeu ele.

– Clu estava certo. O antidoping foi manipulado.

– Meu Deus – reagiu Win.

– Sawyer Wells acompanhou o exame.

– Mais meu Deus.

– A que horas ele vai dar a palestra em Reston?

– Às duas.

– Está a fim de ficar motivado?

– Você não faz ideia.

28

O CLUBE.

O Brooklake Country Club, para ser mais exato. Isso mesmo: *brook* de riacho, *lake* de lago, *country* de campo, embora não tivesse nenhum riacho ou lago nem se localizasse no campo, era sem sombra de dúvida um clube. Lembranças da infância pipocavam em imagens fluorescentes enquanto o carro de Myron percorria a entrada íngreme, as colunas greco-romanas brancas da casa principal erguendo-se acima das nuvens. Era assim que via aquele lugar. Em imagens rápidas. Nem sempre agradáveis.

O clube era o símbolo do status de novo-rico, onde os judeus abonados podiam provar que eram tão espalhafatosos e exclusivos quanto os colegas cristãos. Mulheres de certa idade, com um bronzeado perpétuo nos largos peitos sardentos, estavam sentadas em torno da piscina, o cabelo no lugar graças ao laquê aplicado por falsos cabeleireiros franceses, as mechas parecendo fibras óticas congeladas que elas nunca deixavam molhar, Deus nos livre. Dormiam, Myron imaginava, sem descansar a cabeça, temendo que o penteado estilhaçasse como se fosse um vaso de Murano. Viam-se narizes refeitos, lipoaspirações e liftings tão radicais que as orelhas quase se tocavam atrás da cabeça. O efeito era tão bizarramente sexy quanto Yvonne De Carlo em *Os monstros*. Eram mulheres lutando contra a idade e aparentemente vencendo, mas Myron se perguntava se não estavam exagerando um pouco e se o medo de envelhecer não ficava um pouco óbvio demais nas cicatrizes que se revelavam sob as lâmpadas fortes do salão de jantar.

Homens e mulheres ficavam separados no clube: elas jogando majongue animadas e eles mastigando charutos em silêncio, com as mãos cheias de cartas. As mulheres tinham um horário especial para tomar chá, de modo a não interferirem nos preciosos momentos de lazer dos chefes de família – ou seja, de seus maridos. Havia quadras de tênis, mas serviam mais pela moda que pelo exercício, dando a todos o pretexto de usar moletons em que jamais se via uma gota de suor, os casais às vezes vestindo conjuntos combinando. Uma churrasqueira para os homens, um *lounge* para as mulheres. As tábuas de carvalho eternizando o nome dos campeões de golfe em letras douradas, o mesmo jogador, agora falecido, vencendo sete anos seguidos. Os grandes vestiários exibindo mesas para massagem, os banheiros com pentes mergulhados em álcool azul, o balcão de picles e repolho em conserva, os tapetes marcados de travas dos calçados de golfe. A placa dos fundadores, com o nome dos avós ainda lá. Os imigrantes servindo os salões, chamados sempre pelo primeiro nome, sempre sorrindo muito e de prontidão.

O que chocava Myron agora era que pessoas da *sua* idade haviam se associado ao clube. As mesmas moças que zombavam da ociosidade das mães abandonaram suas carreiras promissoras a fim de "criar" os filhos – leia-se: contratar babás – e iam lá almoçar e entediar umas às outras com um jogo ininterrupto de demonstrações de superioridade. Os homens da idade de Myron tinham as unhas manicuradas, cabelo comprido, eram bem-alimentados e bem-vestidos demais, perambulando com os telefones celulares e xingando casualmente um colega. Os filhos também estavam lá, crianças de olhos escuros, vagando pela casa principal com videogames portáteis, walkmans e posturas de pequenos príncipes.

As conversas eram vazias e deixavam Myron deprimido. Os avôs de sua época tinham o bom senso de não conversarem muito, apenas descartando e comprando o que estava na mesa, ocasionalmente queixando-se do time local; as avós faziam perguntas entre elas, comparando os próprios filhos e netos com os das concorrentes, buscando a fraqueza de uma adversária, e diante de qualquer abertura davam início a relatos de heroísmo dos descendentes, que ninguém escutava muito, enquanto preparavam o próximo ataque frontal. O orgulho familiar confundindo-se com o amor-próprio e o desespero.

O salão de jantar principal era como previsto: um exagero total. O carpete verde, as cortinas que pareciam ternos de veludo cotelê dos anos 1970, as toalhas douradas sobre enormes mesas de mogno, com jarros de flores altas, desproporcionais, não muito diferentes das que apareciam nos pratos que ornavam o bufê. Myron se lembrava de ter ido a um *bar mitzvah* ali, com tema esportivo, quando era criança: jukeboxes, pôsteres, bandeiras, um minibeisebol para crianças, uma cesta de basquete para lances livres, um suposto artista fazendo caricaturas esportivas de garotos de 13 anos – garotos de 13 anos, a pior criação de Deus depois dos advogados de programas de televisão – e uma orquestra de casamentos completa, com um cantor acima do peso que dava aos garotos moedas de 1 dólar dentro de pequenos sacos de couro estampados com o telefone da banda.

Essas imagens – esses flashes –, contudo, eram muito rápidas e, portanto, simplistas. Myron tinha consciência disso. Suas lembranças daquele lugar eram muito confusas – o desprezo misturando-se à nostalgia –, mas ele se recordava também dos almoços de família no clube: a gravata de nó pronto ligeiramente torta, a mãe pedindo que fosse até o local sagrado dos homens, o salão de carteado, para chamar o avô, indiscutível patriarca da família. O lugar tinha cheiro de charuto e o avô lhe dava um abraço feroz. Os compatriotas rudes, que vestiam camisas polo de cores berrantes e muito justas, mal percebiam o intruso, porque os próprios netos fariam a mesma coisa em breve. O jogo acabava, os participantes iam embora.

Essas pessoas de que Myron zombava com tanta facilidade eram a primeira geração criada inteiramente fora da Rússia, da Polônia, da Ucrânia ou de qualquer outra zona de combate da Europa Oriental. Haviam chegado ao Novo Mundo fugindo – do passado, da pobreza e do medo – e foram um pouco longe demais. Contudo, sob o cabelo, as joias e o tecido dourado, nenhuma mãe ursa mataria com tanta rapidez para proteger os filhotes, os olhos duros daquelas mulheres ainda tentando enxergar uma tragédia a distância, desconfiadas, sempre temendo o pior, preparando-se para receber o golpe pelos filhos.

O pai de Myron estava sentado numa cadeira giratória de couro falso no salão de *brunch*, encaixando-se naquela multidão quase tão bem quanto um beduíno montado num camelo. Não pertencia àquele mundo. Nunca pertencera. Não jogava golfe nem tênis nem cartas. Não nadava, não se gabava, não participava do *brunch* nem dava dicas sobre o mercado financeiro. Vestia sempre a roupa que usava para trabalhar: calça folgada de um cinza escuro, mocassins, camisa social branca sobre camiseta sem manga também branca. Os olhos eram escuros; a pele, moreno-clara; e o nariz se projetava como uma mão esperando ser apertada.

Curiosamente, o pai não era associado do Brooklake. Seus pais, entretanto, haviam sido membros fundadores, ou ainda eram, no caso do avô de Myron, um senhor de 82 anos em estado quase vegetativo, cuja preciosa vida se dissolvera em fragmentos inúteis de Alzheimer. O pai de Myron odiava aquele lugar, mas frequentava em nome da tradição. Isso significava aparecer de vez em quando. Para ele, era um pequeno preço a pagar.

Quando viu o filho, levantou-se, com mais lentidão que o usual, e de repente Myron compreendeu que o ciclo começava outra vez. O pai estava com a idade que o avô tinha na sua infância, aquela das pessoas que eles ridicularizavam na época, o cabelo preto como piche ficando ralo e grisalho. A ideia estava longe de ser confortável.

– Aqui! – chamou o pai, apesar de ele já tê-lo visto.

Myron abriu caminho entre os frequentadores do *brunch*, a maioria mulheres emperiquitadas que não se decidiam entre mastigar e tagarelar, com pedacinhos de repolho no canto da boca pintada e copos d'água manchados do batom cor-de-rosa. Observavam Myron por três razões: tinha menos de 40 anos, era do sexo masculino e não usava aliança. Sempre alertas, embora não necessariamente para as filhas, como as antepassadas mexeriqueiras dos povoados judeus.

Myron abraçou o pai e, como sempre, beijou-lhe o rosto. A face ainda era maravilhosamente áspera, mas a pele começava a ficar flácida. O cheiro do pós-barba pairava suavemente no ar, reconfortante como o de chocolate quente num dia de inverno. O pai retribuiu o abraço, afastou-se um pouco e abraçou de novo. Ninguém reparou naquela exibição de afeto. Aquilo não era de todo incomum ali.

Sentaram-se. Os jogos americanos de papel exibiam um diagrama dos dezoitos buracos do campo de golfe e uma letra *B* ornada no meio. A logo do clube. O pai pegou uma caneta verde, curta e grossa – uma caneta de golfe –, para escrever o pedido. Era assim que funcionava. O cardápio não se modificara em trinta anos. Quando era garoto, Myron sempre pedia sanduíche de queijo e presunto polvilhado de açúcar ou carne em conserva em pão de centeio. Naquele dia pediu um *bagel* com salmão defumado e queijo cremoso. O pai anotou.

– E então? – começou o pai. – Já se readaptou?

– Acho que sim.

– Que terrível essa história da Esperanza.

– Não foi ela.

O pai balançou a cabeça.

– Sua mãe me contou que você foi intimado.

– Fui. Mas não sei de nada.

– Escute sua tia Clara. É uma mulher inteligente. Sempre foi. Na escola Clara já era a garota mais inteligente da turma.

– Vou escutá-la.

A garçonete chegou. O pai lhe entregou o pedido, depois se virou para Myron e encolheu os ombros.

– O fim do mês está se aproximando. Tenho que usar a cota do seu avô antes do dia 30. Não quero desperdiçar dinheiro.

– Este lugar é legal.

A cara do pai dizia que não concordava com essa avaliação. Pegou um pedaço de pão, passou manteiga e depois o largou. Remexeu-se na cadeira. Myron o observava. O pai estava preparando o terreno.

– Então você e Jessica terminaram?

Durante todos os anos em que estivera com Jessica, o pai nunca tinha feito uma pergunta sobre seu relacionamento além daquelas que a boa educação mandava. Não era de seu feitio. Perguntava como Jessica estava, o que andava fazendo, quando sairia o próximo livro dela. Era educado, simpático, cumprimentava-a calorosamente, mas sem dar nenhuma indicação do que pensava de fato sobre ela. A mãe deixara muito clara sua opinião sobre o assunto: Jessica não era boa o bastante para o filho, mas quem era? O pai parecia um perfeito apresentador de telejornal, o tipo de cara que faz perguntas sem dar ao espectador nenhuma pista de sua opinião pessoal.

– Acho que agora acabou – disse Myron.

– Por causa... – o pai hesitou, olhou para o lado e depois para trás – de Brenda?

– Não tenho certeza.

– Não sou muito bom em dar conselhos. Você sabe. Talvez devesse ser. Li esses livros em que os pais dão recomendações para os filhos. Já viu algum deles?

– Já.

– Você encontra todo tipo de conselho ali. Como: assista ao nascer do sol uma vez por ano. Por quê? E se você quiser dormir mais um pouco? Outra: dê uma boa gorjeta para a garçonete no café da manhã. Mas e se ela estiver de mau humor? Se for uma péssima garçonete? Talvez seja por isso que nunca escrevi um. Sempre acho que há outro lado.

Myron sorriu.

– De forma que nunca fui bom em conselhos. Mas uma coisa aprendi nesta vida. Então me escute, porque é importante.

– Certo.

– A decisão mais importante que alguém toma é quando escolhe com quem vai casar – falou o pai. – Pode pegar todas as decisões que já tenha tomado, juntá-las, e mesmo assim não vão ter a mesma importância dessa. Suponha que escolheu o trabalho errado, por exemplo. Com a esposa certa, isso não é um problema. Ela vai encorajá-lo a trocar de emprego, vai botar você para cima, seja como for. Está entendendo?

– Sim.

– Lembre-se disso, tudo bem?

– Sim.

– Você tem que amá-la mais que qualquer coisa neste mundo. Mas ela tem que amá-lo do mesmo jeito. Sua prioridade tem que ser a felicidade dela, e a dela a sua. É engraçado gostar mais de outra pessoa que da gente mesmo. Não é fácil. Então não olhe para ela apenas como um objeto sexual ou como amiga. Imagine todos os dias com aquela pessoa. Pagando as contas juntos, criando os filhos, dividindo um quarto quente, sem ar-condicionado e com um bebê se esgoelando. Deu para entender?

– Sim – respondeu Myron, sorrindo e cruzando as mãos sobre a mesa. – É assim com o senhor e a mamãe? Ela é isso tudo para o senhor?

– Tudo – garantiu o pai, assentindo. – Além de um pé no saco.

Myron riu.

– Vou contar um segredo. Se prometer não dizer a sua mãe.

– Qual?

Ele se inclinou para a frente e sussurrou com ar conspirador:

– Quando a sua mãe entra onde estou, se ela aparecesse aqui do nada, por exemplo, mesmo agora, depois desses anos todos, meu coração ainda acelera um pouco. Entende o que estou dizendo?

– Acho que entendo. Me sentia assim com Jess.

O pai abriu os braços.

– Acho que é isso, então.

– O senhor quer dizer que Jessica é a pessoa certa?

– Não cabe a mim dizer nem isso nem o oposto.

– Acha que estou cometendo um erro?

O pai deu de ombros.

– Você vai descobrir, Myron. Tenho uma confiança tremenda em você. Talvez seja por isso que nunca lhe dei muitos conselhos. Sempre o achei esperto o bastante sem mim.

– Que bobagem.

– Ou talvez porque assim fosse mais fácil ser pai, não sei.

– Talvez você me guiasse pelo exemplo – falou Myron. – Com suavidade. Mostrando, e não dizendo o que é certo.

– É, bem... sei lá.

Eles ficaram em silêncio. O falatório das mulheres em torno deles era um barulho constante.

– Vou fazer 68 este ano – falou o pai.

– Eu sei.

– Não sou mais jovem.

Myron balançou a cabeça.

– Também não é velho.

– De certa forma.

Mais silêncio.

– Vou vender a empresa – contou o pai.

Myron ficou paralisado. Viu o depósito em Newark, o lugar onde o velho trabalhara desde que ele se entendia por gente. A fábrica de roupas – no caso do pai, de roupas íntimas. Podia vê-lo com seu cabelo negro, no escritório com paredes de vidro, berrando ordens, as mangas arregaçadas, e Eloise, a secretária de tantos anos, trazendo-lhe tudo de que precisava antes mesmo de ele saber que precisava.

– Estou velho demais para isso – continuou. – Vou me aposentar. Falei com Artie Bernstein. Você se lembra de Artie?

Myron assentiu.

– O cara é um salafrário, mas faz anos que tenta comprar a empresa. A oferta é um lixo, mas acho que vou aceitar.

Myron piscou.

– Vai vender mesmo?

– Sim. E sua mãe vai deixar o escritório de advocacia.

– Não entendo.

O pai pôs a mão em seu ombro.

– Estamos cansados, Myron.

Ele sentiu duas mãos gigantescas pressionarem-lhe o peito.

– Vamos comprar uma casa na Flórida.

– Flórida?

– Sim.

– Vocês vão se mudar para a Flórida? – perguntou Myron.

Sua teoria sobre a vida dos judeus na Costa Leste: cresciam, casavam, tinham filhos, iam para a Flórida e morriam.

– Não, talvez uma parte do ano, não sei. Sua mãe e eu vamos viajar um pouco mais. – Ele fez uma pausa. – Provavelmente vamos vender a casa.

Quando Myron nasceu, eles já tinham aquela casa. Ele olhou para a mesa, pegou um biscoito na cesta de pães e rompeu o celofane.

– Você está bem? – perguntou o pai.

– Sim, tudo bem – respondeu.

Mas não era verdade e não conseguia dizer por quê, nem para si mesmo.

A garçonete os serviu. O pai tinha pedido uma salada com queijo cottage.

O pai odiava queijo cottage. Os dois começaram a comer em silêncio. Myron sentia as lágrimas brotando nos olhos. Que bobagem.

– Tem mais uma coisa – disse o pai.

Myron levantou a cabeça.

– O quê?

– Não é nada importante, na verdade. Nem queria comentar com você, mas sua mãe acha que devo. E você sabe como ela é. Quando põe alguma coisa na cabeça, nem Deus...

– Fale, pai.

Ele fixou os olhos no filho.

– Quero que você saiba que isso não tem nada a ver com você ou sua ida ao Caribe.

– O quê, pai?

– Enquanto você estava lá – continuou ele, dando de ombros e piscando. Ele pousou o garfo, e o lábio inferior começou a tremer ligeiramente. – Tive umas dores no peito.

Myron sentiu o próprio coração explodir. Viu o pai, com o cabelo negro como piche, no estádio dos Yankees. Viu seu rosto ficar vermelho quando ouviu sobre o cara de barba. Viu-o levantar-se e partir como uma flecha para vingar os filhos.

Quando Myron falou, a voz soou fraca e distante:

– Dores no peito?

– Não faça drama.

– O senhor teve um ataque cardíaco?

– Não vamos exagerar. Os médicos não souberam dizer exatamente o que aconteceu. Foram só umas dores no peito, nada mais. Só fiquei dois dias no hospital.

– Hospital?

Mais imagens: o pai acordando com dores, a mãe começando a chorar, chamando uma ambulância, correndo para o hospital, a máscara de oxigênio, a mãe segurando-lhe a mão, o rosto dos dois sem cor...

E de repente alguma coisa se partiu. Myron não conseguiu se controlar. Levantou e correu até o banheiro. Alguém o cumprimentou, chamou seu nome, mas ele não se deteve. Abriu a porta do banheiro, entrou num reservado, trancou-se e quase desabou.

Começou a chorar.

Eram soluços profundos, doloridos, que sacudiam todo o corpo. Quando pensava que não ia conseguir chorar nunca mais. Alguma coisa lá dentro cedeu por fim e os soluços voltaram com força total, sem pausa nem alívio.

Myron ouviu alguém abrir a porta do banheiro e se encostar contra o reservado. A voz do pai, quando finalmente falou, foi pouco mais que um sussurro:

– Estou bem, Myron.

Mas ele viu novamente o pai no estádio dos Yankees. O cabelo negro desaparecera, substituído por fios brancos, esvoaçantes. Viu-o desafiando o homem de barba. Viu o homem levantando-se. E depois viu o pai levando a mão ao peito e caindo no chão.

29

Myron tentou se livrar daquela imagem. A vida era assim mesmo, mas ele não conseguia parar de pensar no assunto. Nem de se preocupar, coisa que conseguia evitar no passado, mesmo em momentos de crise. De repente, sentia náuseas de preocupação. Era verdade o que diziam: quanto mais velha a pessoa fica, mais parecida com os pais se torna. Em breve estaria dizendo às crianças que não colocassem a mão para fora da janela do carro ou ficariam sem o braço.

Win o encontrou em frente ao auditório. Clássico Win: olhar direto, braços cruzados, totalmente relaxado. Usava óculos escuros de grife e estava impecável. Tipo capa de revista: homem de negócios casual.

– Algum problema? – perguntou.

– Não.

Win deu de ombros.

– Pensei que fôssemos nos encontrar lá dentro – disse Myron.

– Isso significaria escutar Sawyer Wells falar mais.

– É tão ruim assim?

– Imagine um dueto da Mariah Carey com o Michael Bolton – respondeu Win.

– Uau.

Win checou as horas.

– Já deve estar terminando. Sejamos corajosos.

Entraram. O Cagemore Center era um local amplo, com dezenas de salas de concerto e palestra que podiam ser ajustadas para qualquer tamanho por meio de paredes corrediças. Em uma delas havia uma colônia de férias para crianças. Win e Myron pararam para escutar: "... e na fazenda tinha um porco...ia, ia, ô..."

A canção fez Myron sorrir.

Win se virou para o amigo:

– Nunca entendi: a música diz que os porcos fazem "óinc". É esse mesmo o barulho que eles fazem?

– Não faço a menor ideia.

Win deu de ombros de novo e continuou caminhando até o auditório principal. Em frente à porta, havia uma mesa vendendo toda a parafernália de Sawyer Wells. Fitas cassete, vídeos, livros, revistas, pôsteres, flâmulas (o que se podia fazer com uma flâmula de Swayer Wells estava além da imaginação de Myron) e, sim, camisetas. Os títulos eram muito criativos: *Guia Wells para o bem-estar*, *As regras de Wells para o bem-estar*, *A chave para o bem-estar: só depende de você*. Myron balançou a cabeça.

O auditório estava lotado, uma multidão tão silenciosa que faria inveja ao Vaticano. Sobre o palco, agitando-se nervosamente de um lado para outro como Robin Williams em sua época de *stand-up*, via-se o guru da autoajuda em pessoa. Estava resplandecente, vestindo calça de terno sem paletó, o punho da camisa dobrado, e suspensórios elegantes. Passava a imagem de que precisava: o terno caro dá a impressão de ser bem-sucedido, enquanto a ausência do paletó e a manga dobrada confirmam a ideia de que se trata de um cara normal. Um conjunto perfeitamente equilibrado.

– Só depende de vocês – dizia ao público fascinado. – Se forem se lembrar de algo do que ouviram hoje, que seja: só depende de vocês. Façam tudo por vocês. Todas as decisões são suas. Tudo que veem e tocam é um reflexo de vocês. Não! É mais que isso: *são* vocês. Vocês são tudo. E tudo são vocês.

Win se inclinou para Myron.

– Isso é uma música?

– The Stylistics, acho. Começo dos anos 1970.

– Quero que se lembrem disso – continuou Sawyer. – Visualizem. Visualizem tudo como sendo vocês. Suas famílias são vocês. O trabalho também. Quando andam pela rua, aquela árvore linda é vocês. O botão de rosa é vocês.

– Aquele banheiro imundo do terminal de ônibus – disse Win.

Myron balançou a cabeça e completou:

– Vocês.

– Vejam o patrão, o líder, o chefe de família, a pessoa bem-sucedida, realizada. Essa pessoa é vocês. Ninguém pode guiar vocês porque vocês são o líder. Vocês devem encarar o adversário e saber que podem vencer, porque vocês são os seus próprios adversários e sabem como derrotar vocês mesmos. Lembrem-se, vocês são os seus adversários. Os seus adversários são vocês.

Win fez uma careta.

– Mas você também não sabe como se derrotar?

– É um paradoxo – concordou Myron.

– Vocês temem o desconhecido – bombardeou Sawyer Wells. – Temem o sucesso. Têm medo de arriscar. Mas agora sabem que o desconhecido são vocês. O sucesso é vocês. O risco é vocês. Vocês não têm medo de vocês mesmos, têm?

Win franziu a testa.

– Ouçam Mozart. Façam caminhadas longas. Perguntem-se o que fizeram hoje. Façam isso todas as noites. Antes de dormir, perguntem-se se o mundo é melhor por causa de vocês. Afinal de contas, é o seu mundo. Vocês são o mundo.

– Se ele começar a cantar "We Are the World", vou sacar minha arma – ameaçou Win.

– Mas você é a sua arma – contrapôs Myron.

– E ele é a minha arma também.

– Certo.

Win ficou pensando naquilo.

– Então, se ele é a minha arma e a minha arma o mata, é suicídio.

– Sejam responsáveis por seus atos – continuou Wells. – Essa é uma das regras para o bem-estar. Sejam responsáveis. Cher disse uma vez: "Desculpas não deixam ninguém com um corpão, certo?" Escutem isso. Acreditem nisso de todo o coração.

O cara estava citando Cher. E a multidão fazia que sim com a cabeça. Deus não existe mesmo.

– Confessem algo sobre vocês mesmos a um amigo, algo terrível, que vocês não gostariam que ninguém soubesse. Vão se sentir melhor. Vão ver que ainda merecem amor. E, como o amigo são vocês, na verdade estão apenas contando para si mesmos. Interessem-se por tudo. Tenham sede de conhecimento. Essa é outra regra. Lembrem-se de que só depende de vocês. Quando aprendem alguma coisa, na verdade estão aprendendo sobre vocês mesmos. Conheçam-se melhor.

Win olhou para Myron com uma expressão de sofrimento.

– Vamos esperar lá fora – sugeriu Myron.

A sorte, entretanto, estava com eles. Duas frases depois, Sawyer Wells terminou. A multidão veio abaixo. Todos se levantaram, aplaudiram e ovacionaram como numa apresentação do Eddie Murphy.

Win balançou a cabeça.

– Quatrocentos dólares por cabeça.

– É quanto isso custo?

– Ele é o seu dinheiro.

Pessoas se aproximaram do palco, esticando as mãos em direção aos céus na vã esperança de que Sawyer Wells as tocasse. Myron e Win observavam. A mesa com parafernália vendida da saída parecia uma fruta podre com um bando de moscas zumbindo ao redor.

– Parece um encontro evangélico metido a besta – observou Win.

Myron concordou.

Sawyer Wells finalmente acenou e saiu do palco. A multidão continuou a aplaudir e comprar. Só faltava um locutor anunciar que o próprio Elvis havia deixado o prédio. Myron e Win abriram caminho em meio ao público.

– Venha – disse Win. – Tenho passes para o camarim.

– Por favor, diga que isso é brincadeira.

Não era. Realmente pediram a eles "passes para o camarim". Um segurança à paisana os olhou de cima a baixo e examinou os passes como se fossem fotos do assassinato de John Kennedy. Satisfeito, deixou que passassem pelo cordão de veludo. Sim, de veludo. Sawyer Wells avistou Win e caminhou na direção deles.

– Que bom você ter vindo, Win! – saudou-o. Virou-se para Myron e estendeu a mão. – Olá, Sawyer Wells.

Myron a apertou.

– Myron Bolitar.

Houve uma pequena hesitação em seu sorriso, que, no entanto, permaneceu firme.

– Muito prazer, Myron.

Myron decidiu por um ataque frontal:

– Por que você manipulou o antidoping de Clu Haid para que parecesse que ele estava usando heroína?

O sorriso ainda estava lá, mas não convencia mais.

– Como?

– Clu Haid. Esse nome lhe diz alguma coisa?

– É claro. Como disse ontem a Win, trabalhei duro com ele.

– Trabalhou como?

– Para mantê-lo longe das drogas. Tenho muita experiência em atendimento de viciados. Eu me especializei nisto: ajudar dependentes.

– Não é muito diferente do que faz agora – rebateu Myron.

– Como?

– Pessoas dependentes precisam de alguma dependência. Se não for a bebida ou as drogas, talvez seja a religião ou essa baboseira de autoajuda. Só trocam de dependência, esperamos que para uma menos prejudicial.

Sawyer Wells balançou a cabeça de maneira teatral.

– É um ponto de vista muito interessante, Myron.

– Puxa, obrigado, Sawyer!

– Aprendi muito sobre a fragilidade humana, sobre a falta de autoestima, com viciados feito Clu Haid. Como disse, trabalhei duro com ele. Seu fracasso me dói muito.

– Porque o fracasso foi seu – interrompeu Win.

– Como?

– Você é tudo, e tudo é você – argumentou Win. – Você é Clu Haid. Ele fracassou. Portanto, você também.

O sorriso continuava lá, mas não era o mesmo quando olhou para Win. Os gestos também se tornaram mais tensos, mais controlados. Ele era um desses caras que tentavam imitar a pessoa com quem conversam. Myron odiava isso.

– Vi você entrar no final do meu seminário, Win.

– Entendi mal sua mensagem?

– Não, não é isso. Mas o homem cria seu próprio mundo. Essa é minha opinião. Você é o que você cria, o que você percebe. Assuma responsabilidades. Esse é o componente mais importante do *Guia Wells para o bem-estar*. Você é responsável pelos próprios atos. Adimita seus erros. Sabe quais são as duas frases mais lindas deste mundo?

Win abriu a boca, mas desistiu. Olhou para Myron e balançou a cabeça.

– Fácil demais – disse.

– "Sou responsável" – continuou Sawyer – e "A culpa é minha". – E virando-se para Myron: – Repita isso, Myron.

– O quê?

– Vamos. É estimulante. Diga: "Sou responsável. A culpa é minha." Pare de se eximir na vida. Diga. Vamos, vou falar junto com você. Win, você também.

Myron e Sawyer disseram:

– Sou responsável. A culpa é minha.

Win ficou em silêncio.

– Sente-se melhor? – perguntou Sawyer.

– Foi quase como fazer sexo – respondeu Myron.

– Sim, isso tem um poder imenso.

– Tem. Escute, Sawyer, não estou aqui para criticar o seu seminário. Quero saber sobre o exame antidoping de Clu, que foi manipulado. Temos evidências que provam a adulteração. Você ajudou na realização do exame. Quero saber por que você fez parecer que ele estava usando drogas.

– Não sei do que está falando.

– A necropsia foi conclusiva: Clu não usava drogas havia no mínimo dois meses antes de morrer. No entanto, o exame que você acompanhou deu positivo duas semanas atrás.

– Talvez tenha havido um erro no exame– sugeriu Sawyer.

– Diga "Eu sou responsável. A culpa é minha" – interferiu Win.

– Pare de se eximir – acrescentou Myron.

– Vamos, Sawyer. É estimulante.

– Isso não tem a menor graça – retrucou ele.

– Espere – insistiu Win. – Você é tudo, então você é o exame antidoping.

– E é um cara positivo – afirmou Myron.

– Portanto, o resultado do exame foi positivo.

– Acho que já chega – disse Sawyer.

– Você está acabado, Wells – declarou Myron. – Vou contar aos jornais.

– Não sei do que está falando. Não sei de manipulação nenhuma.

– Quer ouvir minha teoria? – perguntou Myron.

– Não.

– Você está saindo dos Yankees e vai trabalhar para Vincent Riverton, certo?

– Não trabalho para ninguém com exclusividade. O conglomerado dele apenas publica meus livros.

– Ele é o arqui-inimigo de Sophie Mayor.

– De onde você tirou isso? – perguntou Sawyer.

– Ele vivia para o time. Quando ela assumiu o controle, ficou furioso. Sophie era tudo o que Nova York quer do dono de um time, porque não se mete onde não é chamada. Faz apenas uma jogada, a contratação de Clu Haid, e se dá superbem. Clu está arremessando melhor do que qualquer um esperava. Os Yankees começam a ir para as cabeças. Aí você surge. Clu não passa no exame antidoping. Sophie Mayor parece incompetente. Os Yankees tropeçam.

Sawyer parece recuperar-se um pouco. Algo no que Myron acabara de dizer lhe dera novo ânimo. Estranho.

– Isso não faz o menor sentido.

– Que parte?

– Tudo – respondeu Sawyer, estufando outra vez o peito. – Sophie Mayor tem sido boa para mim. É verdade: eu trabalhava no aconselhamento de drogados nos centros de reabilitação Sloan State e Rockwell quando ela me deu uma chance de melhorar de vida. Por que eu iria querer prejudicá-la?

– Cabe a você dizer.

– Não faço ideia. Eu acreditava piamente que Clu estivesse se drogando. Se isso não é verdade, então houve algum erro no exame.

– Você sabe muito bem que os resultados passam por contraprova. Não houve erro. Alguém os manipulou.

– Não fui eu. Talvez vocês devessem falar com o Dr. Stilwell.

– Mas você estava lá? Admite isso?

– Sim, estava. E não vou mais honrar as suas perguntas com respostas.

Depois dessa, Sawyer Wells deu uma meia-volta abrupta e se afastou rapidamente.

– Acho que ele não gostou da gente – concluiu Myron.

– Mas, se só depende de você, então nós somos ele.

– Então ele não gosta dele mesmo.

– Triste, não?

– Além de confuso – acrescentou Myron.

Eles se dirigiram para a saída.

– Para onde vamos então, oh, Motivado? – perguntou Win.

– Para a Starbucks.

– Hora do *latte*?

Myron assentiu.

– Hora de enfrentar FJ.

30

FJ NÃO ESTAVA LÁ. MYRON ligou novamente para seu escritório. A mesma secretária lhe disse que o patrão ainda não estava disponível. Ele repetiu que precisava falar com Francis Ache Junior o mais rápido possível. Ela permaneceu indiferente.

Myron voltou para o escritório da MB Representações Esportivas.

Big Cyndi vestia um body de lycra verde brilhante, com algo escrito no peito – isso numa mulher que mal cabia numa túnica. O tecido parecia gritar de dor, as letras estavam tão esgarçadas que Myron não conseguia ler o texto. Era como se tivessem pegado uma massinha de modelar, esfregado num jornal e depois esticado.

– Muitos clientes ligaram, Sr. Bolitar – disse ela. – Não ficaram satisfeitos com a sua ausência.

– Vou resolver isso.

Ela lhe passou as mensagens.

– Ah, Jared Mayor também ligou – acrescentou ela. – Pareceu ter muita pressa de falar com o senhor.

– Certo, obrigado.

Ele ligou primeiro para Jared Mayor, que estava no escritório da mãe, no estádio dos Yankees. Sophie acionou o viva-voz.

– Você ligou? – perguntou Myron.

– Esperava que você nos atualizasse – respondeu Jared.

– Acho que alguém enganou sua mãe.

– Me enganou? Como? – perguntou Sophie.

– O exame antidoping de Clu foi manipulado. Ele estava limpo.

– Sei que você quer acreditar nisso...

– Tenho provas – disse Myron.

Silêncio.

– Que tipo de prova? – perguntou Jared.

– Não temos tempo para isso agora. Mas pode confiar em mim. Clu estava limpo.

– Quem teria manipulado o exame? – perguntou Sophie.

– É o que quero saber. Pela lógica, os suspeitos são o Dr. Stilwell e Sawyer Wells.

– Mas por que eles iriam querer prejudicar Clu?

– Clu não, Sophie: prejudicar você. Isso se encaixa no que temos. Fazer aparecer o espectro da sua filha desaparecida, pegar a sua grande contratação e virá-la contra você... Acho que tem alguém querendo prejudicá-la.

– Você está tirando conclusões precipitadas – replicou Sophie.

– Pode ser.

– Quem iria querer me prejudicar?

– Tenho certeza de que você tem pelo menos meia dúzia de inimigos. Que tal Vincent Riverton, por exemplo?

– Riverton? Não. A transição no comando do time foi muito mais amigável do que a imprensa noticiou.

– Ainda assim, eu não o excluiria.

– Escute, Myron, não estou preocupada com nada disso. Só quero que você encontre a minha filha.

– As duas coisas provavelmente estão ligadas.

– Como?

Myron trocou o telefone de orelha.

– Quer que eu seja franco, certo?

– Completamente.

– Então tenho que lembrá-la de quais são as chances de sua filha ainda estar viva.

– Poucas – disse ela.

– Muito poucas.

– Não, poucas. Na verdade, acho que são mais que poucas.

– Você acredita realmente que Lucy esteja viva?

– Sim.

– Ela está por aí, esperando ser encontrada?

– Sim.

– A grande pergunta é: "por quê?".

– O que você quer dizer?

– Por que ela não voltou para casa? – perguntou ele. – Você acha que alguém a mantém refém esses anos todos?

– Não sei.

– Bem, quais são as alternativas? Se Lucy ainda estiver viva, por que não voltou nem telefonou? Do que está se escondendo?

Todos ficaram quietos, até que Sophie quebrou o silêncio:

– Você acha que alguém ressuscitou a lembrança da minha filha como parte de uma vingança contra mim?

Myron não sabia como responder.

– Acho que é uma possibilidade a ser considerada – disse ele.

– Aprecio sua franqueza, Myron. Quero que continue sendo honesto comigo. Não me esconda nada. Mas vou manter minha esperança. Quando uma filha desaparece sem mais nem menos, fica um grande vazio. Preciso de alguma coisa que o preencha, Myron. Então, até descobrir o que aconteceu, vou preenchê-lo com esperança.

– Entendo.

– Continue de olho, então.

Alguém bateu à porta. Ele pôs a mão sobre o telefone e mandou entrar. Big Cyndi apareceu. Myron apontou uma cadeira, e ela se sentou. Naquele verde brilhante, Big Cyndi parecia um planeta.

– Não tenho certeza do que posso fazer, Sophie.

– Jared vai investigar o exame antidoping de Clu – falou ela. – Se tiver alguma coisa errada, vai descobrir o que é. Fique de olhos abertos em relação a minha filha. Você pode estar certo sobre o que aconteceu com ela. Mas pode também estar errado. Não desista.

Antes que pudesse responder, a ligação foi cortada. Myron colocou o telefone de volta no gancho.

– Bem? – perguntou Big Cyndi.

– Ela ainda tem esperança.

Ela franziu o rosto.

– Existe uma linha tênue entre esperança e ilusão, Sr. Bolitar. Acho que a Sra. Mayor já a cruzou.

Myron concordou e se mexeu na cadeira.

– Você quer alguma coisa? – perguntou.

Ela balançou a cabeça, que era quase um cubo perfeito e lembrava a Myron um boneco feito de Lego. Sem saber o que fazer, ele cruzou as mãos e as colocou sobre a mesa. Perguntou-se quantas vezes já estivera assim, sozinho com Big Cyndi. Menos de dez vezes, com certeza. Sentia-se mal por admitir, mas ela o deixava desconfortável.

Depois de algum tempo, ela disse:

– Minha mãe era uma mulher grande e feia.

Myron não teve resposta.

– E, como a maioria das mulheres grandes e feias, era sensível como uma violeta. As mulheres grandes e feias são assim, Sr. Bolitar. Elas se acostumam a ficar isoladas nos cantos. Se escondem. Tornam-se revoltadas e ficam sempre na defensiva. Abaixam a cabeça e permitem que as tratem com desdém, aversão e...

Ela se calou de repente e fez um gesto com a mão rechonchuda. Myron permaneceu sentado, imóvel.

– Odiava minha mãe – continuou ela. – Jurei que nunca seria como ela.

Myron arriscou balançar ligeiramente a cabeça.

– É por isso que o senhor tem que salvar Esperanza.

– Acho que não entendi a ligação.

– Ela é a única pessoa que não se importa com isso.

– Com o quê?

Ela pensou no assunto um momento.

– Qual é a primeira coisa em que o senhor pensa quando me vê, Sr. Bolitar?

– Não sei.

– As pessoas ficam olhando – disse ela.

– Não é culpa delas, você não acha? – insinuou Myron. – Quero dizer, a forma como você se veste e essas coisas.

Ela sorriu.

– Prefiro ver choque em seus rostos a ver piedade. E que me achem atrevida ou escandalosa a retraída, assustada ou triste. Entende?

– Acho que sim.

– Não vou mais me isolar num canto. Já me cansei disso.

Sem saber o que dizer, Myron decidiu balançar a cabeça.

– Quando eu tinha 19 anos, entrei na luta livre. E é claro que me colocaram de vilã. Olhava para todos com desdém. Fazia caretas. Trapaceava. Atingia as adversárias quando não estavam olhando. Era tudo teatro, é claro. Mas esse era meu papel.

Myron se recostou e ficou ouvindo.

– Uma noite, me escalaram para lutar contra Esperanza, ou melhor, contra a Pequena Pocahontas. Era a primeira vez que nos encontrávamos. Ela já era a lutadora mais amada do circuito. Bonita, graciosa, pequena e essas coisas todas... que eu não era. Bem, estávamos nos apresentando no ginásio de uma escola de ensino médio, perto de Scranton. O roteiro era o habitual. Uma luta cheia de reviravoltas. Esperanza vencendo graças a sua habilidade. Eu trapaceando. Por duas vezes, eu tinha que imobilizá-la e, quando a multidão estava a mil, ela começava a bater os pés, como se o público estivesse lhe dando forças. Depois todo mundo começava a bater palmas ao ritmo da batida de seus pés. O senhor sabe como isso funciona, certo?

Myron concordou.

– Ela precisava me imobilizar com um salto para trás aos quinze minutos. Executamos tudo com perfeição. Então, enquanto ela levantava as mãos em sinal de vitória, eu tinha que me aproximar sorrateiramente por trás e bater nas suas costas com uma cadeira de metal. Outra vez, deu tudo certo. Ela foi à lona. A multidão ficou aturdida. Eu, a Mulher Vulcão, era assim que me chamava na época, levantei as mãos, comemorando a vitória. Eles começaram a vaiar e atirar coisas. Eu ria com desprezo. Os apresentadores se fingiam preocupados com a Pequena Pocahontas. Trouxeram a maca. O senhor já deve ter visto essa farsa um milhão de vezes na TV a cabo.

Ele concordou de novo.

– Depois ainda teve mais uma ou duas lutas e a multidão foi embora. Decidi só trocar de roupa no hotel. Saí para pegar o ônibus alguns minutos antes das outras garotas. Estava escuro, é claro. Era quase meia-noite. Mas alguns espectadores ainda estavam ali em frente. Decidiram me enfrentar. Deviam ser uns vinte. Começaram a gritar e eu resolvi encarar. Dei o mesmo sorriso de desprezo do ringue e contraí os músculos. – Sua voz estava embargada. – Foi quando acertaram uma pedra bem na minha boca.

Myron permanecia absolutamente imóvel.

– Comecei a sangrar. Depois acertaram outra pedra, no meu ombro. Não podia acreditar no que estava acontecendo. Tentei voltar para o prédio, mas eles me cercaram. Não sabia o que fazer. Eles se aproximaram. Me abaixei. Alguém acertou minha cabeça com uma garrafa de cerveja. Caí de joelhos na calçada. Depois me deram um chute no estômago e outro cara me puxou o cabelo.

Ela parou de falar. Piscou algumas vezes, voltou o rosto para cima, o olhar distante. Myron pensou em se aproximar dela, mas desistiu. Mais tarde tentaria entender por quê.

– Foi quando Esperanza apareceu – continuou Big Cyndi, após alguns momentos. – Pulou sobre alguém da multidão e aterrissou do meu lado. Os idiotas acharam que estava lá para ajudar a bater em mim. Mas ela só queria se pôr entre mim e os golpes. Pediu que parassem, mas eles não escutavam. Um deles a afastou para que pudessem continuar a me bater. Senti outro chute. Alguém agarrou meu cabelo com tanta força que minha cabeça virou para trás. Achei que fossem me matar.

Big Cyndi fez outra pausa e respirou fundo. Myron permaneceu onde estava e aguardou.

– Sabe o que Esperanza fez então? – perguntou ela.

Myron balançou a cabeça.

– Anunciou que iríamos formar uma dupla de lutadoras. Bem assim. Gritou que, depois que foi carregada na maca, eu fui visitá-la e descobrimos que na verdade éramos duas irmãs perdidas uma da outra fazia muito. A Mulher Vulcão se chamaria agora Grande Chefe-mãe e seríamos parceiras e amigas. Alguns dos espectadores se afastaram. Outros olharam desconfiados. "É uma armadilha!", advertiram-na. "A Mulher Vulcão está armando!" Mas Esperanza insistiu. Ajudou a me levantar e àquela altura a polícia já havia chegado e acabado com a confusão. A multidão se dispersou logo.

Big Cyndi levantou seus braços grossos e sorriu.

– Fim.

Myron sorriu de volta.

– Então foi assim que vocês duas se tornaram parceiras?

– Exatamente. Quando o presidente da associação de luta livre ficou sabendo do incidente, decidiu capitalizar em cima. O resto, como se diz, é história.

Os dois se recostaram em suas cadeiras e ficaram em silêncio, ainda sorrindo. Após um tempo, Myron disse:

– Partiram meu coração seis anos atrás.

Big Cyndi assentiu.

– Foi Jessica, não é?

– Sim. Peguei-a com outro homem. Um cara chamado Doug – disse ele e fez uma pausa. Não podia acreditar que estava contando aquilo para ela. Ainda doía, após todo esse tempo. – Depois Jessica me deixou. Não é esquisito? Não a mandei embora. Foi porque quis. Ficamos quatro anos sem nos falarmos. Até ela voltar e começarmos tudo de novo. Mas essa história você conhece.

Big Cyndi fez uma careta:

– Esperanza odeia Jessica.

– É, eu sei. Ela não se esforça para esconder.

– Ela a chama de Rainha das Vacas.

– Quando está de bom humor – acrescentou Myron. – Mas é por isso. Até terminarmos pela primeira vez, ela era mais ou menos indiferente a Jessica. Mas depois...

– Esperanza não esquece fácil – comentou Big Cyndi. – Não quando mexem com amigos dela.

– É. Fiquei arrasado. Win não ajudou em nada. Quando se trata de coisas do coração, bem, é como explicar Mozart para um surdo. Então, uma semana depois de Jessica ter me deixado, voltei para o escritório. Esperanza estava com duas passagens aéreas na mão. "Vamos viajar", disse ela. "Para onde?", perguntei. "Não se preocupe, já avisei seus pais que vamos ficar fora uma semana." – Myron sorriu. – Meus pais adoram Esperanza.

– Isso deve significar alguma coisa – observou Big Cyndi.

– Disse a ela que não tinha trazido roupa. Ela apontou duas malas no chão. "Comprei tudo de que você vai precisar." Protestei, mas já não tinha mais argumentos, e você conhece Esperanza.

– Cabeça-dura – disse Big Cyndi.

– Para dizer o mínimo. E sabe para onde ela me levou?

Big Cyndi sorriu.

– Para um cruzeiro. Ela me contou essa história.

– Pois é. Um desses navios novos, enormes, com quatrocentas refeições por dia. E ela me fez participar de todas aquelas atividades ridículas. Cheguei a costurar uma carteira. Bebemos. Dançamos. Jogamos um bingo idiota. Dormimos na mesma cama, ela me abraçou, mas não trocamos nem um beijo.

Os dois permaneceram sentados por outro longo momento, sorrindo.

– Não é preciso pedir ajuda a ela – falou Big Cyndi. – Esperanza simplesmente sabe e faz a coisa certa.

– E agora é a nossa vez – disse Myron.

– Sim.

– Ela ainda está escondendo alguma coisa de mim.

Big Cyndi concordou com a cabeça.

– Eu sei.

– Você sabe o que é?

– Não.

Myron se recostou novamente.

– Vamos salvá-la de qualquer jeito.

◆ ◆ ◆

Às oito, Win ligou para o escritório de Myron:

– Me encontre no apartamento daqui uma hora. Tenho uma surpresa para você.

– Não estou muito para surpresas hoje, Win.

Clique.

Ótimo. Ligou outra vez para o escritório de FJ. Nenhuma resposta. Não gostava muito de esperar. Ele era uma peça central naquilo tudo, tinha certeza agora. Mas Myron não podia fazer mais nada. Estava ficando tarde. Melhor ir para casa e se surpreender com o que quer que Win tivesse aprontado e depois descansar.

Às oito e meia, o metrô ainda estava cheio. A hora do rush em Manhattan havia aumentado para cinco ou seis horas. As pessoas trabalhavam muito, Myron chegou à conclusão. Saiu do metrô e caminhou até o Dakota. O porteiro de sempre estava lá. Recebera instruções para deixá-lo entrar a qualquer hora. Na verdade, fora-lhe dito que Myron era agora morador oficial do prédio, mas o homem ainda fazia uma careta toda vez que ele entrava, como se sentisse um mau cheiro no ar.

Myron pegou o elevador, procurou a chave e abriu a porta.

– Win?

– Não está.

Myron deu meia-volta. Terese Collins sorria para ele.

– Surpresa – disse ela.

Ele quase engasgou.

– Você veio embora da ilha?

Terese se mirou primeiro num espelho próximo e depois olhou para ele.

– Aparentemente.

– Mas...

– Agora não.

Ela andou até Myron e os dois se abraçaram. Ele a beijou. Depois se viram às voltas com botões, zíperes e colchetes. Ninguém falou nada. Foram para o quarto e fizeram amor.

Quando acabaram, ficaram abraçados. Os lençóis em desalinho os aproximavam ainda mais. Myron descansou a cabeça sobre seu peito macio, ouvindo o coração bater. De vez em quando, seu peito estremecia ligeiramente, e ele percebeu que ela estava chorando.

– O que foi? – perguntou Myron.

– Nada – respondeu ela, acariciando-lhe o cabelo. – Por que você foi embora?

– Uma amiga está com problemas.

– Isso soa tão nobre.

Outra vez aquela palavra.

– Pensei que tivéssemos concordado em não fazer mais isso – disse ele.

– Você está se queixando?

– Não – replicou Myron. – Só estou curioso para saber por que mudou de ideia.

– É importante?

– Acho que não.

Ela continuou acariciando seu cabelo. Myron fechou os olhos, imóvel, querendo apenas desfrutar a suavidade maravilhosa daquela pele contra o rosto e o sobe e desce de seu peito.

– Sua amiga que está com problemas – falou ela – é Esperanza Diaz.

– Win contou a você?

– Li no jornal.

Ele continuou de olhos fechados.

– Me fale sobre isso – pediu Terese.

– Conversar não era nosso forte na ilha.

– É, mas isso foi lá. Aqui é assim.

– Assim como?

– Você parece um pouco cansado – disse ela. – Acho que vai precisar de um tempo para se recuperar.

Myron riu.

– Ostras. É que na ilha tinha ostras.

– Então me conte.

Ele falou. Contou tudo. Ela lhe acariciava o cabelo. Às vezes parava para fazer uma pergunta, relaxada, no seu papel habitual de entrevistadora. Ficaram nisso quase uma hora.

– Que história – disse ela.

– Sim.

– Ainda dói onde bateram em você?

– Sim, mas sou um cara durão.

Ela lhe beijou o alto da cabeça.

– Não – disse ela –, não é.

Permaneceram num silêncio confortável.

– Eu me lembro do desaparecimento de Lucy Mayor – disse Terese. – Da segunda rodada ao menos.

– Segunda rodada?

– Quando os Mayors já tinham dinheiro para organizar uma grande busca. Antes disso, não era um caso muito noticiado. Uma fugitiva de 18 anos. Nada de mais.

– Você se lembra de algo que possa me ajudar?

– Não. Detesto cobrir esse tipo de história. E não apenas pela razão óbvia de que há vidas sendo destroçadas.

– Por quê, então?

– Porque há muita negação – respondeu ela.

– Negação?

– Sim.

– Por parte da família?

– Não, do público. As pessoas parecem ficar bloqueadas quando se trata dos filhos. Aceitar é muito doloroso. Dizem a si mesmas que isso nunca vai acontecer. Que Deus jamais permitiria. Procuram um motivo. Você se lembra do caso Louise Woodward, uns dois anos atrás?

– A babá que matou uma criança em Massachusetts?

– Que o juiz reduziu para homicídio culposo. O público continuou negando a simples verdade, mesmo as pessoas que acreditavam na culpa da babá. A mãe não deveria estar trabalhando, disseram. Não importava que ela trabalhasse apenas meio expediente e que ela fosse todo dia para casa na hora do almoço a fim de amamentar o filho. A culpa era dela. E do pai. Ele deveria ter checado melhor o histórico da babá. Ambos deveriam ter sido mais cuidadosos.

– Eu me lembro – disse Myron.

– No caso dos Mayors, foi a mesma coisa. Se Lucy tivesse sido criada da forma certa, nunca teria fugido, para começo de conversa. É isso que quero dizer com negação. É doloroso demais pensar no caso. As pessoas então bloqueiam e se convencem de que aquilo jamais aconteceria com elas.

– Você acha que nesse caso o argumento deve ser levado em conta?

– Em que sentido?

– Os pais de Lucy Mayor eram parte do problema?

Terese baixou a voz.

– Isso não é importante.

– Por que você diz isso?

Ela ficou em silêncio, outra vez com a respiração um pouco irregular.

– Terese?

– Às vezes – falou ela – a culpa é dos pais. Mas isso não muda nada. Porque, de qualquer modo, sejam eles culpados ou não, o filho se foi, e é isso que importa.

Ficaram calados.
– Você está bem? – perguntou, quebrando o silêncio.
– Sim.
– Sophie Mayor me disse que a pior parte é não saber nada.
– Ela está enganada – contrapôs Terese.
Myron ia perguntar mais, porém ela se levantou da cama. Quando voltou, os dois fizeram novamente amor – lânguido e agridoce, como na música de Steely Dan –, ambos com uma sensação de perda, buscando algo naquele momento, ou ao menos entorpecendo o corpo para o sono.

◆ ◆ ◆

Ainda estavam enroscados nos lençóis quando o telefone despertou Myron no dia seguinte de manhã. Ele se inclinou sobre a cabeça dela e atendeu.
– Alô?
– O que é tão importante?
Era FJ. Myron sentou rápido.
– Precisamos conversar.
– De novo?
– Sim.
– Quando?
– Agora.
– Starbucks – disse FJ. – Myron?
– O quê?
– Diga a Win para ficar do lado de fora.

31

FJ ESTAVA SENTADO SOZINHO à mesma mesa, a perna cruzada sobre o joelho. Sorvia algo como se houvesse alguma coisa no fundo da xícara que não quisesse provar. Um pouco de espuma ficou em seu lábio superior. O rosto estava liso como se ele o tivesse depilado. Myron procurou Hans e Franz ou algum capanga novo, mas não encontrou ninguém. FJ sorriu e, como sempre, um calafrio subiu pelas costas de Myron.

– Onde está Win?
– Lá fora – respondeu.
– Ótimo. Sente-se – disse.
– Sei por que Clu assinou com você, FJ.
– Quer tomar um *latte* gelado? Você gosta com espuma, não é?
– Isso estava me deixando louco – continuou Myron. – Por que Clu assinaria com você? Não me entenda mal. Ele tinha todas as razões do mundo para sair da MB Representações Esportivas. Mas conhecia a reputação da TruPro. Por que trocaria?
– Porque oferecemos um serviço valioso.
– A princípio, achei que seria por causa de alguma dívida de jogo ou droga. É como seu pai sempre trabalhou. Põe as garras em alguém e depois rói a carcaça. Mas Clu estava longe das drogas e tinha bastante dinheiro. Então não foi isso.

FJ pôs o cotovelo na mesa e apoiou o queixo contra a palma da mão.
– Fascinante, Myron.
– Tem mais. Quando fui para o Caribe, você estava me vigiando. Por causa de toda aquela história da Brenda Slaughter. Você mesmo me contou isso quando voltei, lembra? Você sabia que eu tinha visitado o cemitério.
– Um momento doloroso para todos nós – concordou FJ.
– Quando desapareci, você ainda queria me rastrear. No mínimo, meu desaparecimento provavelmente despertou sua curiosidade. Você viu nisso uma abertura para a TruPro, mas não era o bastante. Queria saber onde eu estava, mas não conseguia descobrir. Então fez a coisa mais fácil: seguiu Esperanza, minha sócia e melhor amiga.

FJ pareceu cacarejar.
– E eu aqui pensando que Win fosse seu melhor amigo.

– Os dois são. Mas isso não vem ao caso. Seguir Win seria muito complicado. Descobriria seu espião antes mesmo que ele começasse a me vigiar. Então você resolveu seguir Esperanza.

– Ainda não vejo o que isso tem a ver com a decisão de Clu de ser mais bem representado.

– Eu estava desaparecido. Você sabia disso. Tirou vantagem. Ligou para os meus clientes e disse que eu os havia abandonado.

– E estava errado?

– Isso não importa agora. Você viu um ponto fraco e o explorou. Não conseguiu se conter. Foi criado assim.

– Ai!

– Mas o que interessa aqui é que você estava seguindo Esperanza, na expectativa de que ela o levasse até mim ou ao menos lhe desse uma pista de quanto tempo eu ficaria fora. Você a seguiu até Nova Jersey. E acabou descobrindo algo que nunca havia imaginado.

FJ agora dava um sorriso libidinoso.

– E o que seria isso?

– Tire esse sorriso da cara, FJ. Você não passa de um bisbilhoteiro. Nem seu pai se rebaixaria a tanto.

– Ah, você ficaria surpreso se soubesse quanto meu pai pode se rebaixar.

– Você é um pervertido e, pior, usou o que descobriu contra um cliente. Clu ficou louco quando Bonnie o pôs para fora de casa, sem que ele fizesse a menor ideia do porquê. Mas você sabia. Então fez um acordo com ele. Se assinasse com a TruPro, você contaria a verdade sobre sua mulher.

FJ se recostou na cadeira, cruzou outra vez as pernas e juntou as mãos sobre o colo.

– Que reviravolta, Myron.

– É tudo verdade, não é?

FJ inclinou a cabeça, deixando pairar a dúvida por um momento.

– Vou dar a você o meu ponto de vista – começou ele. – A antiga agência de Clu Haid, a MB Representações Esportivas, estava acabando com ele. De tudo quanto era forma. O seu agente, que seria você, Myron, o abandonou quando ele mais precisava. A sua sócia, que seria a adorável e graciosa Esperanza, estava ocupada chupando a mulher dele. Não é verdade?

Myron não disse nada.

FJ separou as mãos, tomou um gole de espuma e juntou-as outra vez.

– O que fiz – continuou ele – foi tirar Clu Haid dessa situação terrível.

Trouxe-o para uma agência que não iria abusar da sua confiança. Que cuidaria dos seus interesses. Um dos instrumentos que utilizamos para isso são informações. Valiosas. Para que o cliente entenda o que está acontecendo. Isso faz parte do trabalho de um agente, Myron. E uma dessas agências de que estamos falando lançou mão de uma ética questionável. E não foi a TruPro.

Outra reviravolta, mas havia alguma verdade nisso. Um dia, quando Myron tivesse tempo para elas, aquelas palavras iriam machucar. Mas não no momento.

— Então você admite isso?

FJ deu de ombros.

— Mas, se você estivesse seguindo Esperanza, saberia que não foi ela.

FJ inclinou novamente a cabeça.

— Sério?

— Para de fazer joguinhos, FJ.

— Espere um momento, por favor.

FJ pegou o celular e digitou um número. Levantou-se e foi até um canto. Deu algumas instruções, o telefone entre o ombro e o ouvido, tirou do bolso papel e caneta, depois anotou alguma coisa. Desligou e voltou para a mesa.

— O que você estava dizendo?

— Foi Esperanza quem o matou?

FJ sorriu.

— Quer saber a verdade?

— Sim.

— Não sei. Honestamente. Sim, eu a segui. Mas, como tenho certeza que você sabe, até as cenas lésbicas se tornam repetitivas. Então, depois de um tempo, deixamos de segui-la quando ela atravessava a ponte Washington. Não fazia sentido continuar.

— Então você não sabe mesmo quem matou Clu?

— Receio que não.

— Você ainda está me seguindo, FJ?

— Não.

— Ontem à noite. Você não mandou ninguém me seguir?

— Não. E, verdade seja dita, não tinha mandado ninguém seguir você quando veio aqui ontem.

— O cara que vi em frente ao meu escritório não estava trabalhando para você?

– Me desculpe, mas não.

Havia algo que Myron não estava entendendo.

FJ se inclinou de novo para a frente. Seu sorriso era tão horripilante que os dentes pareciam se retorcer.

– Até que ponto você está disposto a ir para salvar Esperanza? – sussurrou.

– Você sabe a resposta.

– Até os confins do Universo?

– Aonde você quer chegar, FJ?

– Você está certo, é claro. Fiquei sabendo sobre Esperanza e Bonnie. E vi uma abertura. Liguei então para Clu, no apartamento de Fort Lee. Mas ele não estava. Deixei uma mensagem bem misteriosa na secretária eletrônica. Alguma coisa como "sei com quem sua esposa está dormindo". Ele ligou de volta, para a minha linha particular, em uma hora.

– Quando foi isso?

– Hum... Uns três dias antes de ser morto?

– E o que ele disse?

– A reação foi óbvia. Porém o mais importante não foi *o que*, mas *de onde*.

– De onde?

– Tenho identificador de chamadas na minha linha particular – disse FJ, recostando-se. – Clu estava fora da cidade quando retornou minha ligação.

– Onde?

FJ não se apressou em responder. Pegou o café, deu um gole demorado, fez um longo "Ahhhhh" como se estivesse filmando um comercial de refrigerante e pousou a xícara. Olhou para Myron e balançou a cabeça:

– Não tão rápido.

Myron esperou.

– A minha especialidade, como você já viu, é recolher informação. Informação é poder. Moeda. Dinheiro. E não jogo dinheiro fora.

– Quanto, FJ?

– Não se trata de dinheiro, Myron. Não quero o seu. Posso comprar você dez vezes, nós dois sabemos disso.

– O que você quer, então?

Ele tomou outro longo gole. Como Myron gostaria de estender o braço e esganá-lo!

– Tem certeza de que não quer beber nada?

– Me poupe, FJ.

– Que mau humor.

Myron cerrou os punhos e os escondeu debaixo da mesa. Fez o possível para ficar calmo.

– O que você quer, FJ?

– Você conhece Dean Pashaian e Larry Vitale, é claro.

– Os dois são clientes meus.

– Correção: eles estão pensando seriamente em sair da MB Representações Esportivas e vir para a TruPro. Estão em cima do muro, como se diz. Então esta é minha oferta: você para de persegui-los, de ligar para eles e dizer que a TruPro é dirigida por mafiosos. Se prometer fazer isso – disse ele, mostrando o pedaço de papel em que anotara algo –, passo o número de onde Clu ligou.

– A sua agência vai destruir a carreira deles. Sempre destrói.

FJ sorriu outra vez.

– Posso garantir a você, Myron, que nenhuma garota da minha equipe vai ter um caso lésbico com a esposa deles.

– Não tem acordo.

– Então adeus – falou FJ, pondo-se de pé.

– Espere.

– Prometa ou vou embora.

– Vamos conversar sobre isso – disse Myron. – Podemos chegar a um meio-termo.

– Adeus.

FJ se dirigiu para a porta.

– Tudo bem – disse Myron.

FJ levou a mão à orelha:

– Não escutei.

Vender dois clientes. Depois disso, o que poderia ser mais baixo, coordenar campanhas políticas?

– Negócio fechado. Não falo mais com eles.

FJ abriu os braços.

– Você é um negociador maravilhoso, Myron. Estou pasmo diante de sua habilidade.

– De onde ele ligou, FJ?

– Aqui está o número – disse ele, entregando o pedaço de papel.

Myron leu e foi correndo para o carro.

32

Myron já tinha o celular na mão antes de chegar aonde estava Win. Digitou o número e ouviu três toques.

– Motel Hamlet – disse uma voz de homem.
– Qual o endereço de vocês?
– Estamos em Wilston. Na Rota 9, perto da Interestadual 91.

Ele agradeceu e desligou. Win olhou, enquanto Myron ligava para Bonnie. A mãe dela atendeu. Ele se identificou e pediu para falar com a viúva de Clu.

– Ela ficou muito chateada depois que você foi embora ontem.
– Sinto muito.
– Por que quer falar com ela?
– Por favor. É muito importante.
– Ela está de luto. Você entende? O casamento podia ir mal, mas...
– Entendo, Sra. Cohen, mas deixe-me falar com ela, por favor.

Um suspiro profundo. Dois minutos depois, Bonnie atendeu:

– O que foi, Myron?
– O que o Motel Hamlet, em Wilston, Massachusetts, significa para você?

Ele pensou ter percebido Bonnie tomar fôlego.

– Nada.
– Você e Clu moraram lá, não?
– Não no motel.
– Em Wilston, quero dizer. Quando Clu jogava no Bisons, nas ligas menores.
– Você sabe que sim.
– E Billy Lee Palms. Ele também morou lá na mesma época.
– Não em Wilston. Acho que em Deerfield. É a cidade ao lado.
– E o que Clu estava fazendo no Motel Hamlet três dias antes de morrer?

Silêncio.

– Bonnie?
– Não tenho a menor ideia.
– Pense. Por que Clu iria lá?
– Não sei. Talvez tenha ido visitar algum velho amigo.
– Que velho amigo?

– Myron, você não está escutando. Eu não sei. Não vou lá há quase dez anos. Mas moramos no lugar oito meses. Talvez ele tenha feito algum amigo. Talvez tenha ido pescar ou descansar ou fugir disso tudo. Não sei.

Myron segurou o telefone com força.

– Você está mentindo para mim, Bonnie.

Silêncio.

– Por favor – disse ele. – Só estou tentando ajudar Esperanza.

– Posso fazer uma pergunta, Myron?

– O quê?

– Você continua fuçando e fuçando, certo? Pedi que não fizesse isso. Esperanza também pediu. Hester Crimstein também. Mas você continua.

– E onde está a pergunta?

– Vou fazer agora: toda essa sua investigação ajudou em alguma coisa? Fez Esperanza parecer mais ou menos culpada?

Myron pensou um pouco, mas não adiantava mais. Bonnie desligou antes que ele tivesse chance de responder. Ele pôs o telefone no bolso e olhou para Win.

– Valendo duzentos pontos: canção horrível – disse Win, como se estivesse em um programa de auditório.

– O quê?

– Resposta: Barry Manilow e clássico americano.

Myron quase sorriu.

– A pergunta seria: "O que é 'Time in New England?'"

– Resposta correta. – Win balançou a cabeça. – Às vezes, quando as nossas cabeças estão sintonizadas...

– É – disse Myron. – É assustador.

– Vamos?

Myron pensou um pouco.

– Acho que não temos escolha.

– Ligue primeiro para Terese.

Myron assentiu e pegou o telefone.

– Você sabe como chegar lá?

– Sim.

– Deve levar umas três horas.

Win pisou no acelerador, o que não era fácil no coração de Manhattan.

– Vamos dizer duas.

33

Wilston fica na parte oeste de Massachusetts, a cerca de uma hora de New Hampshire e Vermont. É possível ver vestígios dos tempos antigos: a típica cidade da Nova Inglaterra trabalhada nos mínimos detalhes, pavimentada com paralelepípedos, casas coloniais de madeira, placas de bronze na frente dos prédios históricos, a capela com sua torre branca no centro – um cenário que parece exigir o tapete de folhas do outono ou uma grande nevasca. Entretanto, como tudo o mais nos Estados Unidos, a proliferação das lojas de departamento estava destruindo o patrimônio histórico. As estradas entre esses vilarejos haviam se alargado no decorrer dos anos, como se por gulodice, para alimentar essas lojas gigantescas que se erguiam às suas margens. Elas aniquilavam a personalidade e o encanto das cidades pequenas, deixando o rastro universal de monotonia que assolava rodovias dos Estados Unidos. Do Maine a Minnesota, da Carolina do Norte a Nevada, sobrava pouca textura e individualidade. Tudo estava tomado por lojas de utilidades domésticas, móveis baratos e hipermercados.

Por outro lado, queixar-se das mudanças que o progresso impõe e sentir nostalgia pelos velhos tempos é de certa forma cômodo. Mais difícil é responder por que, se essas mudanças são tão ruins, os lugares e as pessoas se acostumam com tanta rapidez e boa vontade a elas.

Wilston possuía a fachada conservadora clássica da Nova Inglaterra, mas era uma cidade universitária – abrigava a Faculdade de Wilston – e, portanto, era tão liberal quanto uma cidade universitária pode ser. Liberal como só os jovens, os isolados do mundo, os protegidos e aqueles para quem a vida sorri conseguem ser. Mas isso era bom. Na verdade, era como deveria ser.

No entanto, até Wilston estava mudando. Sim, os antigos sinais de liberalismo estavam lá: a loja de doces vegetarianos, o café onde várias etnias se encontravam, a livraria frequentada por lésbicas, a loja que vendia lâmpadas negras e parafernália para fumar maconha, a que só vendia ponchos. As franquias, contudo, entravam silenciosamente, instalando-se aos poucos nas esquinas: Dunkin' Donuts, Angelo's Sub Shop, Baskin-Robbins, Seattle Coffee.

Myron começou a cantar baixinho "Time in New England".

Win olhou para ele.

– Você sabe que estou armado?

– Foi você quem pôs essa música na minha cabeça.

Eles cruzaram a cidade em alta velocidade – com Win na direção, tudo era em alta velocidade – e chegaram ao Motel Hamlet, quase uma espelunca, na periferia da cidade. Uma placa anunciava HBO GRÁTIS! e a máquina de gelo era tão grande que dava para vê-la da Lua. Myron olhou para o relógio. Haviam chegado lá em menos de duas horas. Win estacionou o Jaguar.

– Não entendo – disse Myron. – Por que Clu ficaria aqui?

– HBO grátis?

– Provavelmente porque podia pagar em espécie. É por isso que não vimos nenhum registro nos cartões de crédito. Mas por que não queria que soubessem que esteve aqui?

– São perguntas muito boas – replicou Win. – Talvez você deva entrar e tentar encontrar alguma resposta.

Os dois desceram do carro. Win viu um restaurante ao lado.

– Vou ali fazer umas perguntas – disse. – Você fica com o recepcionista.

Myron assentiu. O recepcionista, definitivamente um universitário de férias, estava sentado atrás do balcão, olhando para o nada. De tão entediado, parecia estar em coma induzido. Myron deu uma olhada em volta e viu um computador. Isso era bom.

– Olá!

Os olhos do garoto se desviaram em direção a Myron:

– Oi?

– Esse computador. Registra as chamadas telefônicas dos clientes, não? Inclusive as locais.

O garoto estreitou os olhos.

– Quem quer saber?

– Preciso ver os registros de todas as ligações externas de hóspedes dos dias 10 e 11 deste mês.

O garoto ficou de pé.

– Você é da polícia? Me deixe ver seu distintivo.

– Não sou da polícia.

– Então...

– Dou a você 500 dólares pela informação – disse Myron. Não precisava fazer joguinhos ali. – Ninguém vai saber.

O garoto hesitou, mas não por muito tempo.

– Mesmo que eu seja despedido, é mais dinheiro do que recebo em um mês. Que datas você quer?

Myron repetiu. O garoto apertou algumas teclas. A impressora começou a fazer barulho. Coube tudo numa página. Myron entregou o dinheiro ao garoto, que deu a folha em troca. Examinou rapidamente a lista.

Bingo instantâneo.

Viu a ligação interurbana para o escritório de FJ. Fora feita do quarto 117. Procurou outras ligações do mesmo quarto. Clu tinha ligado para a secretária eletrônica de casa duas vezes. Certo, bom, ótimo. Quem sabe uma ligação local? Não fazia sentido ir até ali só para fazer chamadas interurbanas.

Bingo outra vez.

Quarto 117. Primeira ligação da lista. Um número local. O coração de Myron começou a martelar, a respiração mais acelerada. Estava perto agora. Muito perto. Saiu da recepção. O chão era de cascalho. Chutou algumas pedrinhas. Pegou o telefone e ia ligar para o número. Não. Poderia ser um erro. Precisava descobrir tudo o que pudesse primeiro. Se fizesse a chamada, podia estar prevenindo alguém. Claro que não sabia quem estaria prevenindo, como ficariam prevenidos ou sobre o que se preveniriam. Em todo caso, não queria estragar nada. Tinha o número do telefone. Big Cyndi poderia fazer uma busca. Hoje em dia era fácil conseguir catálogos completos. Qualquer loja de software vendia CD-ROMs com os telefones do país inteiro, ou bastava procurar na internet. Era só digitar um número e ficava-se sabendo a quem pertencia e o endereço. Mais progresso.

Ele ligou para Big Cyndi.

– Já ia ligar para o senhor, Sr. Bolitar.

– Ia?

– Hester Crimstein na linha. Precisa falar com o senhor com urgência.

– Certo, pode passar a ligação em um segundo. Big Cyndi?

– Sim?

– O que você contou... Sobre ficarem olhando. Lamento se...

– Nada de piedade, Sr. Bolitar. Lembra?

– Sim.

– Por favor, não mude em nada, tudo bem?

– Certo.

– Estou falando sério.

– Me passe para Hester Crimstein – disse ele. – E, enquanto converso com ela, você sabe onde Esperanza guarda os CDs com os catálogos telefônicos?

– Sei.

– Quero que procure um número para mim – falou Myron.

Leu o número, Big Cyndi o repetiu e depois passou a ligação de Hester Crimstein.

– Onde você está? – vociferou a advogada.

– Em que isso lhe interessa?

Hester não gostou.

– Porra, Myron, pare de agir feito criança! Onde você está?

– Não é da sua conta.

– Você não está ajudando.

– O que você quer, Hester?

– Você está falando de um celular, certo?

– Certo.

– Não sabemos se a linha é segura – falou ela. – Precisamos nos encontrar imediatamente. Vou estar no meu escritório.

– Agora não dá.

– Escute, você quer ajudar Esperanza ou não?

– Você sabe a resposta.

– Então venha já para cá – disse Hester. – Temos um problema, e acho que você pode ajudar.

– Que tipo de problema?

– Não por telefone. Estou esperando você.

– Vou demorar um pouco – retrucou Myron.

Silêncio.

– Por que vai demorar, Myron?

– Porque vou.

– Já é quase meio-dia. A que horas posso esperar você?

– Antes das seis é impossível.

– É muito tarde.

– Lamento.

Ela suspirou.

– Myron, venha para cá agora. Esperanza quer ver você.

Sentiu uma ligeira palpitação.

– Pensei que ela estivesse na prisão.

– Acabei de soltá-la. Ninguém sabe. Venha imediatamente para cá, Myron, agora.

◆ ◆ ◆

Myron e Win estavam no estacionamento do Motel Hamlet.

– O que você achou disso? – perguntou Win.

– Não gosto nem um pouco.

– Por quê?

– Por que de repente Hester Crimstein está tão desesperada para me ver? Ela vem tentando se livrar de mim desde o momento em que voltei. Agora sou a resposta a algum problema?

– É bizarro – concordou Win.

– Também não gosto dessa libertação de Esperanza que "ninguém sabe".

– Acontece.

– Claro que acontece. Mas, se tiver acontecido, por que Esperanza não me ligou? Por que Hester fez a ligação por ela?

– É verdade. Por quê?

Myron pensou um momento.

– Você acha que Hester está envolvida nisso tudo?

– Não consigo imaginar como – respondeu Win. – Mas ela pode ter falado com Bonnie Haid.

– E?

– E ter deduzido que estamos em Wilston.

– E agora quer que retornemos imediatamente – completou Myron.

– Sim.

– Então ela está tentando nos tirar de Wilston.

– É uma possibilidade – disse Win.

– O que ela não quer que a gente descubra?

Win deu de ombros.

– Ela é advogada de Esperanza.

– Alguma coisa que possa prejudicar Esperanza.

– Lógico – assentiu Win.

Um casal na casa dos 80 anos saiu de um dos quartos. O homem passara o braço em torno dos ombros da mulher. Os dois tinham um ar pós-sexo. Ao meio-dia. Bom de se ver. Myron e Win nos observaram em silêncio.

– Fui longe demais da última vez – falou Myron.

Win se manteve calado.

– Você me alertou. Disse para me concentrar no meu objetivo. Mas não dei ouvidos.

O amigo continuou em silêncio.

– Estou fazendo a mesma coisa agora?

– Você não sabe deixar as coisas acontecerem – falou ele, por fim.

– Isso não é resposta.

Win franziu a testa.

– Não sou um sábio eremita das montanhas. Não tenho todas as respostas.

– Só quero saber o que você acha.

Win estreitou os olhos, apesar de o sol não estar incomodando.

– Da última vez, você desviou a atenção da meta. Você sabe qual é a sua meta agora?

Myron ficou pensando.

– Libertar Esperanza – respondeu. – E descobrir a verdade.

Win sorriu.

– E se esses dois objetivos forem mutuamente excludentes?

– Aí deixo a verdade pra lá.

Win balançou a cabeça.

– Parece que esse objetivo já foi alcançado.

– Devo deixar como está? – perguntou Myron.

Win o encarou.

– Existe outra complicação.

– Qual?

– Lucy Mayor.

– Não estou procurando ativamente por ela. Adoraria encontrá-la, mas não tenho esperança.

– No entanto – continuou Win –, é ela que liga você a isso tudo.

Myron balançou a cabeça.

– O disquete veio para você – continuou Win. – Não tem como fugir disso. E você simplesmente não é assim. De alguma forma você e essa garota desaparecida estão ligados.

Silêncio.

Myron conferiu o endereço e o nome que Big Cyndi lhe dera. A linha estava em nome de uma certa Barbara Cromwell, e o endereço era Claremont Road, número 12. O nome não lhe dizia nada.

– Tem uma locadora de carro nesta rua – disse ele. – Você volta. Conversa com Hester Crimstein e vê o que consegue descobrir.

– E você?

– Vou dar uma checada nessa Barbara Cromwell.

– É um plano – falou Win.

– Bom?

– Não disse isso.

34

Em MASSACHUSETTS, ASSIM COMO em Nova Jersey, o estado natal de Myron, você rapidamente sai de uma metrópole para uma cidade comum e daí para uma zona abandonada. Era o caso ali. O número 12 da Claremont Road – Myron não entendeu por que os números chegavam a 12 se a rua toda tinha apenas três construções – era uma casa antiga de fazenda. Ao menos parecia antiga. A cor, que já devia ter sido um vermelho forte, desbotara até tornar-se de um pastel diluído, quase invisível. O topo da estrutura se inclinava para a frente como se sofresse de osteoporose. O beiral dianteiro do telhado havia rachado no meio, o lado direito escancarado para baixo como a boca de alguém que sofrera um derrame. Viam-se tábuas soltas e rachaduras grandes e a grama era tão alta que um adulto poderia se perder tentando atravessá-la.

Ele parou em frente à casa de Barbara Cromwell e pensou na melhor abordagem. Pegou o celular e ligou para Big Cyndi.

– Já descobriu algo?

– Não muito, Sr. Bolitar. Barbara Cromwell tem 31 anos. Se divorciou há quatro de Lawrence Cromwell.

– Tem filhos?

– Isso é tudo o que descobri até agora, Sr. Bolitar. Sinto muitíssimo.

Ele agradeceu e disse que continuasse tentando. Olhou outra vez para a casa. No peito, sentia um martelar constante e abafado. Trinta e um anos. Enfiou a mão no bolso e pegou o retrato de como seria Lucy Mayor hoje. Contemplou-o. Que idade teria se ainda estivesse viva? Vinte e nove, talvez 30. Idades próximas, mas e daí? Tentou afastar aquele pensamento, mas ele não ia embora.

E agora?

Desligou o motor. Uma cortina se moveu numa janela do andar de cima. Fora visto. Não tinha mais escolha. Abriu a porta e percorreu o caminho que levava à entrada. Já tinha sido pavimentado um dia, mas a grama invadira tudo, deixando apenas uns retalhos de asfalto. No pátio lateral, via-se uma daquelas casinhas de plástico da Fischer-Price, com escorregador e escada de corda. O amarelo, o azul e o vermelho fortes do brinquedo brilhavam sobre a grama seca, como pedras preciosas contra um fundo de veludo preto. Ele chegou por fim à porta. Não tinha campainha. Bateu e esperou.

Podia ouvir sons dentro da casa, alguém correndo, sussurros. Uma criança chamou: "Mãe!" e foi logo silenciada.

Myron ouviu passos, e uma voz de mulher disse:

– Sim?

– Sra. Cromwell?

– O que quer?

– Sra. Cromwell, meu nome é Myron Bolitar. Gostaria de lhe falar um instante.

– Não quero comprar nada.

– Não, senhora, não estou vendendo nada...

– E não aceito pedidos de ajuda pessoalmente. Se quer alguma doação, peça pelo correio.

– Não estou aqui por nenhum desses motivos.

Breve silêncio.

– O que quer, então? – perguntou ela.

– Sra. Cromwell – respondeu ele, com sua voz mais tranquilizadora –, se importaria em abrir a porta?

– Vou chamar a polícia.

– Não, não, por favor, espere só um instante.

– O que quer?

– Quero falar sobre Clu Haid.

Houve uma longa pausa. O garotinho começou de novo a falar. A mulher o fez calar-se.

– Não conheço ninguém com esse nome.

– Por favor, abra a porta, Sra. Cromwell. Precisamos conversar.

– Escute bem, senhor, sou amiga de todos os policiais daqui. Se eu disser uma palavra, eles o prendem por invasão de propriedade privada.

– Entendo sua preocupação – rebateu Myron. – E se conversássemos pelo telefone?

– Vá embora.

O garotinho começou a chorar.

– Vá embora – repetiu ela. – Ou vou chamar a polícia.

Mais choro.

– Tudo bem – disse Myron. – Estou indo.

Depois, tomando coragem, gritou:

– O nome Lucy Mayor lhe diz alguma coisa?

A única resposta foi o choro da criança.

Myron deu um suspiro e voltou para o carro. E agora? Não conseguira sequer vê-la. Talvez devesse dar uma volta em torno da casa, tentar enxergar por alguma janela. Ah, que ideia genial! Ser preso por espionar. Ou, pior ainda, assustar uma criança pequena. Porque ela chamaria a polícia, com certeza...

Pegou o telefone.

Barbara Cromwell disse que era amiga dos policiais da cidade, mas ele também era. De certa forma. Wilston fora a cidade onde Clu havia sido preso na primeira vez que fora pego dirigindo embriagado, ainda na época em que jogava nas ligas menores. Myron o livrara com a ajuda de dois policiais. Examinou seu banco de memória, tentando lembrar os nomes. Não precisou de muito tempo. O oficial que efetuara a prisão se chamava Kobler. Esquecera o primeiro nome. O delegado era Ron Lemmon, um homem com seus 50 anos na época. Podia estar aposentado agora. Entretanto, havia boas chances de que ao menos um deles ainda estivesse na ativa. Talvez soubessem alguma coisa sobre a misteriosa Barbara Cromwell.

Valia uma tentativa.

35

Contra todas as expectativas, a delegacia de polícia de Wilston não ficava num prediozinho insignificante. Estava sediada no porão de um edifício alto, com aparência de fortaleza, de tijolos escuros e velhos. Os degraus que conduziam até lá tinham uma daquelas placas antigas de abrigo antibombas, com triângulos amarelos ainda brilhantes no sinistro círculo preto. A imagem trouxe de volta lembranças da Escola Primária Burnet Hill e dos antigos treinamentos contra bombardeios, um exercício intenso em que ensinavam às crianças que se agacharem num corredor era uma defesa adequada em caso de um ataque nuclear soviético.

Myron nunca fora àquela delegacia. Após o acidente de Clu, ele encontrara os policiais nos fundos de uma lanchonete na Rota 9. Não levou mais que dez minutos. Ninguém queria prejudicar o superastro emergente. Ninguém queria arruinar a carreira promissora do jovem Clu. Dólares trocaram de mãos – um pouco para o oficial que o prendera e um pouco para o delegado de plantão. Doações, disseram, rindo. Todos sorriam.

Um sargento sentado atrás do balcão olhou para Myron quando ele entrou. Parecia ter uns 30 anos e, como muitos policiais hoje em dia, tinha um corpo de quem passava mais tempo na academia que na loja de rosquinhas. No crachá estava escrito "Hobert".

– Em que posso ajudá-lo?

– O delegado Lemmon ainda trabalha aqui?

– Não. Lamento informar que Ron morreu, ah, deve fazer um ano agora. Já estava aposentado fazia dois.

– Sinto muito.

– Câncer. Comeu-o todo, feito um rato faminto – comentou Hobert, como se dissesse: "O que se pode fazer?"

– E um cara chamado Kobler? Acho que era subdelegado uns dez anos atrás.

A voz de Hobert se tornou de repente tensa:

– Eddie não está mais na corporação.

– Ele ainda mora nesta região?

– Não. Acho que vive em Wyoming. Posso perguntar seu nome, senhor?

– Myron Bolitar.

– Soa familiar.

– Eu jogava basquete.

– Não, não é isso. Odeio basquete – rebateu ele, pensando por um momento e depois balançando a cabeça. – Por que está perguntando sobre dois policiais antigos?

– São velhos amigos, de certa forma.

Hobert pareceu meio em dúvida.

– Queria perguntar a eles sobre uma pessoa com quem um cliente meu se envolveu.

– Cliente?

Myron abriu seu sorriso de filhote abandonado. Geralmente o usava com senhoras de idade, mas não custava tentar.

– Sou agente esportivo. Meu trabalho é cuidar de atletas e, bem, cuidar para que ninguém se aproveite deles. E esse meu cliente se interessou por uma moça que vive aqui nesta cidade. Eu só queria ter certeza de que ela não é uma aproveitadora.

Duas palavras para definir aquele discurso: *muito fraco*.

– Qual é o nome dela? – perguntou Hobert.

– Barbara Cromwell.

O sargento piscou.

– Isso é alguma piada?

– Não.

– Tem algum atleta interessado em Barbara Cromwell?

Myron tentou um ligeiro recuo:

– Talvez tenha entendido o nome errado.

– Acho que é bem provável.

– Por quê?

– Você mencionou Ron Lemmon antes. O antigo delegado.

– Certo.

– Barbara Cromwell é filha dele.

Por um instante, Myron ficou pasmo. O ventilador girava. Um telefone tocou.

– Com licença – pediu o policial e foi atender.

Myron não ouviu nada disso. Alguém congelara aquele momento, suspendendo-o sobre um buraco escuro e dando-lhe bastante tempo para observar o vazio, até que de repente esse mesmo alguém o jogou ali dentro. Ele mergulhou no negrume, as mãos girando, o corpo dando voltas, esperando, quase desejando, espatifar-se no fundo.

36

Myron havia saído da delegacia. Caminhava pela praça da cidade. Comprara algo numa lanchonete de comida mexicana e engolia sem sequer sentir o gosto. Win ligou:

– Estávamos certos – disse ele. – Hester Crimstein estava tentando desviar nossa atenção.

– Ela admitiu?

– Não. Não deu explicação nenhuma. Diz que quer falar com você, somente você e pessoalmente. Depois tentou fazer com que eu desse detalhes do seu paradeiro.

Nenhuma surpresa.

– Você gostaria que eu – Win hesitou – a interrogasse?

– Por favor, não – respondeu Myron. – Ética à parte, não acho que haja mais muita necessidade.

– É?

– Sawyer Wells disse que dava atendimento para drogados em Rockwell.

– Lembro.

– Billy Lee Palms se tratou em Rockwell. A mãe mencionou quando a visitei em sua casa.

– Hum – murmurou Win. – Que coincidência maravilhosa.

– Não é coincidência – disse Myron. – Isso explica tudo.

◆ ◆ ◆

Quando acabou de falar com Win, subiu e desceu a rua principal de Wilston umas sete ou oito vezes. Os lojistas, sem muito que fazer, sorriam para ele, que retribuía. Cumprimentava com a cabeça as muitas pessoas que passavam por ele. A cidade era tão anos 1960, o tipo de lugar onde ainda se usavam barbas desgrenhadas e bonés pretos e todos pareciam com uma dupla hippie num show ao ar livre. Ele gostava dali. Gostava muito.

Pensou na mãe e no pai, em estarem envelhecendo, e se perguntou porque não conseguia aceitar isso. Pensou nas "dores no peito" do pai e em como elas eram, de certa forma, culpa sua, em como seu desaparecimento havia contribuído pelo menos parcialmente para o que acontecera. Pensou em como teria sido para eles se tivessem sofrido o mesmo destino de Sophie e Gary Mayor, se ele houvesse desaparecido aos 17 sem deixar pistas e nunca fosse encontrado. Pensou em Jessica e em como ela dissera que iria lutar por ele. Em Brenda e no que tinha feito. Em Terese, na noite anterior e no que aquilo significava de fato, se é que significava algo. Em Win, Esperanza e nos sacrifícios que os amigos fazem.

Por um longo tempo, não pensou no assassinato de Clu nem na morte de Billy Lee. Não pensou em Lucy Mayor, em seu desaparecimento nem na ligação dele próprio com o caso. Aquela trégua, porém, terminou. Ele deu alguns telefonemas, fez algumas deduções e confirmou o que já suspeitava.

As respostas nunca vêm com gritos de "eureca!". Você esbarra nelas, às vezes em meio à total escuridão. Cambaleia-se por um quarto escuro à noite, tropeçando no que não se vê, arrastando-se para a frente, batendo a canela nos móveis, tropeçando e se levantando, tateando as paredes e rezando para que a mão encontre o interruptor. E depois – para continuar com essa analogia pobre, mas tristemente precisa – que se encontra o interruptor, que você o aciona e banha o recinto de luz, às vezes ele é justo como se imaginou. E outras vezes, como naquele momento, a pessoa se perguntava se não seria melhor ter ficado para sempre tateando no escuro.

Win diria, é claro, que Myron estava simplificando a analogia. Argumentaria haver outras opções. Era possível ir embora do quarto. Ou deixar os olhos se acostumarem à escuridão e, embora não se visse nada claramente, estaria tudo bem. Poderia desligar o interruptor. No caso de Horace e Brenda Slaughter, Win estaria certo. No de Clu Haid, Myron não tinha certeza.

Ele encontrara o interruptor. Acendera a luz. A analogia, porém, não se sustentava – e não porque fosse idiota desde o início. Tudo no quarto ainda estava turvo, como se olhasse através da cortina do boxe. Conseguia ver luzes e sombras. Distinguir formas. Para saber o que acontecera exatamente, no entanto, seria necessário puxar a cortina.

Ainda assim, podia ir embora, deixar a cortina como estava e até apagar a luz, mas esse era o problema com a escuridão e as opções que Win daria. Na obscuridade, não se vê o foco da infecção. Ela fica livre para crescer, despreocupada, até consumir tudo, inclusive o homem encolhido num canto, tentando mais que tudo ficar longe do maldito interruptor.

Myron entrou no carro e dirigiu de volta à casa de fazenda na Claremont Road. Bateu de novo à porta e mais uma vez Barbara Cromwell lhe disse que fosse embora.

– Sei por que Clu Haid veio aqui – disse a ela, e continuou a falar, até que por fim ela o deixou entrar.

Ao sair, Myron ligou outra vez para Win. Conversaram por um longo tempo. Primeiro, sobre o assassinato de Clu Haid. Depois sobre o pai de Myron. Ajudou. Não muito, contudo. Ligou para Terese e lhe contou o que sabia. Ela disse que havia tentado checar alguns dados com suas fontes.

– Então Win estava certo – falou Terese. – Você está pessoalmente envolvido.

– Sim.

– Me culpo todos os dias – disse ela. – A pessoa acaba se acostumando.

Outra vez, ele quis perguntar mais. Outra vez, soube que não era a hora.

Myron fez mais duas ligações no celular. A primeira foi para o escritório de Hester Crimstein.

– Onde você está? – rosnou ela.

– Imagino que esteja em contato com Bonnie Haid – retrucou ele.

Pausa. Depois:

– Meu Deus, Myron, o que você fez?

– Elas não estão contando tudo a você, Hester. Na verdade, aposto que Esperanza não contou nada.

– Onde você está, droga?

– Chego aí em três horas. Diga a Bonnie para ir também.

A última ligação foi para Sophie Mayor. Quando ela atendeu, Myron só disse duas palavras:

– Encontrei Lucy.

37

Myron tentou dirigir como Win, mas isso estava além de suas possibilidades. Acelerou, mas havia trechos em reparos na Interestadual 95. Sempre havia. Devia fazer parte da legislação de Connecticut. Escutou rádio. Deu telefonemas. Estava assustado.

Hester Crimstein era sócia principal de um escritório de advocacia caríssimo, localizado num arranha-céu de Nova York. Percebeu que a atraente recepcionista o estava esperando. Ela o conduziu por um corredor forrado do que pareciam ser folhas de mogno até uma sala de reuniões. Havia uma mesa retangular, grande o bastante para acomodar vinte pessoas, sobre a qual se viam canetas e blocos para anotações em frente de cada cadeira, cobrados evidentemente de clientes que nada suspeitavam, a preços exorbitantes. Hester Crimstein estava sentada ao lado de Bonnie Haid, de costas para a janela. Elas ameaçaram se levantar quando Myron entrou.

– Não se incomodem – disse ele.

As duas pararam.

– O que está acontecendo afinal? – perguntou Hester.

Myron a ignorou e olhou para Bonnie.

– Você quase me contou, não foi, Bonnie? Assim que voltei. Disse que se perguntava se não teríamos feito um desserviço a Clu ajudando-o. Imaginava se, no final das contas, levamos Clu à morte ao acobertá-lo e protegê-lo. Eu disse que você estava errada. Que a culpa toda era da pessoa que o havia assassinado. Mas eu não sabia de tudo ainda, não é?

– Mas do que vocês estão falando? – perguntou Hester.

– Quero lhe contar uma história – falou ele.

– O quê?

– Escute, Hester. É bom ficar sabendo no que foi se envolver.

Ela calou a boca. Bonnie continuou em silêncio.

– Doze anos atrás – começou Myron – Clu Haid e Billy Lee Palms eram jogadores de um time da liga menor chamado New England Bisons. Os dois eram jovens e irresponsáveis, como os atletas tendem a ser. O mundo era o seu quintal, eles eram os maiorais, tudo era um conto de fadas. Não vou insultá-la entrando em detalhes.

As duas se recostaram nas cadeiras. Myron se acomodou de frente a elas e continuou:

– Um dia Clu Haid estava dirigindo bêbado. Bem, provavelmente isso aconteceu em mais de uma ocasião, mas dessa vez conseguiu arrebentar o carro contra uma árvore. Bonnie – ele apontou para ela com o queixo – ficou ferida no acidente. Teve uma concussão séria e passou vários dias no hospital. Clu saiu ileso e Billy Lee quebrou um dedo. Clu entrou em pânico. Uma acusação de dirigir embriagado poderia arruinar a carreira de um atleta jovem, mesmo doze anos atrás. Eu tinha acabado de conseguir para ele vários contratos de patrocínio lucrativos. Ele devia se transferir para a liga principal em questão de meses. Clu fez então o que muitos atletas fazem. Procurou alguém que o livrasse daquele problema. O seu agente. Eu. Peguei o carro e fui correndo como um louco até o local. Encontrei um policial, um cara chamado Eddie Kobler, e o delegado da cidade, Ron Lemmon.

Hester Crimstein interveio:

– Não estou entendendo nada.

– Mas você vai, espere um pouco – retrucou Myron. – Os policiais e eu chegamos a um acordo. Isso acontece o tempo todo com atletas de sucesso. Casos como esse são varridos para debaixo do tapete. Clu era um bom garoto, todos concordávamos. Não havia razão para destruir a sua vida por causa daquele pequeno incidente. Era um crime praticamente sem vítima. A única pessoa ferida fora a esposa do próprio Clu. Portanto, chegamos a um acordo e passei a eles o dinheiro. Clu não estava bêbado. Só desviou para não bater em outro carro. Foi isso que causou o acidente. Billy Lee Palms e Bonnie atestariam essa versão. Incidente acabado e esquecido.

Hester fazia sua cara de irritada, porém curiosa. O rosto de Bonnie ia perdendo rapidamente a cor.

– Doze anos se passaram – prosseguiu Myron. – E esse acidente virou quase uma maldição da múmia. O motorista embriagado, Clu, é assassinado. O melhor amigo e passageiro do carro, Billy Lee Palms, é morto a tiros. Não posso chamar de assassinato porque o atirador salvou minha vida. O delegado que subornei morreu de câncer de próstata. Nada há nada de estranho nessa morte, ou talvez Deus tenha chegado a ele antes da múmia. E Eddie Kobler, o outro policial, foi pego aceitando propina do tráfico de drogas. Prenderam-no e ele se livrou graças a um acordo. A mulher o deixou. Os filhos não falam com ele. Mora sozinho com uma garrafa em Wyoming.

– Como você descobriu sobre esse tal Kobler? – perguntou Hester Crimstein.

– Um policial da cidade, chamado Hobert, me contou. Um amigo repórter confirmou.

– Ainda não vejo a relevância dessa história – comentou Hester.

– Porque Esperanza não lhe falou nada – rebateu Myron. – Estava me perguntando quanto ela teria contado a você. Não muito, aparentemente. Só insistiu em que eu ficasse fora disso, certo?

Hester lhe lançou seu olhar de tribunal.

– Você está querendo dizer que Esperanza tem alguma coisa a ver com o que aconteceu?

– Não.

– Foi você quem cometeu um crime, Myron. Subornou dois policiais.

– Esse é o problema – disse ele.

– Do que você está falando?

– Já naquela noite alguma coisa me dizia que o incidente todo era estranho. Os três juntos no carro. Por quê? Bonnie não gostava muito de Billy Lee Palms. Mas, claro, ela sairia com Clu, que sairia com Billy Lee, que talvez levasse a namorada. Mas por que estariam só os três no carro tão tarde da noite?

Hester Crimstein assumiu o ar de advogada:

– Você está dizendo que um deles não estava no carro?

– Não. Estou dizendo que havia quatro pessoas no carro, e não três.

– O quê?

Os dois olharam para Bonnie, que abaixou a cabeça.

– Quem eram os quatro? – perguntou Hester.

– Bonnie e Clu formavam um casal – explicou Myron, tentando olhar Bonnie nos olhos, mas ela não levantava a cabeça. – Billy Lee Palms e Lucy Mayor formavam o outro.

Hester Crimstein pareceu ter sido atingida por um raio.

– Lucy Mayor? – repetiu ela. – A garota desaparecida?

– Sim.

– Jesus Cristo.

Myron não tirava os olhos de Bonnie. Ela acabou levantando a cabeça.

– Não é verdade?

– Ela não vai falar – disse Hester Crimstein.

– Sim – respondeu Bonnie. – É verdade.

– Mas você nunca soube o que aconteceu com ela, não?
Bonnie hesitou:
– Na época, não.
– O que Clu contou?
– Que você a tinha subornado também – disse Bonnie. – Como tinha feito com a polícia. Contou que você pagou para ela ficar calada.
Myron balançou a cabeça. Fazia sentido.
– Tem uma coisa que não entendo. Poucos anos atrás, houve uma onda de publicidade em torno de Lucy Mayor. Você deve ter visto o retrato dela nos jornais.
– Vi.
– Ela não lhe pareceu familiar?
– Não. Você precisa entender: eu só a vi naquela vez. Você conhecia Billy Lee. Era uma garota diferente a cada noite. Clu e eu estávamos sentados na frente. O cabelo estava de outra cor. Pintado de louro. Não a reconheci.
– Nem Clu.
– É verdade.
– Mas depois você ficou sabendo.
– Depois.
– Esperem – interrompeu Hester Crimstein. – Não estou entendendo nada. O que um antigo acidente de trânsito tem a ver com a morte de Clu?
– Tudo – respondeu Myron.
– É melhor você explicar, Myron. Se você é quem está envolvido, por que Esperanza levou a culpa?
– Foi um erro.
– O quê?
– Não era em Esperanza que eles queriam pôr a culpa – disse Myron. – Mas em mim.

38

O ESTÁDIO DOS YANKEES PARECIA encurvar-se na noite, como se tentasse escapar ao brilho das próprias luzes. Myron deixou o carro no Setor 14, onde estacionavam executivos e jogadores. Havia apenas três outros automóveis ali. O guarda noturno na entrada de imprensa disse que os Mayors o encontrariam no campo. Myron percorreu a arquibancada mais baixa e pulou o muro próximo à área do rebatedor. As luzes do estádio permaneciam acesas, mas não havia ninguém. Estava sozinho no campo. Respirou fundo. Mesmo no Bronx, não havia nada como o cheiro de um campo de beisebol. Virou-se na direção do túnel dos times visitantes, examinando as fileiras mais baixas e encontrando os assentos exatos onde ele e o irmão tinham estado tantos anos antes. Engraçado como é possível lembrar-se das coisas. Dirigiu-se até a área do lançador ouvindo o agradável farfalhar da grama sob os pés e sentou sobre a placa branca no chão, esperando. A casa de Clu. O lugar onde sempre se sentira em paz.

Deveriam tê-lo enterrado aqui, pensou Myron. *Sob a área do lançador.*

Olhou para cima, em direção aos milhares de assentos, vazios como os olhos dos mortos. O estádio deserto era apenas um cadáver sem alma. O branco das linhas que delimitavam a área interna do campo estava enlameado, quase cor de terra. Seria repintado no dia seguinte, antes do jogo.

Há pessoas que dizem que o beisebol é uma metáfora da vida. Myron não sabia se era verdade, mas, olhando para as linhas, perguntava-se. A linha que dividia o bem do mal não era tão diferente daquela, no campo. Com frequência, mostrava-se tão frágil quanto a cal. Tendia a desbotar com o tempo. Precisava ser constantemente redesenhada. Se muitos jogadores a pisavam, ficava manchada e borrada, a ponto de o dentro tornar-se fora e o fora dentro, de não ser mais possível distinguir o bem e o mal.

A voz de Jared Mayor rompeu o silêncio:

– Você disse que encontrou minha irmã.

Myron se virou para o túnel.

– Menti – disse.

Jared subiu os degraus de cimento. Sophie vinha atrás. Myron se pôs de pé. Jared começou a dizer alguma coisa, mas a mãe colocou a mão sobre seu braço. Caminhavam como se fossem treinadores indo conversar com o lançador reserva.

– Sua irmã morreu – falou Myron. – Mas vocês dois sabem disso.

Eles continuaram a caminhar.

– Morreu num acidente de carro provocado por um motorista embriagado. Morreu na hora.

– Talvez – disse Sophie.

Myron pareceu confuso.

– Talvez?

– Talvez ela tenha morrido na hora, talvez não – continuou Sophie. – Clu Haid e Billy Lee Palms não eram médicos. Eram só dois idiotas burros e bêbados. Lucy podia estar apenas ferida. Podia estar viva. Um médico poderia tê-la salvado.

Myron assentiu.

– É possível.

– Vá em frente – falou Sophie. – Quero ouvir o que você tem a dizer.

– Quaisquer que fossem as condições da sua filha, Clu e Billy Lee acharam que estivesse morta. Clu ficou aterrorizado. Uma acusação de embriaguez ao volante já seria suficientemente séria, mas aquilo era homicídio. Não teria como escapar, por melhor que fosse sua bola curva. Ele e Billy Lee entraram em pânico. Não sei detalhes. Sawyer Wells pode nos contar. Minha opinião é que esconderam o corpo. Era uma estrada tranquila, mas ainda assim não tiveram tempo para enterrar Lucy antes da chegada da polícia e da ambulância. Então provavelmente a ocultaram na vegetação. Depois que tudo se acalmou, voltaram e a enterraram. Como disse, não conheço os detalhes. Não acho que sejam relevantes. O importante é que Clu e Billy Lee se livraram do corpo.

Jared se colocou em frente a Myron.

– Você não tem como provar nada disso.

Myron o ignorou, mantendo os olhos na mãe.

– Os anos passaram. Lucy se foi. Mas não na cabeça de Clu Haid e Billy Lee Palms. Talvez eu esteja analisando demais ou sendo muito benevolente com eles. Mas acho que o que fizeram naquela noite definiu o resto de suas vidas. A tendência autodestrutiva, as drogas...

– Está sendo muito benevolente – disse Sophie.

Myron esperou.

– Não dê a eles o crédito de terem uma consciência – continuou ela. – Eram gente da pior espécie.

– Talvez você esteja certa. Não devo tentar compreendê-los. E também não importa. Clu e Billy Lee podem ter criado um inferno particular em suas vidas, mas não chegou nem perto da angústia da sua família. Você me contou sobre o tormento terrível de não saber a verdade, de como conviveu com isso todos os dias. Lucy estava morta e enterrada daquela forma, e o tormento continuava.

A cabeça de Sophie ainda estava erguida. Não se via qualquer tremor em seu rosto.

– Você sabe como descobrimos por fim o destino da nossa filha?

– Foi Saywer Wells – respondeu Myron. – *As regras de Wells para o bem-estar*. Regra 8: "Confesse algo sobre você para um amigo, algo terrível, que não gostaria que ninguém soubesse. Vai se sentir melhor e ver que ainda é digno de ser amado." Sawyer atendia drogados em Rockwell. Billy Lee foi internado lá. Minha opinião é que ele o pegou durante uma crise de abstinência. Provavelmente Billy Lee delirava e fez o que o terapeuta pediu. Regra 8. Confessou a pior coisa que conseguiu imaginar, aquele momento de sua vida que moldou todos os outros. Sawyer vislumbrou de repente sua saída de Rockwell e uma vida sob os refletores. Por meio da rica família Mayor, dona da Mayor Software. Então foi até você e seu marido e contou o que descobrira.

– Você não tem como provar nada disso! – repetiu Jared.

E de novo Sophie o silenciou com a mão.

– Continue, Myron – falou ela. – O que aconteceu depois?

– Com essa nova informação, vocês descobriram o corpo da sua filha. Não sei se foram seus detetives particulares que a acharam ou se usaram o dinheiro e a influência que têm para manter as autoridades caladas. Não seria difícil para alguém na posição de vocês.

– Entendo – disse Sophie. – Mas, se tudo isso que você supõe for verdade, por que eu iria querer abafar o caso? Por que não processar Clu e Billy Lee e até mesmo você?

– Porque não conseguiria – respondeu Myron.

– Por que não?

– O corpo ficou enterrado doze anos. Não havia nada ali que funcionasse como prova. O carro já não existia havia anos. Mais uma prova inexistente. O relatório da polícia falava de um teste de bafômetro que demonstrava que Clu não estava bêbado. Então tudo o que você tinha era o delírio de um dependente químico, passando por uma crise de abstinência. A confissão dele a Sawyer Wells provavelmente seria descartada. Mesmo que não fosse. E daí? O testemunho dele sobre a propina para os policiais era de segunda mão, já que ele não estava lá quando isso aconteceu. Você percebeu isso tudo, não?

Ela não disse nada.

– E isso significava que fazer justiça dependia de você, Sophie. Você e Gary tinham que vingar a filha. – Ele parou, olhou para Jared e depois de volta para Sophie. – Você me falou sobre um vazio. Disse que preferia preenchê-lo com esperança.

Sophie balançou a cabeça.

– Foi o que eu fiz – disse.

– E quando a esperança acabou, quando a descoberta do corpo de sua filha destruiu tudo, você e seu marido ainda precisavam preencher esse vazio.

– Sim.

– Preencheram então com a vingança.

Ela fixou o olhar nele.

– Você nos culpa, Myron?

Ele não disse nada.

– O delegado desonesto estava morrendo de câncer – começou Sophie. – Não havia o que fazer com ele. O outro policial, bem, como seu amigo Win diria, dinheiro é influência. O FBI armou uma arapuca a nosso pedido. Ele mordeu a isca. E, sim, destruí a vida dele. Com prazer.

– Mas era Clu quem você queria machucar mais – falou Myron.

– Machucar, nada! Queria aniquilá-lo.

– Mas ele também já estava relativamente acabado. Para poder aniquilá-lo, tinha que lhe dar alguma esperança. A mesma esperança que você e Gary haviam alimentado todos aqueles anos. Dar-lhe esperança e depois arrancá-la dele. A esperança dói mais que tudo. Você sabia. Então comprou com seu marido os Yankees. Pagaram caro, mas e daí? Vocês tinham dinheiro. Não importava. Gary morreu logo depois da transação.

– De sofrimento – interrompeu Sophie, levantando a cabeça, e pela primeira vez ele viu uma lágrima. – Anos de sofrimento.

– Mas você suportou junto com ele.

– Sim.

– Se concentrou numa coisa apenas: ter Clu nas mãos. Foi uma compra idiota, todo mundo achou, e estranha, vinda de uma proprietária que se mantinha afastada de todas as outras decisões sobre o beisebol. Mas era só para colocar Clu no time. Foi a única razão de você comprar os Yankees.

Dar a Clu uma última chance. E, melhor ainda, ele cooperou. Começou a dar um jeito na vida. Se afastou da droga e da bebida. Estava lançando bem. Nunca esteve tão feliz. Você o tinha na palma da mão. E aí você a fechou.

Jared pôs o braço em torno dos ombros da mãe e a abraçou forte.

– Não sei a ordem dos fatos – continuou Myron. – Você mandou para Clu um disquete, como mandou para mim. Bonnie me contou. Também contou que você o chantageou. Anonimamente. Isso explica os 200 mil dólares desaparecidos. Fez com que ele vivesse em terror constante. E Bonnie inadvertidamente ajudou ao pedir o divórcio. Clu ficou na posição perfeita para o seu golpe de misericórdia: o exame antidoping. Você o manipulou para que ele não passasse. Sawyer ajudou. Quem melhor, já que sabia tudo o que estava acontecendo? Funcionou às mil maravilhas. Não só destruiu Clu, como também desviou as atenções de você. Quem desconfiaria de você, já que o exame aparentemente também a prejudicava? Mas você não estava nem aí. Os Yankees não significavam nada, eram só um veículo para destruir Clu Haid.

– É verdade – concordou Sophie.

– Não! – disse Jared.

Ela balançou a cabeça e bateu no braço do filho.

– Está tudo bem.

– Clu não fazia ideia de que a garota que tinha enterrado na floresta era sua filha. Mas, depois que você começou a bombardeá-lo com os telefonemas, o disquete e principalmente depois do resultado do antidoping, ele juntou as coisas. Mas o que podia fazer? Não podia dizer que o exame foi manipulado porque havia matado Lucy Mayor. Estava sem saída. Tentou imaginar como você tinha descoberto a verdade. Pensou que a fonte fosse Barbara Cromwell.

– Quem?

– Barbara Cromwell. A filha do delegado Lemmon.

– Como ela sabia?

– Porque por mais que vocês tentassem manter a investigação em segredo, Wilston é uma cidade pequena. O delegado ficou sabendo que vocês descobriram o corpo. Estava morrendo. Não tinha dinheiro. A família era pobre. Contou então à filha o que tinha realmente acontecido naquela noite. Ela nunca ia ter problemas por causa disso. O crime era do pai, não dela. E eles podiam usar a informação para chantagear Clu Haid. E o fizeram. Em várias ocasiões. Clu imaginou que Barbara dera com a língua nos dentes. Quando ligou para descobrir se ela havia contado a alguém, ela se fez de desentendida. E exigiu mais dinheiro. Clu foi então até Wilston uns dias depois. Recusou-se a pagar. Disse que tinha acabado.

Sophie balançou a cabeça.

– É assim que você interpreta o quebra-cabeça.

– Essa era a peça final – disse Myron. – Quando percebi que Clu tinha visitado a filha de Lemmon, tudo ficou claro. Mas ainda estou surpreso, Sophie.

– Surpreso com o quê?

– Que você o tenha matado, acabando com o sofrimento de Clu.

Jared tirou o braço dos ombros da mãe.

– Do que você está falando? – perguntou.

– Deixe-o falar – disse Sophie. – Continue, Myron.

– O que mais há para dizer?

– Em primeiro lugar – falou ela –, qual o seu papel nisso tudo?

Um bloco de chumbo se formou em seu peito. Ele não disse nada.

– Você não vai alegar que é inocente nisso tudo, vai, Myron?

A voz saiu baixa:

– Não.

A distância, num dos cantos do campo, um funcionário começou a limpar as placas comemorativas dos grandes jogadores dos Yankees. Borrifava e lustrava, trabalhando naquele momento – Myron sabia de visitas anteriores ao estádio – na pedra de Lou Gehrig. O Cavalo de Ferro. Tanta valentia diante de uma morte tão terrível.

– Você também já fez isso, não? – perguntou Sophie.

Myron mantinha os olhos no faxineiro.

– Fiz o quê? – Mas ele sabia.

– Dei uma pesquisada no seu passado – disse ela. – Você e seu parceiro costumam fazer justiça com as próprias mãos, estou certa? Brincam de ser juiz e júri.

Myron não disse nada.

– Foi o que fiz também. Pela memória da minha filha.

Outra vez a linha tênue entre o bem e o mal.

– Aí decidiu me incriminar pela morte de Clu.

– Sim.

– A forma perfeita de se vingar de mim por ter subornado os policiais.

– Foi o que pensei na época.

– Mas fracassou, Sophie. Acabou incriminando a pessoa errada.

– Foi um acidente.

Myron balançou a cabeça.

– Eu devia ter percebido – admitiu ele. – Até Billy Lee Palms falou isso, mas não dei atenção. E Hester Crimstein também me disse na primeira vez em que a encontrei.

– Disse o quê?

– Comentaram que o sangue foi encontrado no *meu* carro, a arma no *meu* escritório. Talvez eu tivesse matado Clu, disseram eles. Uma dedução lógica, exceto por uma coisa. Eu estava fora do país. Você não sabia disso, Sophie. Não sabia que Esperanza e Big Cyndi estavam fazendo um jogo de esconde-esconde com todo mundo, fingindo que eu estava aqui, em Nova York. Por isso você ficou tão chateada quando descobriu que eu estava fora do país. Estraguei o seu plano. Você também não sabia que Clu e Esperanza tinham se desentendido. De forma que todas as evidências que supostamente apontavam para mim...

– Apontaram em vez disso para a sua sócia, Srta. Diaz – completou Sophie.

– Exatamente – concordou Myron. – Mas tem uma coisa que gostaria de esclarecer.

– Mais de uma coisa – corrigiu Sophie.

– O quê?

– Há mais de uma coisa que você quer esclarecer – disse Sophie. – Mas, por favor, vá em frente. O que você quer saber?

– Foi você quem mandou me seguir. O cara que vi em frente ao edifício Lock-Horne estava trabalhando para você.

– Sim. Eu sabia que Clu tinha tentado encontrar você. Esperava que o mesmo acontecesse com Billy Lee Palms.

– E aconteceu. Billy Lee achava que eu tivesse matado Clu para sepultar minha participação no crime. E que eu queria matá-lo também.

– Faz sentido – concordou ela. – Você tinha muito a perder.

– Então você estava me seguindo? No bar também?

– Sim.

– Pessoalmente?

Sophie riu.

– Cresci caçando e rastreando, Myron. Na cidade ou na floresta, faz pouca diferença.

– Você salvou minha vida – falou ele.

Ela não respondeu.

– Por quê?
– Você sabe. Não fui até lá para matar Billy Lee Palms. Mas há graus de culpa. Resumindo, ele era mais culpado que você. Quando tive que escolher entre você ou ele, optei por matá-lo. Você merece ser punido, Myron. Mas não merecia ser morto por uma escória como Billy Lee Palms.
– Juiz e júri outra vez?
– Para sorte sua, Myron, sim.
Ele sentou com força no gramado, o corpo esgotado de repente.
– Não posso deixar você ficar impune – falou ele. – Posso até compreendê-la. Mas você matou Clu Haid a sangue-frio.
– Não.
– O quê?
– Não matei Clu Haid.
– Bem, não esperava mesmo que você confessasse.
– Não importa, eu não o matei.
Myron franziu o cenho.
– Só pode ter sido você. Tudo se encaixa.
Os olhos dela permaneciam como duas plácidas piscinas. A cabeça de Myron começou a girar. Ele se virou e olhou para Jared.
– Também não foi ele – falou Sophie.
– Foi um de vocês – afirmou Myron.
– Não.
Ele olhou de novo para Jared, que não disse nada. Myron abriu outra vez a boca, fechou, buscou algo para dizer.
– Pense, Myron – falou Sophie, cruzando os braços e sorrindo para ele. – Disse a você qual é minha filosofia na última vez que nos encontramos. Sou uma caçadora. Não odeio o que mato. Pelo contrário. Respeito. Honro minha presa. Considero o animal corajoso e nobre. Matar, na verdade, pode ser um ato de compaixão. É por isso que mato com um só tiro. Não Billy Lee Palms, é claro. Quis que ele tivesse pelo menos alguns momentos de agonia e medo. E também nunca demonstraria compaixão por Clu Haid.
Myron tentava entender:
– Mas...
Sentiu então outro clique. A conversa que tivera com Sally Li começou a se desenrolar em sua cabeça.
A cena do crime...
Deus, a cena do crime. Estava uma bagunça. Sangue pelas paredes. San-

gue no chão. Os esguichos de sangue revelariam a verdade. Então decidiram sujar mais. Destruir as evidências. Disparar mais tiros no corpo. Na panturrilha, nas costas, até na cabeça. Levar a arma. Mexer em tudo. Encobrir o que realmente se passou.

– Meu Deus...

Sophie balançou a cabeça para ele.

Myron sentia a secura de uma tempestade de areia na boca.

– Clu se matou?

Sophie tentou sorrir, mas não conseguiu.

Myron começou a se levantar, o joelho ruim estalando audivelmente enquanto se erguia.

– O fim do casamento, o exame antidoping, mas principalmente o passando vindo assombrá-lo, tudo isso foi demais. Ele deu um tiro na cabeça. Os outros foram para despistar a polícia. A cena do crime foi bagunçada para que ninguém conseguisse analisar as marcas de sangue e ver que tinha sido suicídio. Foi tudo uma manobra.

– Ele foi covarde até o fim – disse Sophie.

– Mas como você sabe que ele se matou? Você estava monitorando ou vigiando o apartamento?

– Nada tão técnico assim, Myron. Ele queria que nós, principalmente eu, o encontrássemos.

Myron apenas a observava.

– Nosso grande confronto seria supostamente naquela noite. Sim, Clu tinha chegado ao fundo do poço, Myron. Mas eu ainda não estava satisfeita. Nem um pouco. Um animal merece morte rápida. Clu Haid, não. Mas quando Jared e eu chegamos, ele já havia encontrado a saída dos covardes.

– E o dinheiro?

– Estava lá. Como você observou, o remetente anônimo do disquete, que deu todos aqueles telefonemas, estava chantageando Clu. Ele sabia que éramos nós. Peguei o dinheiro e o doei ao Instituto para o Bem-Estar Infantil.

– Você o levou a se matar.

Ela balançou a cabeça, a postura ainda ereta.

– Ninguém leva outra pessoa se matar. Clu Haid escolheu seu fim. Não era o que eu pretendia, mas...

– Pretendia? Ele está morto, Sophie.

– Sim, mas não era isso que eu *pretendia*. Exatamente como você, Myron, não *pretendia* encobrir o assassinato da minha filha.

Silêncio.

– Você se aproveitou da morte dele – disse por fim Myron. – Plantou o sangue e a arma no meu carro e no escritório. Ou contratou alguém para fazer isso.

– Sim.

Foi sua vez de balançar a cabeça.

– A verdade tem que aparecer – disse ele.

– Não.

– Não vou deixar Esperanza apodrecer na prisão...

– Já cuidei disso – disse Sophie Mayor.

– O quê?

– Meu advogado está neste momento com o promotor público. Anonimamente, é claro. Não vão ficar sabendo quem ele representa.

– Não entendo.

– Guardei provas naquela noite – explicou ela. – Tirei fotos do corpo. Eles vão procurar resíduos de pólvora nas mãos de Clu. Tenho até um bilhete de despedida, se for necessário. As acusações contra Esperanza vão ser retiradas. Ela vai ser solta amanhã de manhã. Acabou.

– O promotor não vai aceitar isso. Vai querer saber da história toda.

– A vida é cheia de quereres, Myron. Mas o promotor não vai conseguir o que quer neste caso. Vai ter que conviver com esta realidade. E no final é só um suicídio. Estando ou não na mídia, não vai ser prioridade – disse ela, enfiando a mão no bolso e tirando um pedaço de papel. – Aqui está, a carta de Clu.

Myron hesitou. Pegou o papel e reconheceu de imediato a letra do amigo. Começou a ler:

Cara Sra. Mayor,

Esse tormento me acompanha há muito tempo. Sei que não vai aceitar minhas desculpas e não posso dizer que a culpo por isso. Mas também não tenho força para encará-la. Venho fugindo daquela noite a vida inteira. Magoei minha família e meus amigos, mas, mais que todos, magoei você. Espero que minha morte lhe traga um pouco de conforto.

A culpa do que aconteceu é minha. Billy Lee Palms só fez o que o mandei fazer. O mesmo se aplica a Myron Bolitar. Eu subornei a polícia. Ele só entregou o dinheiro. Nunca soube a verdade. Minha esposa desmaiou no acidente. Também nunca soube a verdade e ainda não sabe.

> *O dinheiro está todo aí. Faça o que quiser com ele. Diga a Bonnie que lamento e compreendo tudo. E faça com que meus filhos saibam que o pai sempre os amou. Eles foram a única coisa pura e boa na minha vida. Você, entre todas as pessoas, deve entender isso.*
> *Clu Haid*

Myron leu outra vez carta. Imaginou Clu escrevendo-a, pondo-a de lado, pegando a arma e encostando-a na cabeça. Teria fechado os olhos naquele momento? Pensado nos filhos, nos dois garotos que tinham o mesmo sorriso seu, antes de puxar o gatilho? Teria hesitado?

Seus olhos continuaram fixos no papel.

– Você não acreditou nele – disse.

– Sobre a culpa dos outros? Não. Sabia que estava mentindo. Você, por exemplo. Foi mais que um garoto de entrega. Subornou aqueles policiais.

– Clu mentiu para nos proteger – interveio Myron. – No fim se sacrificou por aqueles que amava.

Sophie franziu a testa.

– Não queira fazer dele um mártir.

– Não quero. Mas você não pode ficar impune pelo que fez.

– Não fiz nada.

– Levou um homem, pai de dois filhos, a se matar.

– Ele fez uma escolha, isso é tudo.

– Mas não merecia isso.

– E a minha filha não merecia ser assassinada e enterrada numa cova rasa – retrucou ela.

Myron olhou para as luzes do estádio, deixando que elas o cegassem um pouco.

– Clu estava longe das drogas – disse ele. – Você vai pagar o resto do salário dele.

– Não.

– Vai também dizer ao mundo, e aos filhos dele, que Clu estava longe das drogas.

– Não – disse novamente Sophie. – O mundo não vai ficar sabendo disso nem que ele era um assassino. Eu diria que é um ótimo acordo, não?

Ele leu outra vez a carta, as lágrimas brotando-lhe nos olhos.

– Um momento heroico no fim não o redime – falou Sophie.

– Mas diz alguma coisa.

– Vá para casa, Myron. E fique feliz por tudo ter acabado. Se um dia a verdade aparecer, só vai ter sobrado um culpado para cair.

Ele assentiu.

– Eu.

– Sim.

Os dois se encararam.

– Eu não sabia sobre sua filha – disse ele.

– Agora acredito nisso.

– Você achou que eu tivesse ajudado Clu a encobrir a verdade.

– Não, eu *sei* que você o ajudou a encobrir. O que eu não tinha certeza era se você sabia o que estava fazendo. Foi por isso que lhe pedi que procurasse Lucy. Para que pudesse ver o seu grau de envolvimento.

– O vazio – disse Myron.

– O que tem?

– Isso ajudou a preenchê-lo?

Sophie pensou por um instante.

– Por mais estranho que pareça, a resposta é sim, acho. Não traz Lucy de volta. Mas sinto como se agora ela tivesse sido sepultada da maneira correta. Acho que as feridas podem começar a fechar.

– Então seguimos com nossas vidas?

Sophie sorriu.

– Que mais podemos fazer?

Ela fez um sinal para Jared, que pegou sua mão, e os dois se dirigiram para o túnel.

– Sinto muitíssimo – disse Myron.

Sophie parou. Soltou a mão do filho e observou Myron por um instante, os olhos perscrutando-lhe o rosto.

– Você cometeu um crime subornando aqueles policiais. Fez com que eu e minha família passássemos anos de angústia. Provavelmente contribuiu para a morte prematura do meu marido. Teve uma participação nas mortes de Clu Haid e Billy Lee Palms. E no final me fez cometer atos horríveis, de que sempre me achei incapaz – disse ela, voltando para perto do filho, com um olhar mais cansado que acusador. – Não vou mais prejudicar você. Mas, se não se importa, pode guardar seu pedido de desculpas.

Ela deu a Myron um instante para responder. Ele não disse nada. Mãe e filho desceram os degraus e desapareceram, deixando-o sozinho com a grama, a terra e as luzes brilhantes do estádio.

39

No ESTACIONAMENTO, WIN FEZ uma careta e guardou a 44.

– Ninguém sequer sacou uma arma.

Myron não disse nada. Entrou no carro. Win entrou no dele. O celular tocou antes que tivessem dirigido cinco minutos. Era Hester Crimstein:

– Vão retirar todas as acusações – anunciou ela. – Esperanza vai ser solta amanhã de manhã. Estão oferecendo limpar a ficha dela e em pedido de desculpas se prometermos não processá-los.

– Você vai aceitar?

– Isso é com Esperanza. Mas acho que ela vai concordar.

Myron tomou a direção da casa de Bonnie. A mãe dela abriu a porta parecendo irritada. Encontrou Bonnie sozinha. Mostrou-lhe a carta de despedida; ela chorou. Myron abraçou-a. Deu uma olhada nos dois meninos adormecidos e ficou ali, no corredor, até a mãe delabater em seu ombro e pedir-lhe que fosse embora. Ele fez sua vontade.

Voltou para o apartamento de Win. Ao abrir a porta, viu a mala de Terese na entrada. Ela apareceu em seguida.

– Você fez a mala – disse Myron.

Ela sorriu.

– Adoro homens observadores.

Ele esperou.

– Estou indo para Atlanta daqui a uma hora – falou Terese.

– Ah.

– Falei com meu chefe na CNN. A audiência anda baixa. Ele me quer de volta ao programa amanhã.

– Ah – disse outra vez Myron.

Ela mexia num anel.

– Já experimentou um relacionamento a distância? – perguntou Terese.

– Não.

– Talvez valha a pena tentar.

– Talvez – assentiu ele.

– Dizem que o sexo é ótimo.

– Esse nunca foi nosso problema, Terese.

– Não – falou ela. – É verdade.

Ele olhou para o relógio.
– Você disse uma hora?
Terese sorriu.
– Na verdade, uma hora e dez.
– Hum – disse ele, aproximando-se.

◆ ◆ ◆

À meia-noite, Myron e Win estavam na sala vendo televisão.
– Você vai sentir falta dela – disse Win.
– Vou para Atlanta este fim de semana.
– Perfeito...
– O que foi? – perguntou Myron.
– Você é do tipo lastimável, carente, que se acha incompleto sem uma namorada firme. O que pode ser melhor que uma mulher independente que vive a milhares de quilômetros de distância?
Mais silêncio. Estavam assistindo a uma reprise de *Frasier*. Aquele seriado estava começando a virar uma necessidade para os dois.
– Um agente representa seus clientes – falou Win durante um comercial. – Você é o defensor deles. Não pode se preocupar com as repercussões.
– Você acredita mesmo nisso?
– Claro, por que não?
Myron encolheu os ombros.
– É, por que não? – replicou ele, enquanto outro comercial passava na TV. – Esperanza disse que estou começando a ficar muito confortável desrespeitando as regras.
Win permaneceu calado.
– A verdade é que – continuou Myron – já violo as regras há tempo. Subornei policiais para encobrir um crime.
– Você não sabia a gravidade do acidente.
– E importa?
– Claro que sim.
Myron balançou a cabeça.
– A gente pisa tanto nessa maldita linha que acaba não conseguindo mais enxergá-la – disse ele, em voz baixa.
– Do que você está falando?
– De nós dois. Sophie Mayor disse que você e eu fazemos a mesma coisa que ela fez. Justiça com as próprias mãos. Desrespeitamos as regras.

– E?
– E isso não é certo.

Win fez uma careta.

– Por favor.
– Acabamos magoando inocentes.
– A polícia também magoa inocentes.
– Não assim. Esperanza sofreu, quando não tinha nada a ver com isso. Clu merecia ser punido, mas o que aconteceu com Lucy Mayor continua sendo um acidente.

Win tamborilou o queixo com dois dedos.

– Sem querer discutir a relativa gravidade de se dirigir embriagado, não foi apenas um acidente. Clu optou por enterrar o corpo. O fato de ele não conseguir conviver com isso não desculpa o que aconteceu.
– Não podemos continuar a fazer isso, Win.
– Continuar a fazer o quê?
– Desrespeitar as leis.
– Me deixe perguntar uma coisa, Myron – disse Win, ainda tamborilando o queixo. – Imagine se você fosse Sophie Mayor e Lucy fosse sua filha. O que teria feito?
– Talvez a mesma coisa – respondeu ele. – Isso transforma o errado em certo?
– Depende.
– De quê?
– Do fator Clu Haid: você consegue conviver consigo mesmo?
– Simples assim? – perguntou Myron.
– Simples assim. Você consegue conviver consigo mesmo? Eu sei que posso.
– E se sente confortável?
– Com o quê?
– Com um mundo onde as pessoas fazem justiça com as próprias mãos – respondeu Myron.
– Meu Deus, não. Não prescrevo esse remédio para os outros.
– Só para você.

Win encolheu os ombros.

– Confio na minha capacidade de julgamento. Confiava na sua também. Mas agora você quer voltar no tempo e seguir por um caminho diferente. A vida não é assim. Você tomou uma decisão. Foi uma boa escolha, levando em consideração o que você sabia na época. Foi uma escolha difícil, mas não são todas difíceis? Poderia ter dado certo. Clu poderia ter se emendado a partir daquela experiência e se tornado uma pessoa melhor. O que estou querendo dizer é que não se pode agir preocupado com consequências distantes, impossíveis de prever.

– Devemos nos preocupar com o aqui e agora.

– Exatamente.

– E com aquilo com que se consegue conviver.

– Isso.

– Então, da próxima vez – disse Myron –, eu deveria optar por fazer a coisa certa.

Win balançou a cabeça.

– Você está confundindo a coisa certa com a coisa legal ou aparentemente moral. Mas esse não é o mundo real. Às vezes os mocinhos desrespeitam as regras, porque sabem a diferença.

Myron sorriu.

– Cruzam a linha que separa o certo do errado. Só por um segundo. Só para fazer o bem. Depois voltam para o território da legalidade. Mas quando se faz isso com muita frequência, a linha começa a ficar borrada.

– Talvez a linha deva ficar borrada.

– Talvez.

– No cômputo geral, você e eu fazemos o bem.

– Esse cômputo poderia ser melhor se não cruzássemos a linha tantas vezes. Mesmo que isso signifique deixar que existam algumas injustiças.

Win deu de ombros de novo.

– A decisão é sua.

Myron se recostou.

– Sabe o que me incomoda nessa conversa?

– O quê?

– É que não deve mudar nada. E provavelmente você está certo.

– Mas você não tem muita certeza – disse Win.

– Não, não tenho muita certeza.

– Mas mesmo assim não gosta da ideia.

– Definitivamente, não – falou Myron.

Win balançou a cabeça.

– Era tudo o que eu queria ouvir.

40

Big Cyndi estava toda de laranja. Casaco de moletom laranja. Calça paraquedista laranja, que parecia roubada de um guarda-roupa do MC Hammer de 1989. As pontas do cabelo, o esmalte de unha e a pele – não perguntem como – também laranja. Parecia uma cenoura ninja mutante.

– Laranja é a cor preferida de Esperanza – disse ela.

– Não, não é.

– Não?

Ele balançou a cabeça.

– É azul.

Por um momento, imaginou um Smurf gigante.

Big Cyndi ficou digerindo a informação e depois perguntou:

– Laranja é a segunda cor preferida dela?

– Claro. Eu acho...

Satisfeita, Big Cyndi sorriu e pendurou um cartaz na área da recepção que dizia: BEM-VINDA, ESPERANZA!

Myron foi para sua sala. Deu alguns telefonemas, conseguiu trabalhar um pouco, mas sempre de ouvido no elevador.

Às dez em ponto, ouviu o barulho do elevador parando. As portas se abriram. Ele não se mexeu. Ouviu o guincho de prazer de Big Cyndi, que quase fez os andares abaixo serem evacuados. Sentiu as vibrações dos pulinhos dela. Levantou-se e esperou. Ouvia berros, suspiros e manifestações de apoio.

Dois minutos depois, Esperanza entrava em sua sala. Sem bater. Como sempre.

Deram um abraço meio desajeitado. Myron recuou um passo e enfiou as mãos nos bolsos.

– Bem-vinda de volta.

Esperanza tentou um sorriso.

– Obrigada.

Silêncio.

– Você sabia o tempo todo que eu estava envolvido na história, não?

Esperanza não falou nada.

– Essa era a parte que eu não conseguia nunca resolver – disse ele.

– Myron, não...

– Você é minha melhor amiga – continuou ele. – Sabe que eu faria qualquer coisa por você. Por isso não conseguia entender, por nada neste mundo, por que você não conversava comigo. Não fazia sentido. No começo pensei que você estivesse chateada por eu ter sumido. Mas você não é assim. Depois achei que tivesse um caso com Clu e não queria que eu soubesse. Mas não era isso. Aí pensei que fosse por causa do seu relacionamento com Bonnie...

– Demonstrando péssima capacidade de julgamento – acrescentou ela.

– Sim. Mas não estou em posição de repreender você. E você não teria medo de me contar isso. Ainda por cima com tanta coisa em jogo. Então fiquei me perguntando: o que poderia ser tão mau assim para que não quisesse me contar? Para Win a única explicação era você realmente ter matado Clu.

– Esse Win – disse ela. – Sempre vendo o lado positivo.

– Mas nem isso explicaria. Ainda assim eu ficaria do seu lado. Você sabe. Só haveria uma razão para você não me contar a verdade...

Esperanza suspirou.

– Assim vou precisar de um lenço para enxugar as lágrimas.

– Você estava me protegendo.

Ela olhou para Myron.

– Não me venha com sentimentalismo, tudo bem? Detesto quando você faz isso.

– Bonnie contou a você sobre o acidente de carro e que eu subornei os policiais.

– Papo de cama – disse Esperanza, dando de ombros.

– E, assim que foi presa, você a fez jurar que ia ficar de boca calada. Não por sua causa nem por ela. Mas por mim. Sabia que, se o suborno algum dia viesse a público, seria minha ruína. Eu tinha cometido um crime grave. Teria a licença cassada ou coisa pior. E você sabia que, se eu descobrisse, não conseguiria me impedir de contar tudo para o promotor, porque isso bastaria para que eles a soltassem.

Esperanza pôs as mãos nas cadeiras.

– Qual é o propósito dessa conversa, Myron?

– Agradecer a você.

– Não tem por que me agradecer. Você estava muito fraco depois da história de Brenda. Fiquei com medo de que fizesse alguma besteira. Você tem esse hábito.

Ele a abraçou outra vez. Ela o abraçou também. Dessa vez, não foi desajeitado. Quando se separaram, Myron deu um passo para trás.

– Obrigado.

– Pare de repetir isso.

– Você é minha melhor amiga.

– Fiz isso também por minha causa, Myron. Pela empresa. Minha empresa.

– Eu sei.

– E aí, sobrou algum cliente? – perguntou ela.

– Poucos.

– Melhor a gente pegar o telefone, então.

– Melhor – falou ele. – Amo você, Esperanza.

– Cale a boca, antes que eu comece a vomitar.

– E você me ama.

– Se começar a cantar a música do Barney, mato você. Já estive na prisão. Agora não tenho mais medo.

Big Cyndi enfiou a cabeça pela porta. Estava sorrindo. Com a pele laranja, parecia a mais assustadora abóbora de Halloween já vista.

– Marty Towey na linha dois.

– Pode deixar que eu atendo – disse Esperanza.

– E Enos Cabral na linha três.

– Esse é meu – falou Myron.

◆ ◆ ◆

Ao final de um longo e maravilhoso dia de trabalho, Win entrou no escritório de Myron.

– Já falei com Esperanza – disse ele. – Vamos pedir pizza e assistir alguns seriados velhos lá em casa.

– Não posso.

Win arqueou as sobrancelhas.

– Consegui *Tudo em família*, *M*A*S*H*, *Mary Tyler Moore*, *Bob Newhart*, *Carol Burnett*!

– Lamento.

– O episódio de *Tudo em família* com o Sammy Davis Jr!

– Esta noite, não, Win.

O amigo pareceu preocupado.

– Sei que você quer se punir – disse ele –, mas isso já é levar o sofrimento longe demais.

Myron sorriu.
– Não é isso.
– Não me diga que quer ficar sozinho. Você nunca quer ficar sozinho.
– Me desculpe, tenho outros planos – disse Myron.
Win levantou a sobrancelha, deu meia-volta e saiu sem dizer mais nada. Myron pegou o telefone e teclou o número familiar.
– Estou indo.
– Ótimo – respondeu a mãe. – Já liguei para o Fong. Pedi duas porções de camarões com molho de lagosta.
– Mãe?
– O que foi?
– Na verdade não gosto mais do camarão com molho de lagosta deles.
– O quê? Você sempre adorou. É seu prato favorito.
– Não, foi só até os 14 anos.
– Mas como você nunca me disse isso?
– Disse. Várias vezes.
– E você acha que consigo me lembrar de tudo? Está querendo me dizer, Myron, que suas papilas gustativas estão maduras demais para o camarão com molho de lagosta do Fong? Quem você pensa que é, um chefe de cozinha?
Myron ouviu o pai gritando:
– Pare de perturbar o garoto.
– Quem está perturbando? Myron, estou perturbando você?
– E diga a ele para vir logo – gritou o pai. – O jogo já está quase começando.
– Grande coisa, Al. Ele não dá a mínima para isso.
– Diz ao pai que já estou indo – falou Myron.
– Dirija devagar, Myron. Não tenha pressa. O jogo pode esperar.
– Tudo bem, mãe.
– Ponha o cinto de segurança.
– Claro.
– E seu pai tem uma surpresa para você.
– Ellen! – gritou o marido.
– Qual é o problema, Al?
– Eu queria contar a ele...
– Pare de ser bobo, Al. Myron?
– Sim, mãe?
– Seu pai comprou ingressos para o jogo dos Mets. Domingo. Vão só vocês dois.

Myron engoliu em seco e não disse nada.
– Vão jogar contra os Salmons – falou a mãe.
– Os Marlins! – berrou o pai.
– Salmons, Marlins, qual é a diferença? Virou biólogo agora, Al? É isso que vai fazer nas horas livres, estudar peixes?
Myron riu.
– Myron, você está aí?
– Estou indo, mãe.
Ele desligou, deu um tapa na coxa e ficou de pé. Deu boa-noite a Esperanza e Big Cyndi. Entrou no elevador e sorriu. Amantes e amigos eram ótimos, pensou ele, mas às vezes um cara quer apenas ficar com a mãe e o pai.

CONHEÇA OS LIVROS DE HARLAN COBEN

Até o fim
A grande ilusão
Não fale com estranhos
Que falta você me faz
O inocente
Fique comigo
Desaparecido para sempre
Cilada
Confie em mim
Seis anos depois
Não conte a ninguém
Apenas um olhar
Custe o que custar
O menino do bosque
Win

Coleção Myron Bolitar

Quebra de confiança
Jogada mortal
Sem deixar rastros
O preço da vitória
Um passo em falso
Detalhe final
O medo mais profundo
A promessa
Quando ela se foi
Alta tensão
Volta para casa

Para saber mais sobre os títulos e autores da Editora Arqueiro,
visite o nosso site e siga as nossas redes sociais.
Além de informações sobre os próximos lançamentos,
você terá acesso a conteúdos exclusivos
e poderá participar de promoções e sorteios.

editoraarqueiro.com.br